Jaime Ángel de Casas Puig

I0679431

TRILOGÍA

LA ODISEA DE ANDRÉS OLMEDA

PARTE I

OPERACIÓN NÓRDICA

ESPAÑA

2016

Puede contactar con el autor, en el correo:
gabrieldealarcon2014@gmail.com

Título de la obra: *Operación Nórdica*
(Parte I de la Trilogía, *La odisea de Andrés Olmeda*)

Diseño de portada:
Jaime de Casas Puig

Foto: en el Mar Atlántico, frente a las costas de Noruega.

ISBN: 978-84-608-8557-3
Primera Edición, mayo 2016

A mi hija, Lidia, que en esta nueva aventura de la *Operación Nórdica* me ha inspirado y ayudado a dar vida a uno de sus personajes.

"La libertad, Sancho, es uno de los más preciosos dones que a los hombres dieron los cielos. Con ella no pueden igualarse los tesoros que encierra la tierra ni el mar encubre; por la libertad, así como por la honra, se puede y debe aventurar la vida."

Miguel de Cervantes Saavedra (1547-1616)

Ruptura

Andrés Olmeda se encontraba muy afectado emocionalmente. Acababa de romper con su prometida de varios años, debido a un problema de incompatibilidad de caracteres que se había agudizado en los últimos tiempos y dejaba pocos resquicios a la reconciliación. El temperamento y la personalidad son más difíciles de cambiar que las creencias. Éstas se basan, con frecuencia, en una percepción equivocada o incompleta de la realidad, pues sólo vemos lo que queremos ver. Cuando percibimos el error y nos quitamos la venda de los ojos, o cuando la experiencia de la vida nos coloca en circunstancias diferentes, nos damos cuenta de muchas cosas. Quizás entonces, somos capaces de cambiar nuestra manera de pensar y actuar; liberándonos de prejuicios; adoptando ideas y actitudes que antes nos parecían equivocadas; dejando que el aire fresco limpie el desván de nuestra mente de las tupidas telas de araña que, a menudo, nos impiden reconocer la verdad. En el caso de Andrés y su novia, las diferencias se daban en ambos aspectos.

Él era una persona sumamente curiosa, siempre quería saber lo que había detrás de todo. Le encantaba la aventura, las excursiones al campo y los deportes, pero también el análisis intelectual, observando la realidad y extrayendo sus propias conclusiones, lo que le llevaba, a veces, a poner en cuestión situaciones o actitudes generalmente aceptadas.

No se distanciaba de los problemas, sino todo lo contrario. La satisfacción interior, la paz, la había encontrado no por comparación con los demás sino superándose a sí mismo, compitiendo con su propio ser. De esta manera, siempre que mejoraba en uno u otro ámbito, se sentía muy satisfecho, reforzando su motivación en una espiral ascendente que le llevaba a afrontar nuevos retos. Si cosechaba algún que otro fracaso, trataba de analizar sus causas y siempre se volvía a levantar. Él se consideraba una persona positiva y cooperadora, de espíritu inquieto, y a la que no le gustaba perder el tiempo.

Ella, por el contrario, era conformista. Aceptaba las cosas sin hacerse demasiados problemas, y si los había, su tendencia era dejar que otros los solucionaran. Entre sus aficiones preferidas se encontraban las fiestas y los acontecimientos sociales en general, donde le gustaba ser el centro de la atención, y a menudo lo conseguía. A ello contribuía una especial habilidad para el manejo de las relaciones públicas, un exquisito gusto por el vestir, y una figura atractiva, moldeada en el ejercicio de los deportes, donde destacaba por su habilidad y su tesón. En este ámbito, sí coincidía con Andrés y ello, en no pocas ocasiones, había contribuido a limar asperezas.

Por lo demás, Julia no se paraba demasiado a analizar o profundizar en las circunstancias y las causas de las cosas, sobre todo de las desagradables. No le gustaba filosofar, considerando que eso hacía infeliz a las personas. Era mejor vivir con una cierta ignorancia, alejándose de los problemas, divirtiéndose y rodeándose de personas de éxito, que en su mentalidad eran las que habían ascendido más alto social y económicamente, quienes le servían de ejemplo de lo que había que hacer y *tener* en esta vida.

Su trabajo en un museo estatal de reconocido prestigio, perteneciendo al cuerpo facultativo de conservadores de museos, había desarrollado su gusto por la estética, sobre todo contemporánea, y por el arte conceptual, en un ambiente alejado de la realidad existencial, que ella consideraba sórdida y poco atrayente.

Si en otras parejas las diferencias contribuyen, a veces, a mantener un cierto equilibrio, propiciando que dos personas se complementen y se enriquezcan, en la relación de Andrés y

Julia ocurría lo contrario. El último encontronazo tuvo lugar en una de esas reuniones sociales, a las que él no tenía más remedio que acudir para no desairar a su novia. Se celebraba en casa de Borja María, uno de los hermanos de Julia, un *hombre de éxito* que trabajaba en una conocida multinacional con delegación en España. Allí ocupaba uno de esos puestos, con denominación inglesa, a los que son tan proclives los jóvenes tigres de negro recién salidos de las facultades. Creyéndose que se van a comer el mundo, ese tipo de empresas les seducen, además de con el sueldo y otros caramelos, con un título rimbombante en el organigrama oficial.

En el *meeting,* como no podía ser de otra manera, pululaban los jóvenes ejecutivos y ejecutivas: los *web master,* los *project managers, chief executive officers*, o *training monitors,* que departían (!) —pues ellos no hablaban como el común de los mortales— con los *human ressources managers,* los *marketing coordinators,* los *market makers,* y otras raras especies de la avifauna empresarial. Con honrosas excepciones, les encantaba mezclarse entre sí, identificarse como pertenecientes a la tribu de los elegidos que creían iban a liderar el devenir económico del país. Charlaban con alegría contenida o fingida, y sin hacer demasiadas críticas al *establishment*, no sea que pusieran en peligro su promoción, pues siempre hay un traidor o un Judas en este tipo de encuentros.

Engolando sus voces, presumían como pavos reales de los coches y los chalets que tenían; de los viajes que habían hecho, navegando en barco de lujo o en *Business class,* ¡faltaría más!; de los magníficos logros profesionales que habían alcanzado en sus flamantes empresas; de la última *Black Berry* que habían adquirido —casi siempre con dinero de la empresa— o de lo maravillosa que era Pepita, Juanita, etc., en el caso de ellos, y Carlitos, Rodrigo o el propio Borja Mari en el caso de ellas.

En un ambiente donde las concesiones a la humildad y a la verdad, esos *seres* tan inoportunos e incómodos, brillaban por su ausencia, las ofrendas al altar pagano de la Diosa Mentira, eran, por el contrario, constantes, llenando de luminosidad pasajera las mentes vanidosas y superficiales de unos seres emperifollados que parecían extraídos de la corte de Versalles y cuya máxima aspiración, de haber vivido en aquella época, habría sido gozar de los favores del Rey Sol. Con estas *artes*, con esos plumajes, trataban de distinguirse de los demás, y hacer de menos a la persona que en ese momento estuviera a su lado. Lo cierto es que lo conseguían con una admirable maestría, pues casi no se notaba, o los demás, presos del mismo juego, hacían como si la cosa no fuese con ellos.

Para Andrés, estas reuniones constituían un soberano aburrimiento, un universo artificial ajeno a la realidad de la vida. "¡Pero qué atajo de gilipollas y de pedantes!, ¡qué gente más fatua! —pensó al tiempo que salía a airearse en la amplia terraza del piso situado en una urbanización de lujo de Madrid—. ¡Con todas las personas que sufren y callan en silencio!, ¡y pensar que tendré que aguantar estas reuniones de casta durante todo el resto de mi vida!".

En ese mismo momento, Julia, que se encontraba enteramente a sus anchas, conversaba animadamente con su hermano y uno de los invitados que, por cierto, no le quitaba el ojo de encima. La verdad es que la novia de Andrés destacaba por su belleza y elegancia. Lucía un vistoso traje de color azul brillante con falda corta, escote en forma de uve con volados cruzados, y zapatos de piel negra con tacón de aguja y fina correa en el tobillo. Una rosa roja de tela adornando su talle, un collar de flecos engastados con diamantes, y unos pendientes de topacio blanco y zafiro azul, en forma de lágrima, realzaban su figura con un toque de originalidad y distinción, provocando la envidia de las ejecutivas que, luciendo sus mejores galas, asistían también a la fiesta.

Al ver que su novio se apartaba deliberadamente de la reunión, Julia no pudo evitar sentirse incómoda y se le acercó para averiguar qué pasaba:

—¿Te ocurre algo, Andrés? Hace días que te noto ausente. Parece como si me rehuyeras. ¿Te he hecho algo?

—Julia, creo que esto ya no va a ninguna parte —le confesó—. Tú tienes unas pretensiones de vida basadas en la pura apariencia, que cada vez me son más insoportables.

—Pero, ¿qué estás diciendo?, ¿a qué te refieres? —le respondió nerviosa.

—Mira, te voy a ser sincero. No puedo soportar más estas reuniones vacías que se celebran con el único afán de alardear exagerando mucho sobre lo que uno es y lo que uno tiene. ¿Qué te parece si prescindimos de ellas y nos centramos más en nosotros, en nuestro futuro juntos?

—¿Qué pretendes? —le contestó ella ofendida elevando el volumen de su voz—. ¿Quieres que deje de tratar a mis amigos, que ahora son tan importantes?

—¿Tan importantes o que tienen mucho dinero?—le replicó a su vez Andrés, que empezaba a estar hasta las narices.

—¿Ya estás de nuevo con tu filosofía?, ¡la que estoy harta soy yo! A veces pienso que no me quieres, que no me comprendes. ¿Qué hay de mal en organizar unas cuantas fiestas donde disfrutar con los amigos?

—Lo de amigos, vamos a dejarlo, Julia. Se trata de rivales, de competidores, y yo lo que quiero es cooperar, ayudar, pasar un buen rato; pero sobre todo quiero ser yo mismo, no sólo estar siempre a la defensiva e incómodo, teniendo que medir mis palabras y hablar de cuestiones intrascendentes, que ni me van ni me vienen.

"Además, debes de saber que esta gente, en un momento dado, lo que va a hacer es desentenderse de ti, de nosotros, pura y simplemente; en cuanto dejemos de cumplir con los requisitos mínimos de renta y patrimonio que estos círculos, que esta casta exige. Incluso algunos, si pudieran, *te echarían una mano al cuello.* Yo no puedo estar con seres así, Julia, ¡tienes que comprenderlo! Esa gente está demasiado centrada en sus intereses y muy poco en las personas, que para mí son lo fundamental.

En otra ocasión, cuando estaban visitando el Museo Nacional del Prado y se habían parado delante del cuadro *Auto de fe* pintado por Francisco Ricci en 1683, a Andrés se le ocurrió hacer el siguiente comentario:

—¡A qué consecuencias puede llevar la imposición brutal e inhumana de unas creencias sobre otras! No me gustaría vivir en una de esas épocas.

—Ahora no tenemos por qué preocuparnos de eso, que ya pasó y no volverá a ocurrir. Estamos en el siglo XXI.

—Pues no sé qué decirte. Yo creo que sí deberíamos ocuparnos un poco de estas cuestiones; los tiempos modernos no están para tirar cohetes, que digamos. Las masacres de Ruanda y Yugoslavia han sucedido hace sólo unos años. Los atentados del 11S en Nueva York, del 11M en Madrid o los del 7J en Londres, tampoco hace mucho que han ocurrido —afirmó pensativo.

—No me estás entendiendo, Andrés. Yo sólo digo que nosotros no tenemos por qué discutir por unos problemas tan ajenos a nuestro mundo.

Pero más allá de estas diferencias de opinión, lo que más les separaba era su distinto concepto de lo que entendía cada uno por vida en común. Andrés creía en la familia, tenía un fuerte instinto paternal, y lo que más deseaba era que la mujer elegida le diese hijos, verlos crecer, educarles, y disfrutar con ellos todo lo que pudiera, compartiendo con su amada los mismos valores. Ella, en cambio, consideraba que la descendencia no le permitiría continuar con su ritmo de vida, asistiendo a fiestas, viajando, conociendo otros países y otras gentes, en compañía de su futuro marido. Sin desechar la idea de Andrés, se inclinaba por postergar la creación de una familia. Julia no concebía ahora un modo diferente de existir, donde ella ocupase sólo un lugar secundario, sin glamour, sin boato, sin notoriedad... Andrés le argumentaba que el hecho de fundar una familia cambiaría lógicamente sus vidas, pero que era una etapa muy bonita a la que él no estaba dispuesto a renunciar.

**

En este escenario de pocos encuentros y muchos desencuentros, sus relaciones se fueron enfriando hasta que un domingo del otoño de 2009, mientras paseaban por el idílico parque madrileño del Buen Retiro, la pareja decidió poner término a una unión, que en realidad ya estaba muerta; que sólo representaba la cáscara vacía de algo muy bonito que pudo ser, pero que, como tantas cosas en la vida, permanecería para siempre en el mundo de las ilusiones. Cada uno se fue por su lado, dejándose un jirón más de piel, enfrentándose de nuevo a los designios insondables del destino. Andrés escenificó su ruptura alejándose dubitativo y cabizbajo, hacia el Palacio de Cristal, donde se sentó en la fría escalinata que da acceso al bello edificio del Retiro. Tras unos minutos sufriendo una crisis de angustia, que le provocaba náuseas y atenazaba sus pulmones, se incorporó lentamente. Sentía como si en ese momento hubiese envejecido de golpe diez años. "Vaya, ya estás aquí otra vez, viejo amigo –le dijo a su subsconsciente—, dispuesto a machacarme la vida".

Empezando a bordear el bello recinto clásico, se detuvo y quedó mirando su figura, reflejada en una de las amplias vidrieras. Andrés era un hombre joven, con 30 años cumplidos en el mes de junio de aquel año de ruptura, que iba a marcar su vida para siempre. De mediana estatura, su dedicación a los deportes, en especial al campo a través y al esquí, unida a sus condiciones innatas para la lucha, que cultivaba en el gimnasio, habían moldeado un fornido cuerpo de atleta. Con el cabello oscuro y rizado, en su tez morena y ovalada destacaban su frente despejada, una nariz respingona, una barbilla prominente y unos labios surcados por una cicatriz de un golpe recibido en una pelea con un bate de béisbol, cuando todavía era un adolescente. Pero lo que más llamaba la atención en su rostro eran unos ojos azul celeste, que completaban su fisonomía revelando ciertas ascendencias nórdicas.

Ahora, delante de sí, lo que veía era un hombre cansado, con el alma herida, y el ser abocado a la depresión. Aunque en el fondo estaba seguro de su decisión, su vida había quedado en gran parte vacía y carente de ilusión. Parecía como si Hades, el Dios de la penumbra y del inframundo, se acabase de apoderar de él y se lo quisiera llevar.

Durante las semanas siguientes, esta ausencia de sentido vital le reconcomía las entrañas y daba vueltas en su cabeza de manera obsesiva. Para conjurar el mal, Andrés optó por refugiarse en la familia, los amigos y el trabajo, abandonando temporalmente el deporte por falta de ánimo. Lector apasionado, lo que más le sosegaba en los momentos de decaimiento, donde eclosionaban incontenibles los sentimientos más contradictorios, era la literatura de evasión y la poesía.

A menudo se acordaba de Alfred Tennyson, el bardo inglés que, con motivo de la muerte de su mejor amigo, Arthur Henry Hallam, confesaba en el poema *In Memoriam*: "...Debo perderme en la acción para no marchitarme en la desesperación...". De este modo, poco a poco, sin pensar mucho en su situación personal, como el ave Fénix que resurge lentamente de sus cenizas incandescentes, su estado psíquico fue mejorando. Todas sus actividades le ayudaron, como bálsamo redentor, a restablecer su equilibrio, a metabolizar el duelo que supone la pérdida de un amor en el que se han depositado las mayores ilusiones, pero que es arrastrado despiadadamente por el torrente indómito del destino.

Como parte de su terapia, Andrés empezó a asistir a veladas literarias con su amigo y poeta Gabriel de Alarcón quien, con ocasión de una de ellas, le dedicó una bella poesía para los momentos de desánimo:

NO DESFALLEZCAS

Cuando se nubla el cielo
Y todo ensombrece,
Cuando el granizo tardío
Destruye la cosecha,
¡No desfallezcas!
¡No dejes que incendien tu alma!

Llama a la suave paz,
Y dile que se expanda en la mente
Cual arco iris benefactor.

Verás entonces,
Cómo una inmensa luz
Ilumina el camino,
Y te haces dueño de la nave,
Sorteando los arrecifes,
Retomando el rumbo perdido.

Salvo con ayuda de la imaginación —esa señora tan fuerte que nos permite superar las barreras del espacio-tiempo—, ya no había vuelta atrás para Andrés, que iniciaba una nueva etapa en el duro camino de la existencia.

***

Operación Nórdica

Andrés era un apasionado de los idiomas. De niño, sus padres decidieron inscribirle en el Liceo Francés de Madrid. Sus ancestros siempre habían admirado la cultura del país vecino. Pero además de la tradición, lo que les impulsó a hacerlo fue la ayuda recibida durante la Guerra Civil (1936-1939), de una familia francesa afincada en España y unida a los Olmeda por fuertes vínculos de amistad. En esos tiempos de lucha cruel y fratricida, aquellos amigos de verdad ayudaron a sus abuelos paternos a huir con sus dos hijos de Madrid, donde sus vidas se encontraban seriamente amenazadas. Fernando, el tercero de los hijos y padre de Andrés, todavía no había nacido, librándose de una infancia traumatizada por los horrores y las angustias de la guerra.

El patriarca de la familia Olmeda era propietario de una pequeña fábrica de equipos mecánicos electrodentales y, de vez en cuando, en su escritorio *aparecía* (!) algún mensaje anónimo con amenazas de muerte. Al final, la situación se hizo insostenible y no tuvieron más remedio que salir de la capital, a través de la legación francesa, donde se habían refugiado. Con pasaportes falsos, fueron trasladados a Valencia. Desde allí, un barco salvador les llevó a Marsella, pasando luego a la denominada Zona Nacional, donde mandaban las tropas del General Franco, por contraposición a la Zona Republicana o Zona Roja, donde mandaban las fuerzas de la República. Una vez en Valladolid, su abuelo, después de ser sometido a un proceso de depuración, ingresó en las tropas de Franco y la familia permaneció en dicha ciudad durante el resto de la contienda.

Entre las aficiones de Andrés destacaba la especial atracción que sentía por las historias relacionadas con la Segunda Guerra Mundial y el período convulso de los años 30.

En el Liceo Francés, sus compañeros de clase le consultaban las dudas que tenían, cuando en la asignatura de historia tocaba estudiar esa época tan interesante pero, al mismo tiempo, tan desastrosa para la humanidad. Por otro lado, sus conocimientos de alemán, idioma que había estudiado desde pequeño, le eran de mucha utilidad para profundizar y acceder, de primera mano, a la información y los documentos relacionados con el conflicto mundial y su génesis.

En el orden familiar, Andrés permanecía muy unido a sus padres, que no tenían más hijos. Se podía decir que, como muchos de sus coetáneos, sin pertenecer a la generación Nini —acrónimo de *ni estudia ni trabaja*—, vivía en un régimen de semiautonomía, disfrutando de las ventajas de su libertad y beneficiándose al mismo tiempo de la seguridad, de la ayuda y el calor de la familia, que siempre le recibía con los brazos abiertos. Éste era el caso, en especial, de Lucía, su madre, a la que no le preocupaba mucho que su polluelo —o mejor dicho su *pollo*, pues ya no era un chiquillo— no hubiera levantado aún el vuelo para fundar un hogar. Así, aunque disponía de un pequeño apartamento, la mayor parte del tiempo le gustaba pasarlo con sus progenitores, máxime después de su ruptura con Julia, hecho al que aquellos trataban de restar importancia rodeando a su hijo de cariño y de atenciones.

Lucía era una persona discreta y hacendosa. Después de su prejubilación en una empresa de alta cosmética, dónde había ejercido como subdirectora de ventas, se volcaba en el cuidado de su marido y en la preocupación por su hijo. Sólo su afición preferida, la pintura, conseguía distraerla, a veces, de estos menesteres. Lucía era capaz de permanecer durante horas con un pincel en la mano y un óleo delante, perfeccionando sus paisajes y sobre todo sus marinas, fiel reflejo de su adoración por la luz y la alegría mediterráneas, y testimonio de su origen valenciano, al proceder de un pueblo de Castellón muy cercano al mar. Andrés quería mucho a su madre que, como todas las madres, siempre estaba pendiente de él.

Con su padre, la relación era menos afectiva. Fernando era un hombre de 60 años, pero de apariencia aún joven. Muy dedicado a su trabajo, pues era médico-dentista y regentaba una clínica con abundante clientela, trataba de no descuidar a la familia, es decir a su mujer y a su hijo, pues sus padres... ya no estaban. Con Andrés congeniaba mucho, más allá de la relación paterno-filial. Los dos tenían ideas muy próximas en lo filosófico y en lo político y disfrutaban mucho con el análisis histórico. En particular, la historia de Israel era uno de sus temas preferidos. A ambos les gustaba enfrascarse en largas pláticas sobre el pasado y el presente de un pueblo por el que profesaban gran admiración. Los orígenes sefarditas, es decir españoles, de muchos judíos; su expulsión en 1492, después de tantos siglos en Iberia; la diáspora de una población que conservaba su idioma español, el ladino, como parte integrante de su cultura; la *Shoa* —el Holocausto—; la independencia de Israel y las sucesivas guerras a las que el pequeño, pero poderoso país, había tenido que hacer frente, saliendo siempre airoso, así como el alto nivel de preparación de su población, concitaban su más vivo interés. Las dificultades que atravesaba en aquel entonces, en especial el conflicto con el pueblo palestino y las amenazas de Irán, eran también objeto de sus comentarios. Los fines de semana que Andrés se quedaba en casa, él y su padre se levantaban pronto el domingo, de una manera espontánea, para ver juntos los programas religiosos de la televisión estatal y, en especial, el programa Shalom.

En cuanto a su vida académica y profesional, Andrés había cursado estudios de Derecho y Economía. En 2004, después de casi un año sabático, el vástago de los Olmeda tuvo la oportunidad de ser contratado por Protraesa —Productos Tradicionales de España S.A.—, una sociedad especializada en la exportación de maquinaria y productos agrícolas, principalmente de vino y aceite. En este campo, la empresa destacaba tanto por sus conocimientos y experiencia en la construcción de almazaras, con entrega de llave en mano, como por la venta del mejor aceite de oliva. Lo mismo ocurría en el sector de los caldos, con un prestigio acreditado en el comercio de vinos de crianza, reserva, y gran reserva, y en el montaje de plantas embotelladoras. Protraesa completaba sus servicios ofreciendo asesoramiento, asistencia posventa, y mantenimiento de instalaciones.

Después de seis años formándose y trabajando duramente en la compañía, Andrés había alcanzado el puesto de coordinador comercial y de producción. El dominio del francés, sus conocimientos de alemán e inglés, y la habilidad demostrada para la apertura de nuevos mercados, con un entusiasmo a prueba de bombas, eran valorados por la alta dirección que tenía muy buena opinión de él. Por encima de todo, Andrés destacaba en las distancias cortas, en el tú a tú, convenciendo a los interlocutores más remisos para ponerse en manos de la compañía y hacer negocios, que es de lo que se trataba.

**

A principios de 2010, cuando la crisis económica mundial, y en particular la española, atravesaban ya su tercer año de calvario, la cifra de negocios de Protraesa había disminuido sensiblemente. Andrés y su equipo llegaron entonces a la conclusión, y así se lo comunicaron a sus superiores, que la supervivencia de la firma exigía asociarse con otras compañías europeas para la exportación. Unirse y compartir conocimientos, técnicas y riesgos, serían el mejor trampolín para la penetración en nuevos mercados o para la potenciación de otros infraexplotados. En este ámbito, el joven directivo tenía las ideas muy claras. Después de su reunificación traumática pero exitosa —la denominada, en alemán, *Wiedervereinigung*—, Alemania, por situación geográfica y desarrollo económico, constituía el candidato ideal para establecer una base de lanzamiento de los productos de la firma española hacia el norte del continente. Pero las ideas del coordinador comercial y de producción iban más allá de una mera reacción contra una coyuntura adversa. No se trataba sólo de exportar. Con una visión más a largo plazo, había que crear nuevos hábitos alimenticios para consumir productos españoles de calidad, primero en Dinamarca y Noruega y luego en Suecia, Finlandia y los Países Bálticos. Como es propio de cualquier iniciativa de envergadura, convencer a la empresa no fue tarea fácil.

El 20 de julio de 2010, antes de las vacaciones de agosto —que en España paralizaban sensiblemente la actividad de las empresas y vaciaban los centros de trabajo—, el consejo de administración de Protraesa se reunió en sesión extraordinaria. El objetivo era debatir, entre otros temas, sobre la viabilidad de la Operación Nórdica, nombre que Andrés había puesto a su iniciativa. Como promotor de la idea, y acompañado por los directores de marketing y de exportación, fue convocado a la sesión. Llegaba por fin el momento tan esperado por él y su equipo, desde hacía largos meses. Raimundo Ovejero, el presidente de la compañía, que en esta ocasión no había querido ser sustituido por su consejero delegado, tomó la palabra:
"Señor secretario, señores miembros del consejo, queridos compañeros, voy a ser muy concreto sobre el motivo principal que nos congrega hoy aquí. Se trata de establecer una base firme en Alemania, para luego expandirnos hacia el norte de Europa: en una primera fase, por Dinamarca y Noruega, y en una segunda, por Suecia, Finlandia y los Países Bálticos. Abrir nuevos mercados para nuestros productos; crear hábitos alimenticios potenciando el consumo de nuestros caldos y del aceite de oliva; y diseñar intensas campañas publicitarias, serían los objetivos principales de esta iniciativa. La nueva sucursal de Protraesa debería ubicarse preferentemente en Hamburgo, Bremen, o las capitales de los *Länder* —Estados federados o regiones de Alemania—

situados al norte del país: la Baja Sajonia, el Schleswig-Holstein, Meclemburgo-Pomerania o Brandenburgo.

"Como ustedes saben —continuó—, el volumen de exportaciones, hacia los países que he mencionado, apenas alcanza el 5% de nuestra cifra total de negocios. Andrés mantiene que, si apoyamos su plan con decisión y lo dotamos de medios suficientes, podremos multiplicar por tres el porcentaje anterior. Los beneficios también crecerían pero, sobre todo, en una época de crisis aguda como la que estamos viviendo, conseguiríamos mantener nuestra actividad y la propia estrategia de supervivencia de la empresa se vería consolidada. No hace falta recordarles cómo está de deprimido el consumo interior: la compra media por hogar, de vino de calidad y aceite de oliva, ha disminuido sensiblemente.

"En estas circunstancias, en este entorno de penuria económica —recalcó el presidente— Andrés sostiene que lo más importante es orientarnos a la exportación. Diversificar y también consolidar mercados poco explotados y relativamente próximos es, en resumidas cuentas, la propuesta que figura en el orden del día. Los detalles y las cifras se encuentran en la documentación que se les ha adjuntado a todos con la convocatoria".

Luego, con ironía contenida, añadió: "Imagino que ustedes ya habrán analizado y estudiado el dossier, sopesando los pros y los contras de la Operación Nórdica. Sobre todo quisiera que se fijaran en el plan operativo y en las líneas estratégicas".

A partir de ese momento, en el consejo se formaron dos grupos enfrentados. Uno de ellos era el liderado por el propio Raimundo, aunque todo sea dicho, de forma muy prudente y sin tenerlas todas consigo. Otro, el encabezado por el director de marketing, Pedro Herrera, junto con el responsable de exportaciones, Gustave Crochet, un economista francés que se había incorporado recientemente a la empresa, dentro del plan de captación de cerebros (!) extranjeros.

El señor Herrera, un clásico en la compañía, se dedicaba por encima de todo a cuidar mucho su imagen y el puesto que ocupaba. Lo demás le traía un poco sin cuidado. Presa de una mezcla de envidia, porque Andrés se le había adelantado con una brillante iniciativa, y de miedo, al sentirse amenazado por el posible éxito del coordinador comercial, el director de marketing se opuso radicalmente a la propuesta.

"Si se me permite, señor presidente, señores consejeros —comenzó su discurso retorciéndose el poblado mostacho que cubría sus labios y enderezando su oronda anatomía—, no tengo más remedio que manifestarme en contra de la propuesta del señor Olmeda. Se ha dicho que en las circunstancias actuales, la orientación a la exportación, fundamentalmente hacia los países escandinavos, supondría algo así como un bálsamo milagroso para el futuro de Protraesa. Yo, sin embargo, quiero que seamos conscientes de los riesgos de esta iniciativa. No están los tiempos para nuevas aventuras de resultados inciertos. He repasado detenidamente las cifras que ha presentado Andrés y, sinceramente, sin ofender, considero que adolecen del síndrome de Peter Pan. En sólo tres años, se prevé un incremento superior al 200% en nuestras exportaciones a esa zona de Europa. Luego, hay un detalle que no se ha tenido en cuenta. Todos sabemos lo difícil que es alcanzar acuerdos estables, *Joint ventures*, con las empresas alemanas. ¿Cuánto tiempo va a llevarnos?, ¿qué ocurrirá si finalmente no conseguimos un acuerdo de asociación?, ¿sabemos qué coste van a tener? Puede ocurrir que, después de invertir mucho dinero en la preparación y el montaje de la sucursal, nos veamos abocados al mayor de los fracasos.

"Señores —continuó—, yo, como director de marketing, me opongo radicalmente a esta iniciativa y pido que nos centremos en el mercado nacional. Aquí en España, ya tenemos los hábitos establecidos. Podemos desarrollar una política agresiva de precios, con una campaña publicitaria que tendría un coste muy inferior a ese plan de ampliación de mercados en el norte de Europa. No hace falta gran publicidad —concluyó—, y si somos competitivos, no sólo mantendremos, sino que aumentaremos nuestras ventas, a pesar de la crisis".

A Andrés no le había extrañado nada el parlamento de su *compañero* (!). "El muy tunante, es como el perro del hortelano —pensó—, ni come ni deja comer, por algo le llaman Balones Fuera. Pero cualquiera le echa de la empresa: sólo en indemnizaciones, después de 20 años trabajando y a 45 días por año de salario bruto, se llevaría más de 200.000 euros y además los salarios de tramitación. Eso es lo que está esperando y seguirá tocando las narices hasta que por fin lo consiga o, en su defecto, le ofrezcan una maravillosa prejubilación, para seguir trabajando en negro".

En su turno de intervención, el director de exportaciones, el señor Crochet, llamado *Garfio* por sus detractores, no le fue a la zaga a su colega de marketing y se empleó también a fondo contra el coordinador comercial. "Acabo de aterrizar en la empresa hace unos meses —pensaba, mientras Raimundo Ovejero exponía el proyecto de la Operación Nórdica—, y este cabrón de Andrés ya me ha quitado una posible iniciativa. No lo voy a consentir... El éxito tiene que ser mío". Y es que *Gustave* venía de ocupar un cargo de importancia en un grupo alimenticio francés y era esperado en Protraesa como agua de mayo. El hecho de que un mero coordinador comercial, con categoría inferior a la suya en el organigrama empresarial, pudiera pisarle uno de los posibles proyectos de ampliación de exportaciones, no era de recibo.

Con esos pensamientos se incorporó para tomar la palabra, pero también para lucir su atractiva figura, donde destacaba un pelo abundante, blanco y brillante, un bronceado envidiable, una bella corbata de seda plateada, y su traje azul impecable de solapas cruzadas y raya diplomática: "Señor presidente, señores consejeros, en primer lugar, quiero agradecer la magnífica aportación de Andrés Olmeda. Es encomiable que el personal de la empresa haga propuestas tan positivas, incluso en el ámbito de mis competencias, pues les recuerdo que yo soy el responsable del departamento de exportaciones. ¡Gracias señor Olmeda, gracias de veras! —exclamó Garfio mientras sonreía a Andrés, cuya buena fe no le permitía ver todavía la que se estaba cocinando contra él—.

Sin embargo —continuó, sin dejar de mantener su sonrisa mirando al coordinador comercial—, creo que hay otras alternativas mucho más rentables. ¡China!, ¡Ahí está nuestro gran mercado!, más de mil millones de consumidores dispuestos a lanzarse con avidez sobre nuestros productos, una clase media que crece de año en año, y una tasa de incremento anual del PIB que, en el último lustro y a pesar de la crisis, supera el 9%. ¿Se puede pedir más?".

"¡Qué cabrón! —pensó Andrés, que en unos segundos había pasado de la mayor ilusión a la desesperanza más cruda, ante la acogida hostil de su iniciativa—. Con razón dicen que nuestros vecinos del Norte y nosotros somos primos hermanos, primos carnales. ¡Joder con el tío!, ¡Oh, la, la!, ¡con que buena educación me está jodiendo!".

Ya sin tapujos, Garfio continuó con una exposición que más bien parecía la antesala de la guillotina, en la mejor (!) tradición gabacha: "Creo, honradamente que, antes de tomar una decisión, la Operación Nórdica tiene que ser estudiada con más detenimiento. Propongo para ello que el asunto quede sobre la mesa hasta la siguiente reunión. Yo, por mi parte, prepararé un dosier que titularé *China, ese mercado potencial*. En definitiva, señores, ¡tenemos que despertar a ese gigante!, ¡tenemos que emborracharle con nuestros caldos! Para finalizar, he de decirles que las expectativas de ganancia en el mercado oriental son muy superiores a lo que nos expone Andrés en su documentación, muchas gracias".

Las intervenciones posteriores adquirieron un cariz más personal, en función de las simpatías o antipatías hacia los tres directivos de la compañía que, además del presidente, habían tomado la palabra. Los análisis objetivos brillaron por su ausencia, aunque aparentemente las intervenciones se presentasen ajenas a toda emoción y cargadas de racionalidad. Finalmente, ya sin tapujos, las caras de perro, el cinismo, la indolencia, la ignorancia, el miedo, la euforia... y pocas veces el interés sincero por la compañía, acabaron saliendo a relucir en una reunión que ya se alargaba demasiado.

Después de más de dos horas de intenso debate, sin ponerse de acuerdo ni decantarse claramente una mayoría a favor de la Operación Nórdica, Andrés, temiendo perder su apuesta, pidió la palabra para dar un golpe de mano. Un silencio mortal se hizo en la sala del consejo y, como en un encuentro de tenis, todas las caras de los presentes giraron al unísono hacia el causante de tanta discusión y malestar:
"Señor presidente, señores consejeros, señor Herrera, señor Crochet, ¿Cómo se sentirían ustedes si dentro de tres años nuestros vinos y nuestros aceites, de una calidad inmejorable, hubiesen triplicado sus ventas en el norte de Europa? ¿Se trata de una quimera?, ¿estoy proponiendo algo imposible o descabellado?, ¿qué habría que hacer para que este objetivo se convirtiese en realidad? Yo les respondo: simplemente, establecer una pequeña base logística en alguna de las ciudades o en alguno de los *Länder* (Estados federados de Alemania) que ha citado nuestro presidente. Para ello, tres personas serán suficientes. El secreto de la Operación radica en lo que, con gran maestría (!), ha expuesto nuestro querido Herrera, la asociación con empresas alemanas. Pero yo todavía pongo el listón más alto: en una primera fase, la asociación sólo debería ser con empresas alemanas que tengan delegaciones en Dinamarca y en Noruega. Serían esas compañías las que llevarían el peso de la implementación de las campañas publicitarias, y ello garantizaría el éxito de la operación. A cambio, recibirían la comisión que se negociase sobre la cifra de ventas, o una participación en los resultados de la exportación si quisieran implicarse más, asumiendo mayores riesgos.

"En el caso del vino, lo ideal, desde mi punto de vista y con una estrategia flexible, sería unirse para construir una planta embotelladora. De esta manera podríamos exportar el vino a granel, abaratando mucho los costes de transporte, e involucrando a la empresa asociada en el mantenimiento de la calidad de nuestros caldos. Estoy pensando fundamentalmente en el vino blanco de baja graduación, en el que España se lleva la palma de la competitividad. ¿Qué impide entonces que nos pongamos manos a la obra? ¿Vamos a dejar que nuestros competidores se nos adelanten? Pero por encima de todo, señores miembros del consejo de administración, y ya concluyo, ustedes tienen la última palabra".

La brillante exposición de Andrés había pretendido emocionar, más que convencer con argumentos racionales. Utilizando deliberadamente el principio del placer freudiano y sus conocimientos de programación neurolingüística, quería que los asistentes anticipasen la satisfacción del éxito. Pero no era tarea fácil anular el miedo provocado por el señor Herrera, o *el efecto chino* utilizado por Garfio para ilusionar a los miembros del consejo. A favor de Andrés puntuaba el gran predicamento que tenía entre sus compañeros. Su simpatía, su carácter práctico y decidido, y sus buenas relaciones con casi todo el personal, compensaban el hecho de no ser un clásico de la empresa.

Por el contrario, Herrera, el alias Balones Fuera, era uno de esos dinosaurios del Jurásico, demasiado centrados en su supervivencia y en no arriesgar nada, sin preocuparse por sus empleados. Por ello se había ganado la enemistad de muchos, que además no se fiaban de él. En cuanto al señor Crochet, no llevaba suficiente tiempo en la compañía para que los consejeros pudieran empezar a tomarle en serio. De hecho, a la mayoría, la invocación al imperio chino, sin documentación ni un estudio previo que avalase su propuesta, les pareció el fruto de un espejismo o de una calentura pasajera. Sólo en los oídos de unos pocos sonó la proposición de Garfio como una melodía armoniosa y cautivadora.

Cuando ya anochecía, y los sufridos asistentes a la sesión empezaban a bostezar sin disimulo, el secretario del consejo propuso someter la propuesta de Andrés a votación. La iniciativa fue acogida con entusiasmo, para alivio de todos, que ya estaban hasta las narices, y el plan fue aprobado por ocho votos a favor y tres en contra. Raimundo Ovejero, que era conocido en las altas instancias por saber nadar y guardar la ropa, no tomó partido aparentemente pues en su turno de voto, que era el último, se abstuvo. El presidente de Protraesa pensaba que, más allá de la preparación y de los principios, quedar bien con todo el mundo y no ganarse enemistades era garantía de éxito, de promoción, y sobre todo de supervivencia en las altas esferas, aunque en su fuero interno estuviera de parte del equipo que, con tanto tesón, había diseñado la Operación Nórdica.

Andrés había cosechado un gran éxito en la batalla, pero las guerras son largas y están plagadas de sorpresas...

***

Agustín Grande

Aprobada la Operación Nórdica, después de la tempestuosa pero fructífera reunión del consejo de administración, la actividad en Protraesa se tornó febril. Con renovado entusiasmo, Andrés Olmeda y su segundo de a bordo, Agustín Grande, coordinador adjunto en el organigrama oficial, abordaron el plan operativo que iba a permitir a la empresa su desembarco en los países *fríos* del norte de Europa. Se esmeraban hasta el último detalle, pues en esta aventura querían arriesgar lo menos posible. Sabían que estaban en el punto de mira de los departamentos de marketing y exportación, y no podían permitirse el lujo de cometer errores.

Sin embargo, incurrieron en uno propio de principiantes en una empresa española: no hacer suficientemente la pelota a los órganos de dirección; no consultarles para las decisiones más obvias; no halagar los egos que hay que halagar para luego no toparse con sorpresas desagradables. Andrés y Agustín, que se sentían muy cómodos con sus empleados más próximos, a quienes ellos preferían llamar colaboradores, habían descuidado el ámbito de las relaciones públicas con las altas instancias y lo que es peor, se habían olvidado de la sabia Ley de Murphy: aquélla que establece que *la tostada siempre cae por el lado de la mantequilla.*

Por el contrario, Pedro Herrera, el ínclito Balones Fuera, y el recién llegado Gustave Crochet, se habían dedicado a enredar con los superiores hasta conseguir lo que querían: aprovecharse del trabajo realizado por el coordinador comercial y su equipo y, al mismo tiempo, apartarle de la operación. Los dos se habían aliado, no se sabe si al principio consciente o inconscientemente. Pero ahora se les veía mucho juntos, riéndose, tomando cafés, visitándose en sus respectivos despachos. El español indolente había caído en las redes del francés diplomático, o viceversa. La nueva alianza franco española alcanzó uno de sus objetivos principales: devolvérsela doblada al incauto coordinador comercial, al que los dos directivos se la tenían guardada, por haber puesto en evidencia, ante el consejo de administración, su inactividad y carencia de iniciativas.

El resultado demoledor de todas estas intrigas fue la designación de Balones Fuera para dirigir in situ la Operación Nórdica. Pedro Herrera, que se había opuesto frontalmente a cualquier ampliación de mercados en el norte de Europa, defendiendo la primacía del mercado nacional y sus posibilidades, frente a los costes de una aventura exterior con resultados inciertos, iba a encabezar la delegación de Protraesa. Ahora, ¡ironías del destino!, el director de marketing se hallaba imbuido del mayor entusiasmo. Todo eran buenas palabras sobre los mercados del Norte, frente a la insuficiencia de los mercados locales. "Manda huevos, pensaba Andrés, indignado—. ¡Cómo puede cambiar una persona cuando ve su ego satisfecho! Donde dijo digo, ahora dice Diego".

Su giro actual de ciento ochenta grados revelaba, muy a las claras, que en realidad, lo único que había pretendido, en la sesión tormentosa del consejo de administración del mes de julio, era *joder* a Andrés y su iniciativa por celos profesionales y mala leche. Pero eso, a las altas instancias, les traía sin cuidado. Ya se habían encargado Herrera y Garfio de conspirar y hacer la pelota todo lo que fuese necesario, para barrer de la escena al coordinador comercial y su equipo.

Lo cierto es que la empresa, como lamentablemente ocurre a menudo, había defraudado la confianza de quien, para más inri, poseía un buen conocimiento del idioma alemán, requisito imprescindible si se pretendía llevar a buen término la Operación Nórdica. La bisoñez de Andrés en las lides del cotilleo y la conspiración empresarial, el descuido de los flancos, y la omisión de las muy necesarias labores de escucha y espionaje, para saber por donde van los tiros, habían dado al traste con sus expectativas. Pero, a pesar de todo, apretó los dientes y se sobrepuso, demostrando que tenía una capacidad de encaje a prueba de bombas.

"Después de haber roto con mi novia —pensó—, ahora esto. No es mi año de suerte. ¿Qué me deparará el destino? —se preguntó con resignación—. Las desgracias tienen imán y nunca vienen solas: no hay dos sin tres".

**

Agustín Grande, adjunto al coordinador comercial y de producción, es decir la mano derecha de Andrés Olmeda en el departamento, era un empleado leal y valiente, algo que su jefe valoraba mucho. Pertenecía a esa clase de personas que no se andan por las ramas cuando hay que arrimar el hombro; que afrontan y no rehúyen los problemas, aunque puedan parecer algo distantes; y que, sin perder la compostura, hacen la vida agradable a quienes les rodean. Entre sus virtudes se hallaba la de ser más cooperador que competidor, y no importarle que su jefe y amigo llevara la voz cantante. En el debe, Agustín causaba a veces la falsa impresión de no querer involucrarse en las actividades de la empresa, sopesando exageradamente los pros y los contras. Pero esta mentalidad analítica era muy útil, pues reducía bastante el margen de error en los diagnósticos de situación que se hacían en el área de coordinación.

Hombre joven y de mediana estatura, con un cuerpo delgado y fibroso, semejaba a uno de esos feroces guerreros ibéricos que habían sido tan temidos por las legiones romanas, unos seres de los que, en la España del 2010, ya iban quedando pocos. Su cara redonda, algo alargada, enmarcaba unas facciones simétricas donde destacaban la frente despejada y la mirada franca, con unos ojos negros y penetrantes. Su pelo era liso y de color castaño oscuro, de tipo mediterráneo. Los labios más bien finos, su nariz alargada, y una fuerte mandíbula, reflejaban un temperamento equilibrado y sólido en sus decisiones.

—Nos la han jugado, Agustín —confesó Andrés a su colaborador al enterarse de la decisión que le habían notificado por correo electrónico—. Después de preparar toda *la película* nos han dado una patada en el culo. Encima, ni siquiera tienen la delicadeza de decírmelo en persona.

—No me extraña. Aquí todo son risas y aparente *buen rollo*. Nadie quiere quedar mal con nadie. Pero mira el lado positivo: aunque no seamos nosotros quienes vayamos a viajar y organizar in situ la Operación Nórdica; hemos aprendido mucho estos últimos meses; hemos sido capaces de diseñar una operación de exportación con múltiples facetas y de gran importancia; y nos han dejado hacerlo. Realmente, para el departamento, se trata de un éxito. Tenemos que verlo así, ¿no te parece?

—Sí, ya sé que tienes razón. Lo que pasa es que necesito al menos unas horas para asimilar esta putada. Luego se me pasará y: "a otra cosa mariposa".

—Así me gusta, Andrés.

—La verdad, Agustín, es que no sé lo que haría sin ti en el departamento.

—Nadie es imprescindible, pero la verdad es que con personas como tú, también se trabaja muy a gusto y eso, hoy en día, con la presión que sufrimos, es un tesoro. Te lo digo de verdad; ya sabes que odio hacer la pelota.

—¡Hacer la pelota!, acabas de poner el dedo en la llaga. Creo que tú y yo hemos cometido un error: no hemos sido suficientemente cortesanos y nos hemos dejado comer el terreno. ¿Conoces el síndrome de la rana?

—¿A qué te refieres? —le contestó Agustín intrigado.

—Si hierves agua en una olla y echas una rana dentro, muere en unos instantes y se da cuenta dolorosamente. Por el contrario, si el agua está templada y se va calentando muy lentamente, la rana no se da cuenta de que se está cociendo y acaba muriendo lentamente, prácticamente sin enterarse. Adaptado a nuestra situación, eso significa que nos han eliminado de la Operación Nórdica.

"Nos han cocido sin percibirlo, y encima felices. Es que no se puede ir de buena fe. Al final va a ser verdad eso que decía Hobbes en *El Leviatán* de que el hombre es un lobo para el hombre.

—No se puede generalizar, hay de todo en la viña del Señor, pero es verdad que, en un primer envite, los malos casi siempre ganan. Es lo que nos ha ocurrido ahora –concluyó Agustín.

**

Las desgracias, como bien aventuraba Andrés, no vinieron solas. A finales de septiembre de 2010, faltando cuatro meses para la partida hacia la República Federal de Alemania, es decir para el inicio de la Operación Nórdica, Agustín Grande desapareció misteriosamente. El suceso, además de la lógica conmoción en la empresa, mantuvo a Andrés muy ocupado pues la plaza de adjunto al coordinador comercial y de producción debía cubrirse lo antes posible. Entre los muchos candidatos, era preciso seleccionar a alguien que poseyera, no sólo excelentes conocimientos técnicos e idiomáticos, sino también una gran capacidad de comunicación, muy necesaria en las actividades del departamento.

La situación laboral en la España del tercer trimestre de 2010, con una cifra superior a los 4 millones y medio de parados, equivalente al 20% de la población activa, planteó serias dificultades para elegir, ante la abundancia de aspirantes, al que había de sustituir al añorado Agustín Grande. Finalmente, tras un mes de pruebas y entrevistas, sólo quedaron dos: un austriaco, Heinrich Fischler, y un italiano, Bartolomé Gaetani. La política de recursos humanos apostaba claramente por la contratación de personal extranjero. El presidente Raimundo Ovejero, casado con una holandesa, era un europeísta convencido y había trasladado esa inquietud a Protraesa. Los continuos contactos internacionales, en un mundo globalizado, y las reuniones con responsables comunitarios en el ámbito de la PAC —La Política Agraria Comunitaria de la Unión Europea— exigían tener un personal muy preparado, experto en los idiomas oficiales de la Unión, con visión internacional, y siempre dispuesto a viajar y a relacionarse con sus colegas europeos.

Sobre el primer candidato, el departamento de personal había obtenido bastante información, no sólo por el currículo presentado sino también gracias a las redes sociales, en particular Facebook. El segundo no aparecía en la mencionada red, pero su hoja de vida era espectacular y en las pruebas a las que fue sometido, alcanzó los mejores resultados.

Heinrich Fischler, además del alemán, su idioma natal, dominaba el francés y se manejaba bien con el español y el inglés. Estos conocimientos, junto a ser un experto en la manipulación de maquinaria pesada, inclinaron la balanza a su favor. En el examen práctico, enfrentado a la parálisis de toda una planta embotelladora de vino, fue capaz de diagnosticar el problema, hallar su causa, y acometer las acciones necesarias para ponerla de nuevo en marcha en un tiempo record. Pero lo que más impresionó al equipo directivo consistió en su habilidad para la aplicación de técnicas antiguas que, debidamente actualizadas —y él era un experto en ello—, permitían solucionar problemas que de otra manera no lo habrían sido. En informática, aunque manejaba los programas y los conceptos básicos con soltura, parecía un poco perdido. Pero como demostró en sucesivas ocasiones, su interés y su capacidad para aprender compensaban esas carencias con creces.

Al enterarse de la selección de Heinrich Fischler para ocupar el puesto de Agustín Grande, el segundo aspirante, Bartolomé Gaetani, se presentó en las oficinas de Protraesa y pidió ser recibido por Andrés: "Creo que se han equivocado ustedes por completo. Hay algo en ese Heinrich que no me gusta nada. En la última fase del proceso, hemos tenido que compartir el mismo apartamento. Se trata de un ser extraño.

Creo que oculta algo y mi intuición no suele fallarme. Por lo demás, sus conocimientos técnicos están un tanto obsoletos".

—No sé a qué se refiere —le contestó Andrés—. No quiero entrar en polémica, pero su rival ha resuelto con brillantez el caso de la planta de vino paralizada. Usted no ha sido capaz de hallar la avería y reanudar la producción. Nosotros, en Protraesa, somos muy claros. Los conocimientos teóricos pueden actualizarse, pero lo que más nos importa es la capacidad de respuesta frente a un problema práctico, y el valor añadido que se pueda aportar a la empresa. Además, Heinrich habla alemán perfectamente, usted no.

—¡Allá ustedes! —exclamó Bartolomé—, yo ya les he advertido. En cualquier caso, aquí tiene mi tarjeta, por si deciden cambiar de idea o contar conmigo para futuros trabajos. De todos modos, gracias por atenderme.

—No hay de qué, señor Gaetani.

La reacción del italiano no sorprendió a Andrés que ya había tomado parte en varios procesos selectivos. La atribuyó a la decepción propia de una persona que, considerándose muy válida y preparada para el puesto, no encaja bien su derrota. "Es muy joven todavía y debe aprender Estoicismo —reflexionó Andrés, quien también se aplicaba el cuento después de su derrota, no del todo asimilada, en el liderazgo y organización sobre el terreno de la tan anhelada Operación Nórdica—. Lo cierto es que también me cae simpático, pero no menos que el austriaco".

Enterado de su elección, el nuevo empleado se incorporó de inmediato a su puesto de adjunto al coordinador comercial y de producción. Fue recibido con los brazos abiertos, pues la ausencia de su antecesor en el cargo se notaba mucho. El ritmo en la empresa era frenético y a Andrés, a pesar de su optimismo y voluntarismo, el trabajo le empezaba a desbordar. 40 días sin la presencia y la ayuda inestimable de Agustín, le estaban llevando al borde del agotamiento nervioso.

**

La desaparición de Agustín Grande se había producido en extrañas circunstancias. Cuando había que asistir a alguna exposición de maquinaria o a alguna feria de productos oleicos o vitivinícolas —uno de los cometidos más importantes de protraesa para afianzar su presencia en los grandes mercados—, o cuando era preciso mantener negociaciones en un país extranjero, Andrés era quien representaba a la empresa. Pero en el caso de que éste no pudiera viajar o el evento fuese de menor importancia, quien se desplazaba y le sustituía era su segundo de a bordo, Agustín Grande.

En esta ocasión, se había tratado de viajar al *Land* de Baviera, en el sureste de Alemania, para participar en la Fiesta de la Cerveza de Múnich, la famosa Oktoberfest o Fiesta de Octubre, que iba a tener lugar en la capital de la región desde el día 18 de septiembre hasta el 3 de octubre de 2010. Con dos siglos de existencia, la feria se celebraba en el Theresienwiese —prado de Teresa—, con una afluencia media de más de seis millones de visitantes.

Ante el fuerte incremento, en los últimos años, de las ventas de cerveza en España y varios países de Europa, en detrimento del consumo de vino, la dirección de Protraesa no estaba dispuesta a cruzarse de brazos en beneficio de sus competidores. Por ello, aprovechando la celebración de un congreso sobre bebidas alcohólicas, que tenía lugar no lejos de Múnich y finalizaba justo antes del inicio de la Oktoberfest, se consideró necesario analizar in situ el gran éxito de aquella bebida. El trabajo consistía en recabar toda la información posible: observando, tomando fotos, grabando videos, celebrando entrevistas previamente concertadas, y realizando un estudio de mercado durante los primeros días de la fiesta. Todo ello, dadas las restricciones presupuestarias, debía ser llevado a cabo por una sola persona.

A Andrés le ilusionaba mucho tomar parte en un acontecimiento de esa magnitud, pero tres días antes de la partida empezó a tener mareos y pérdidas de equilibrio que le apartaron temporalmente del trabajo. El médico, que no daba con la causa de su repentino malestar, diagnosticó finalmente una crisis aguda de estrés y prescribió reposo, además de las consabidas recetas de vitamina c, calcio y otros tonificantes. En estas circunstancias, el coordinador adjunto fue encargado inmediatamente de representar a la empresa, tanto en el congreso de bebidas alcohólicas, como posteriormente en la Feria de Octubre.

Agustín era buen conocedor y ferviente admirador del idioma, de la cultura, y de las costumbres alemanas. Había realizado varios cursos de perfeccionamiento del alemán y disfrutado de un año Erasmus en Heidelberg, ciudad universitaria por excelencia, donde había hecho buenos amigos. Ahora se le ofrecía la oportunidad de viajar a su país preferido, aunque, eso sí, con una agenda muy apretada.

Tras participar en el congreso, cuya clausura estaba prevista para el viernes 17 de septiembre, debía presentarse en la Oktoberfest. Su misión, durante el primer día de la feria, consistía en asistir y filmar la cabalgata, la llegada de los *Wiesnwirte* —los propietarios de las cervecerías—, y el acto solemne de la inauguración oficial con el tradicional *Fassanstich* —la abertura del primer tonel de cerveza— en el *Schottenhamel,* el pabellón principal, a las doce en punto de la mañana. La ocasión para pulsar todo lo relativo a la reina madre de las bebidas germanas no podía ser mejor ya que, en 2010, se celebraba el doscientos aniversario de la feria.

Transcurridos cinco días de intenso trabajo y ocio, durante los cuales el coordinador adjunto *se empapó*, nunca mejor dicho, de todo lo relativo a la cerveza, el anhelado fin de semana llegó. Antes de retornar a Madrid, Agustín, a quien su juventud y buena forma permitían reponerse rápidamente de los excesos muniqueses, deseaba visitar a sus amigos de Heidelberg y, por añadidura, hacer turismo en la Selva Negra.

Fue durante ese *week-end* de finales del mes de septiembre, cuando se produjo su inquietante desaparición.

Después de haber redactado el consabido informe completo de sus actividades en el congreso y en la fiesta de la cerveza (las confesables), Agustín llamó a su novia para contarle la excursión que iba a hacer antes de volver a Madrid: "Estoy deseando ver a mis amigos. No te puedes imaginar lo bien que lo pasé con ellos durante el Erasmus, ese maravilloso invento, —le comentó—. Pero también quiero hacer algo de turismo por la Selva Negra. ¿Cuándo tendré otra oportunidad de volver a Alemania? Con lo difícil que es realizar nuestros sueños en esta puta vida y lo negra que está poniéndose la situación económica en España, hay que aprovechar. Ayer le pedí a Andrés que me diese el lunes libre y así poder prolongar un poco mi estancia aquí. Ha accedido... Es un tío fabuloso, ¡Da gusto trabajar con él!". Luego, cambiando el tono de voz, y casi susurrando, añadió: "No sabes cuánto me gustaría que estuvieses conmigo... cuánto te echo de menos, amor".

Ese día extra de permiso, el lunes 27 de septiembre de 2010, iba luego a pesar como una losa en la memoria de Andrés. El sábado anterior por la mañana, después de hablar con su novia por teléfono, Agustín se subió en el Mercedes de alquiler que la empresa había puesto a su disposición para dirigirse a Heidelberg. Situada a unos 350 kilómetros de Múnich, la ciudad pertenece al Land de Baden-Wurtemberg, colindante con el de Baviera, y está emplazada en el gran valle del Neckar, afluente del Rin. Conocida por su ambiente intelectual, con una universidad fundada en 1386, sus bellos edificios barrocos, sus amplias zonas peatonales, y su carácter tranquilo y saludable, hacían las delicias de los turistas. El español la recordaba con cariño, deseando volver a ella.

Nada más llegar, Agustín se reunió con sus amigos, y después de un saludo efusivo, se fue junto a ellos a recordar viejos tiempos. Unas pintas de cerveza, unas *Bratwurst* —salchichas— con abundante mostaza, y las salsas típicas de la región, contribuyeron a hacer el encuentro aún más placentero. Por la tarde, se dieron una vuelta por la *Hauptstrasse* —la calle principal—. Luego se acercaron a Neustadt an der

Weinstrasse, una localidad del Estado federado de Renania-Palatinado, conocida por su producción de reputados vinos. Finalmente, volvieron a Heidelberg y estuvieron tomando copas en su centro histórico, hasta que cerraron el último bar.

Al día siguiente, hicieron una excursión a la Selva Negra, llegando a la ciudad de Freudenstadt, donde se quedaron a comer en la plaza del mercado. Agustín, que era un gourmet y tenían buen apetito, no cabía en sí de gozo. En uno de los restaurantes degustaron el solomillo de corzo picado acompañado de *Spätzle,* la pasta típica de la región, y remataron la jugada con la típica *Schwarzwaldtorte,* la tarta de la selva negra, elaborada con crema, chocolate y frutas procedentes del bosque, que el español apreciaba mucho. Ya por la noche, cenaron en Karlsruhe y retornaron de nuevo a Heidelberg. Allí, el grupo de amigos, inasequible al desaliento, celebró una fiesta de despedida en una de las más conocidas *Bierstube* —cervecería— de la ciudad y, al término de la celebración, el español tuvo que ser *acompañado al* hotel.

**

El lunes por la mañana amaneció oscuro y lluvioso. Después de tomarse un par de aspirinas, para disipar el dolor de cabeza que le aquejaba, y varios cafés bien cargados, Agustín se despidió de sus amigos y en su flamante coche enfiló hacia Munich. Allí le esperaba el avión de regreso a Madrid, con salida a las nueve de la noche desde el aeropuerto internacional Franz Josef Strauss.

Al tener tiempo de sobra, decidió conducir por carreteras secundarias, evitando la autopista y su tráfico intenso. Quería disfrutar del paisaje, descubrir esas bellas casas tradicionales que, entramadas de madera en sus fachadas y escondidas en la espesura de unos bosques frondosos, evocan las leyendas nórdicas y siempre nos sorprenden en el país germano, en medio de tanta modernidad. Quería llenarse de Alemania antes de volver a

España después del intenso trabajo desarrollado, cuyo informe había enviado ya a la empresa por correo electrónico y en varios archivos comprimidos.

El plan era dirigirse primero hacia Karlsruhe y luego, atravesando Stuttgart, la capital del Land de Baden-Würtemberg, desviarse hacia Heidenheim an der Brenz para visitar la casa-museo del *Generalfeldmarschall* —general y mariscal de campo— Erwin Rommel, héroe alemán de la Segunda Guerra Mundial, por quien Agustín sentía gran admiración. A primera hora de la tarde, entraría en Baviera y comería en Dillingen, a orillas del Danubio. Finalmente, pondría proa hacia Múnich para entregar el coche, recoger en el hotel el equipaje que ya tenía preparado, y alcanzar el aeropuerto.

Como acostumbraba Agustín en sus viajes, todo había sido perfectamente planificado y previsto, o al menos eso creía él, para disfrutar hasta el último minuto de su estancia en el país germano. Lo cierto es que, cuando salió de Heidenheim en dirección a Dillingen, el tiempo empezó a estropearse. Pero fue después de hacer alto en esta ciudad, comer y reanudar la marcha, cuando el clima se tornó infernal. "Vaya pedazo de tormenta, ¡joder!, si lo sé, no me aparto de la autopista. Como siga así me parece que van a cancelar el vuelo. En el fondo me gusta la idea, me quedaré más en Alemania". Al impactar tres rayos seguidos frente al coche y en plena carretera, se asustó mucho y decidió parar en la primera gasolinera que encontrase, pues también arreciaba una intensa lluvia. Así lo hizo y se refugió en una posada-restaurante que había al lado de un surtidor próximo a Dillingen. Allí, en torno a un café bien cargado y humeante, estuvo esperando un buen rato hasta que el temporal amainó. Entonces, despidiéndose muy cortésmente de la camarera que le había atendido, y que parecía ser también la dueña del establecimiento, salió resuelto a continuar su viaje...

Al día siguiente, nadie había retirado el equipaje del hotel donde Agustín se hospedaba. En Protraesa, se extrañaron mucho de que no acudiera a la oficina. Sus padres y su novia, que esperaban su llamada desde el aeropuerto de Munich, antes de embarcar, no recibieron ninguna y tampoco consiguieron comunicar con él. La respuesta robótica y monocorde del servidor era que Agustín se hallaba fuera de cobertura. Lo curioso del caso es que el sistema no permitía dejar ningún mensaje. Cuando, en el aeropuerto de Barajas, vieron que no venía en el vuelo programado, el shock fue terrible y denunciaron su desaparición en el acto.

Los días, y luego las semanas, transcurrieron sin ningún éxito en las investigaciones. Parecía como si Agustín se hubiera esfumado. La información que recibió Andrés de la policía alemana, no aportó nada nuevo, no por falta de colaboración, sino porque en realidad había poco que decir. Nadie había visto nada, no había ningún testigo, ni rastro del Mercedes...

**

A principios de noviembre, Andrés decidió viajar a Alemania y hacer una visita relámpago a la comisaría de Dillingen. Tras identificarse y esperar sólo media hora, la comisaria jefe, que había recibido previamente una llamada desde la sede central del Ministerio del Interior en Berlín, le recibió amablemente en su despacho. Se trataba de una de esas grandes y robustas mujeres alemanas que seguramente habría ganado muchos trofeos de dedicarse al atletismo.

—Señor Olmeda, la misma perplejidad que me imagino sentirá usted, es la que nos invade a nosotros. Lo que sí le anticipo es que el caso no está cerrado. Técnicamente, no puede estarlo, mientras no aparezca el cuerpo de su amigo. Con ello no quiero decir que esté muerto... Puede haber pasado de todo. Quizás, después de descartar otras hipótesis, la más plausible es que le hayan secuestrado. Si ha sido así, le aseguro que sus autores son grandes profesionales. En realidad, debo reconocer que sabemos muy poco de este caso.

—Pero, ¿cómo puede desaparecer una persona de esta manera, sin dejar ninguna pista, y lo que es increíble, sin rastro del vehículo?

—Pues es lo que ha pasado. No puedo añadir mucho más. La última vez que le vieron con vida fue en una gasolinera situada a unos kilómetros de aquí. Aunque ya conoce en grandes líneas lo que ha pasado, si quiere leer el informe completo, lo puedo poner ahora a su disposición. Lo que sí le ruego es que cumplimente, por triplicado, el formulario de petición, el acta de exhibición, y la de entrega del expediente. Luego, cuando acabe, le daremos también un recibo de devolución, además deberá registrarse en la salida.

—*Schön danke, Frau Kommissar* (gracias señora comisaria) —agradeció Andrés.

"¡Qué control tiene esta gente de todo! Un poco más y me hacen firmar otros tres impresos. Podría ser por ejemplo, de descargo de responsabilidad, amistad sin compromiso, aportación al colegio de huérfanos, memoria de la solicitud... así podrán archivar y clasificar más. ¡Es que les vuelve locos! Sólo le ha faltado ponerme un sello móvil en las narices" —pensó con ironía, mientras sonreía a la comisaria que le acababa de pasar el amplio dossier del atestado, con las diligencias policiales llevadas a cabo por la *Bundespolizei* (la policía federal), al investigar la desaparición del español.

Efectivamente, Agustín había sido visto, por última vez, en una gasolinera próxima a Dillingen. El informe señalaba que el desaparecido se había detenido en una posada-restaurante situada frente al aparcamiento del surtidor. La dueña del establecimiento se acordaba muy bien, pues una fortísima tormenta, acompañada de un *diluvio*, se desató aquella misma tarde sobre las tres, justo encima del lugar y coincidiendo casi con la entrada de Agustín en el local.

Sin rastro del coche ni del conductor, el resultado del informe fue de *caso inconcluso*. Como no se hubieran desintegrado, era difícil plantearse otra hipótesis, pues la zona había sido peinada exhaustivamente y rastreada con sabuesos muy adiestrados, que no habían olido nada, y con detectores de metales, que no habían detectado nada.

Lo más destacable, y que envolvía aún más el suceso en un halo de misterio, eran las huellas de neumáticos descubiertas a dos kilómetros del hotel-restaurante, al principio de un camino vecinal que se adentraba en el bosque. Lo primero que llamó la atención de los peritos fue la dirección de las marcas, indicando un giro muy acentuado hacia el exterior del sendero. El segundo detalle, aún más sorprendente, fue que el rastro de las ruedas desaparecía bruscamente, a unos quince metros de la senda forestal y en un pequeño claro.

Todo era confuso y frustrante por lo que Andrés no volvió satisfecho de Alemania, sino todo lo contrario. Acababa de perder a un buen amigo, a un fiel colaborador, y todo eran conjeturas al cual más absurda. "Pero la vida tiene que seguir —reflexionó Andrés con resignación—. Ya poco podemos hacer por el pobre Agustín, si no es consolar a su familia y a su novia, ayudándoles en lo que podamos, y gestionar el expediente judicial de ausencia, para que la fría burocracia administrativa no incremente su dolor y les moleste lo menos posible".

Cuando de vuelta en la empresa, Andrés entró en el despacho medio vacío de su querido amigo, de su mano derecha en el departamento, su primer impulso fue tomar una de las fotos enmarcadas de encima del escritorio. En ella aparecía el personal de la oficina al completo. Entonces no pudo evitar emocionarse. Luego, sonrió al ver la pequeña colección de soldados de plomo que Agustín exhibía orgulloso encima de una de las estanterías. Habían sido ¡tantas las reuniones cómplices que habían mantenido!, ¡tantos los golpes de humor, los sinsabores y alegrías que habían compartido!, que iba a ser muy difícil no echarle de menos, en los próximos días, en los próximos meses... en los próximos años. —Los que nos son queridos no se olvidan, no desaparecen nunca de nuestra conciencia, y a las personas sensibles nos acompañan toda la vida—. "Espero, mi camarada, mi querido amigo, que algún día nos volvamos a ver", deseó Andrés en su interior mientras rompía a llorar sin que nadie pudiera oírle.

***

Preparativos accidentados

El nuevo adjunto al coordinador comercial y de producción se hizo cargo en tiempo record de sus responsabilidades, alcanzando un rendimiento más que aceptable y granjeándose la confianza de Andrés Olmeda, que estaba muy contento con el austriaco. Heinrich era servicial y atento, sin llegar a ser empalagoso. Acompañaba a Andrés en sus visitas más importantes y, como una esponja, se empapaba de todo tipo de conocimientos. Dotado de una férrea voluntad, era capaz de quedarse en la empresa más tiempo que nadie. Parecía movido por un deseo irrefrenable de aprender todo lo que pudiera sobre las actividades de su jefe. Aun fuera del trabajo, se ofreció a ir con él al gimnasio y acompañarle a correr a la Casa de Campo, en el circuito dominical que Andrés recorría junto con sus amigos atletas. Juntos salían también, de vez en cuando, a tomar copas. A Heinrich, como era natural, le encantaba la cerveza. Era un experto en esas lides y parecía un conservador en un museo de esta bebida, pues conocía marcas ya desaparecidas o muy difíciles de conseguir en España.

Al lado de estos comportamientos, que su jefe valoraba, el austriaco tenía reacciones un tanto desconcertantes. En una ocasión, cuando volvían juntos en autobús, después de gestionar una solicitud de licencia de exportación, un amigo, del que Andrés hacía tiempo que no sabía nada, subió en una de las paradas. Éste, al verle, se levantó inmediatamente, se le acercó, y después de saludarle efusivamente, se quedó de pie conversando con él. En la siguiente estación, una persona de raza negra entró en el transporte público y se sentó al lado del austriaco en el lugar que había dejado vacío su jefe. Entonces, ante la sorpresa de los que estaban más cerca, Heinrich desocupó su asiento, como impulsado por un resorte, dirigiéndose hacia la parte delantera del autobús, donde se encontraban su jefe y el amigo de éste.

—¿Qué te pasa? —le preguntó Andrés un tanto perplejo, pues se había percatado de la extraña reacción de su adjunto.

—Nada, es que no me sentía bien.

—¿Tienes algo contra los negros?, ¿olía mal?

—¡No, qué bah! —respondió forzando algo parecido a una sonrisa—, es que, de pronto, he sentido como un pinchazo en el estómago. Voy a tener que ir al médico. Parece que, de pie, se me alivia un poco —añadió mientras ponía su mano derecha sobre la boca del estómago.

Pero, al margen de estos comportamientos extraños, Heinrich era un buen compañero. Se notaba que estaba acostumbrado a trabajar en equipo y no dejaba a nadie en la estacada. Tampoco era renuente, a pesar de su cargo, a mancharse las manos de grasa si había que arreglar alguna máquina de los equipos que la empresa entregaba llave en mano. Siempre estaba dispuesto a ayudar, y a pesar del poco tiempo que llevaba en la empresa, era apreciado por el personal.

Físicamente, el rubio austriaco era un ser peculiar, una persona de contrastes. Con una estatura de un metro ochenta y cinco, y un cuerpo delgado pero fuerte y fibroso como una estaca, parecía más preparado para las pruebas de resistencia que para las de potencia. Al contrario que su cuerpo, su cara era ancha y cuadrada, de tipo braquicéfalo, y algo tosca. Una larga cicatriz, que a menudo se rascaba con su dedo índice, surcaba una de sus mejillas y era testimonio de la *Mensur* —la prueba de valor de algunas hermandades de estudiantes germanos—. Sus vivos ojos gris azulados, junto a una nariz de silla de montar y unas orejas grandes, hacían que Heinrich no pasara desapercibido para nadie.

Más que un ingeniero, experto en el funcionamiento de plantas embotelladoras y del trabajo en cadena, el austriaco daba la impresión de ser una mezcla de boxeador, de agricultor, y de ganadero de alta montaña acostumbrado a la ventisca y a las tormentas. Por lo demás, sus maneras educadas y su sentido del humor allanaban el trato con sus compañeros, que lo consideraban una persona muy agradable.

En el plano político, Heinrich no dejaba traslucir sus preferencias. Por el contrario, Andrés tenía algunas ideas meridianamente claras y no lo ocultaba. En términos generales, consideraba que el acogimiento de gentes venidas de otros pueblos y razas constituía un beneficio siempre que hubiese trabajo para todos. También pensaba que, una vez integrados, los inmigrantes ya formaban parte de la sociedad y entonces, si no había trabajo, no veía justo que se les tratase como una mercancía que ya no se necesitaba y, sin más, se les echase, salvo en el caso de los delincuentes a los que era partidario de expulsar inmediatamente.

Lo cierto es que siempre le había importado un pimiento lo de la pureza de la raza —que él más bien consideraba como degeneración de la raza—. Científicamente está demostrado que un cierto grado de mezcla entre razas es muy saludable y es tanto más positivo para una sociedad cuanto más cerrada es ésta: "¡Abrid las ventanas y dejad que entre aire fresco que limpie el ambiente y le llene de esporas, de semillas de vida que han de fructificar en el futuro!", pensaba a menudo.

Este era el caso de España, donde la tasa de fertilidad, es decir el número promedio de hijos nacidos de mujer en edad fértil, había aumentado gracias a la intensa inmigración que se había producido años atrás en una población ya bastante envejecida y muy necesitada de una renovación, que las mujeres españolas, por razones de todo tipo, no estaban en condiciones de asegurar. Sin embargo, el resultado final seguía siendo insuficiente con cifras ciertamente alarmantes y que, a consecuencia de la crisis, volvían a caer. La tasa de natalidad española en 2010, el número anual de nacimientos por cada 1000 habitantes, había sido de 10,91, dentro del grupo de países del mundo con cifras más bajas, y la de fertilidad el 1,47%, también, muy por detrás por ejemplo de Francia, con una tasa del 1,96%. De esta manera, España, ante la impávida indiferencia de sus gobernantes y de la mayoría de la población, sumida en el materialismo y en una gran crisis de valores, ni siquiera era capaz de asegurar la reposición vegetativa o natural de su población, suicidándose lentamente.

Otra de las cosas que sacaban de quicio a Andrés era la inquietante perversión del lenguaje, la utilización de términos políticamente correctos, de nombres impropios, difusos o eufemísticos, en lugar de llamar a las cosas por su nombre:

"¿Por qué no hablar de blancos, mulatos, indios o negros, sin más? El desprecio —reflexionaba— no está en los vocablos, sino en la intención, en los ademanes, o en el tono de voz de quien los utiliza. Por eso no está justificado que se utilicen otras palabras, como por ejemplo personas de color, por su excesiva amplitud y ambigüedad y que, más bien, constituyen toda una cursilería".

"¿Por qué utilizar palabras extranjeras si el Español, idioma muy rico, nos ofrece todo tipo de posibilidades? —se preguntaba a menudo—". Utilizar profusamente expresiones como *Email,* en vez de una palabra tan adecuada y tradicional como correo, en este caso electrónico; *Lleida*, para referirse a Lérida; *briefing*, para sesión informativa; *coaching* para entrenamiento; *showroom*, para piso piloto, *hostess* para anfitrión, etc., lo consideraba una soberana gilipollez, propio de la incultura, del sectarismo ideológico o de un esnobismo exagerado. Otra cosa es que no hubiera una palabra equivalente en castellano, entonces, la asimilación de un vocablo extranjero, de cualquier otro idioma, era algo positivo, útil y aceptable, pues contribuía al enriquecimiento del idioma español.

Pero Andrés era plenamente consciente que, a este respecto, el nivel de ignorancia y de alineación de la sociedad española con lo políticamente correcto, junto con la nefasta y destructiva influencia de los nacionalismos y la debilidad de una sociedad civil muy intervenida y dependiente de los poderes públicos, hacían muy difícil una vuelta a la cordura y al sentido común.

**

Aproximándose ya el final del año, los preparativos de la Operación Nórdica se aceleraron al máximo, pues el reto al que se iba a enfrentar la compañía era de gran envergadura. En los últimos meses, la situación económica de España estaba empeorando. En diciembre de 2010, el producto interior bruto había experimentado un retroceso cercano al 0,4 %, y el indicador de confianza del consumidor, disminuido un 20%. El mercado del vino, y sobre todo el del aceite de oliva, producto sustituible con facilidad por otros óleos más baratos como el aceite de girasol, no eran inmunes a esta situación general de penuria económica y se habían contraído. La consecuencia era un declive sensible en la actividad de la empresa y un ERE —expediente de regulación de empleo— que estaba al caer sobre las cabezas de los angustiados trabajadores de Protraesa.

En ese escenario sombrío, la necesidad de consolidar una plataforma asociada de negocios en el país germano, para incrementar las exportaciones, se hacía cada vez más patente. Por ello, la dirección de la sociedad exigió al departamento de coordinación comercial un esfuerzo suplementario. Era de capital importancia que todo estuviera preparado, hasta el mínimo detalle, antes del 10 de enero de 2011, fecha establecida para la partida de la delegación empresarial hacia su aventura nórdica. En particular, tanto la precampaña publicitaria para Noruega y Dinamarca como el plan estratégico para la apertura de una delegación del vino en Alemania debían estar cerrados.

De todos modos, Andrés y Heinrich se reían mucho de la situación que se había creado con el nombramiento de Pedro Herrera, alias *Balones Fuera,* para encabezar la Operación Nórdica. En el colmo del absurdo, éste no entendía

45

ni papa de alemán, aunque sí algo de inglés. El problema se solucionó con la incorporación a la delegación de Protraesa de una de las secretarias de dirección más apreciadas en la casa, Elena Sánchez. Ésta hablaba aceptablemente bien alemán e inglés, además de tener fama de eficaz trabajadora y llevar casi siete años en la empresa.

Elena era una mujer atractiva, del género resultón, no una *miss* ni nada por el estilo, sino más bien, una de esas mujeres dulces, coquetas y dotadas de una feminidad innata, que te hacen sentir muy bien cuando estás hablando con ellas, aunque luego, *si te he visto no me acuerdo*. Morena de las de Julio Romero de Torres, con lejanos rasgos orientales por un antecesor malayo, lo que más destacaba en su rostro redondo eran unos ojos de color castaño oscuro, grandes y muy abiertos, típicos de las personas persistentes y previsoras que tienen claras sus metas. El conjunto lo remataban una nariz chata y unos labios proporcionados y sensuales. Daba igual que vistiera falda o pantalón, todo le sentaba bien, pues sus prometedoras caderas y un cuerpo esbelto, que ella cuidaba mucho acudiendo todas las semanas a clases de baile y de gimnasia rítmica, llamaban la atención.

Todo parecía estar atado y bien atado para el inicio de la Operación Nórdica, pero incluso los nudos más fuertes no pueden resistir los embates del destino, del azar o de la Divina Providencia. En este caso, el plan, tal y como estaba previsto, fracasó. El orden esperado de las cosas se alteró truncando los deseos del *general Balones Fuera* que ya se creía victorioso. A finales del mes de diciembre, Pedro Herrera sufrió un pequeño accidente que le impedía caminar. Se había caído en las escaleras del metro, y de resultas tenía un esguince en el talón del pie derecho, con fortísimos dolores que no le permitían apoyarlo en el suelo. En estas condiciones, aunque se resistía con todas sus fuerzas, su participación en la expedición para abrir nuevos mercados era de todo punto imposible. Al final, su inclinación por el mercado nacional, la tesis que con tanto ahínco había defendido en el consejo de administración de julio, iba a ser una realidad. Pero él no llegaba a apreciar esta oportunidad (!). No sólo se sentía decepcionado, sino lo que es peor, lleno de rabia y corroído de nuevo por la envidia, ya que por decisión de Raimundo Ovejero era precisamente su competidor, Andrés Olmeda, quien a la postre iba a tener la oportunidad de capitanear la Operación Nórdica.

"Bueno —reflexionó este último, morbosamente satisfecho—, *quien siembra vientos, recoge tempestades*. Primero, *Balones Fuera* me atacó frontalmente, y luego no dejó de intrigar, el muy cabrón. Para no tener problemas, la empresa cedió y le dio la responsabilidad del nuevo reto en lugar de cantarle las cuarenta. Al final la justicia se impone y además, no hay mal que por bien no venga —continuó cavilando con ese toque de ironía que le caracterizaba—. Ahora, *Pedro Pelanas Peludo Pintón*, como también llamaba al director de marketing, podrá dedicarse a estudiar nuevas técnicas de prospección de mercados. Incluso puede colaborar conmigo a distancia. Creo que esto último le encantará... Habrá que fomentarlo".

Nada más enterarse de la designación de Andrés, Heinrich corrió, o mejor dicho, voló para ofrecerse a su jefe. Quería acompañarle a toda costa en su singladura por las zonas gélidas del norte de Europa. Andrés, que en el fondo ya contaba con él, no lo dudó ni un instante. Necesitaba a alguien muy preparado y que también hablase perfectamente el alemán. Heinrich Fishler era la persona idónea.

**

Pero aquí no acabaron los infortunios previos a la partida. Esta vez, el perjudicado fue el propio Andrés. El primer domingo de cada año, en este caso del 2011, como tenía por costumbre el grupo de atletismo al que pertenecía, la temporada atlética se inauguró con una media maratón en la Casa de Campo. Nada mejor para iniciar el nuevo año que

¡correr!, ¡saltar!, ¡respirar aire puro!, sentirse vivo, joven y lleno de energía, desafiando al viento, a la nieve, a la lluvia; expulsando los malos humores, el alcohol y las toxinas acumuladas en las fiestas de fin de año. Para Andrés, el rito iniciático y casi religioso tenía, en esta ocasión, un segundo significado; se estaba despidiendo de su querido escenario habitual para la práctica del footing. El plazo previsto inicialmente, para culminar la Operación Nórdica en Alemania, era de seis meses y durante este período Andrés no iba a tener muchas oportunidades de regresar a Madrid. La empresa había recomendado a sus empleados que, si era posible, no dudasen en permanecer los fines de semana en el país germano. El objetivo consistía en visitar las ferias y demás eventos relacionados con el mundo del vino, estrechando lazos profesionales con las personalidades y ejecutivos más relevantes en ese campo. Por supuesto, Protraesa correría con los gastos correspondientes. Todo se hacía poco para asegurar el éxito de la operación.

El hecho es que Andrés disfrutó al máximo con sus amigos atletas, los que corrían con él normalmente todos los domingos, y también con Heinrich, que se había sumado al grupo por sorpresa, pues el austriaco le había dicho a su jefe que ese fin de semana iba a estar fuera de Madrid. Tras una ducha relajante en el polideportivo José María Cagigal, donde dejaban sus bártulos antes de iniciar la carrera, y de unas inmensas y espumeantes cervezas en un bar cercano, que después de la paliza les supieron a gloria, Andrés volvió en coche a su apartamento.

Su vivienda a ratos, pues a raíz de su ruptura sentimental la mayor parte del tiempo libre lo pasaba en compañía de sus padres, se encontraba en un edificio antiguo de estilo típico madrileño, con fachada de ladrillo visto y balcones rectangulares isabelinos, floreados en la forja de hierro. Desde los pisos exteriores se disfrutaba de una vista excelente sobre el Parque del Retiro, pero éste no era el caso de Andrés. Dadas sus escasas posibilidades económicas, y aun habiendo comprado a buen precio en el 2004, antes de la crisis económica, se había tenido que contentar con un piso interior de 50 metros cuadrados. Situado en la trasera del edificio, *la de los pobres*, lo había reformado para adecuarlo a los tiempos modernos, cambiando el cuarto de baño, ampliando el salón, y suprimiendo uno de los dos dormitorios.

Mientras subía a su casa en ascensor, Andrés tuvo el presentimiento de que algo malo había ocurrido o iba a ocurrir, y empezó a inquietarse. Los hechos le demostraron que su intuición no iba desencaminada. Nada más entrar en la casa, el alma se le cayó al suelo. El óleo que colgaba en la pared del pequeño recibimiento, frente a la puerta, y que le había regalado su amigo y poeta Gabriel de Alarcón, estaba rajado de arriba abajo y tirado en el suelo. El pasillo que conducía al salón apareció anegado de papeles y de objetos personales, en su mayoría rotos y pisoteados salvajemente. Pero lo que más abrumaba a Andrés era lo que le hubiera podido pasar a su perrita King Charles. Ese domingo, excepcionalmente, no había querido llevársela con él a la Casa de Campo. Normalmente, cuando se aproximaba a la puerta de entrada, Laska, que así se llamaba el can, se ponía a ladrar. En este caso no lo había hecho y Andrés se temía lo peor. De pronto, escuchó unos gemidos en forma de ladridos apagados que procedían de la pequeña cocina del apartamento. Apresurando sus pasos entró en la estancia. El pobre animal yacía malherido. Debía de haber recibido muchos golpes, pues tenía la boca bañada en sangre y una de sus patitas delanteras parecía rota. Laska, apenas vio a su amo, meneó el rabito. "Pobrecita —le dijo Andrés en voz alta al tiempo que la acariciaba tiernamente—. ¿Qué salvaje sin entrañas puede haberte hecho esto?". Sobreponiéndose a la impresión y olvidándose de todo lo demás, cogió una toalla del baño y, con todo el cariño y cuidado de que era capaz, envolvió tiernamente a su mascota, que le lamía la mano, y se la llevó al veterinario cuya clínica se encontraba en una calle cercana. La perrita, que no le quitaba ojo a su dueño, quedó a buen recaudo, pero los veterinarios, después de un reconocimiento exhaustivo, le dijeron que laska tenía lesiones internas muy graves y que lo más probable era que no pasará de la noche. A las dos horas, la perrita murió sin que se pudiera hacer nada para evitarlo.

Con un sentimiento ambiguo de tristeza y de rabia por lo que había pasado, Andrés retornó a su apartamento para examinar con detalle lo sucedido. Como había comprobado antes, sus objetos personales más queridos, sus álbumes de fotos, sus libros, el ordenador portátil, el ordenador de sobremesa, la televisión... en fin, todo aquello que a una persona le traía recuerdos o le hacía la vida más agradable, había sido lanzado con saña contra el suelo. Los documentos que guardaba en su despacho-dormitorio yacían esparcidos por toda la casa. Parecía como si un tornado hubiese barrido todas sus pertenencias.

El sentimiento de impotencia que suele invadir a la víctima en esos momentos dio paso, en una persona como Andrés, a un pensamiento de prudencia y cierta frialdad: "Quien o quienes hayan causado tanto mal no se van a salir con la suya. De todos modos, puedo darme con un canto en los dientes. He tenido suerte... ¡Y si llego a estar dentro en el momento del asalto! Ahora lo que tengo que hacer es dirigirme a la comisaría más próxima, denunciar lo que ha ocurrido, y esperar la visita del equipo de la policía criminal para recoger todas las pistas e indicios que pueda".

**

Dejando todo como estaba, salió del apartamento y se personó en las dependencias policiales. Ahora tenía que lidiar con la burocracia policial y pronto cayó en la cuenta de que sus penurias no habían acabado. Un domingo, a las siete de la tarde, no era precisamente la hora más conveniente para requerir la actuación de la autoridad pública. En la entrada de la comisaría estaban de guardia tres policías de uniforme. Como es lógico, Andrés se dirigió primero a uno de ellos:

—Han entrado en mi casa, cerca de aquí; me han destrozado muchas cosas, han matado a mi perrita, y no sé si han robado. Lo he dejado todo como estaba y venía a denunciarlo. —El policía le miró con cara de extrañeza, como si la cosa no fuese con él.

—¿Cómo dice?, ¡Ah, Sí!, no se preocupe, pase al interior. Subiendo las escaleras, a la derecha, está la sala de espera. La estancia que le había señalado el policía era pequeña, calurosa y vetusta. En sus paredes se veían las fotos de algunos delincuentes y de terroristas que estaban en búsqueda y captura. En la sala había diez personas sudando copiosamente. Parecían sufridores de esos concursos de televisión u opositores que, encerrados cruelmente en su habitáculo incomunicado, esperasen a ser examinados oralmente por el tribunal, en este caso, por el comisario o su sustituto.

—Buenas tardes —dijo amablemente Andrés, al entrar— . ¿Hay que pedir la vez o hay número? —Una pobre señora de mediana edad, con la mirada ausente, le respondió:

—Hay una máquina para dar números, pero está estropeada. Yo soy la última.

Después de más de tres horas que se le hicieron eternas y durante las cuales apenas cruzó palabra con las personas que se encontraban allí, encerradas en sus problemas, un segundo policía, menos frío que el primero, le recibió en un pequeño despacho al llegar su turno:

—Cuénteme, ¿qué le ha pasado? —preguntó inquisitivo y poniendo cara de perro sabueso. —Andrés le refirió lo sucedido con todo lujo de detalles. El policía, tras tomar nota de los datos personales, fue recogiendo en su ordenador el relato del denunciante. Pero la transcripción se vio interrumpida a causa de una avería

—¡Vaya hombre!, se ha bloqueado el ordenador —dijo, mirando incrédulo a Andrés—, debe ser el sistema que se ha caído.

Pasados unos minutos sin solucionar el problema, el policía se dirigió de nuevo a Andrés:

—Pues me parece que no vamos a poder continuar. Es que con los recortes que nos están haciendo, dentro de poco vamos a tener que generar la electricidad nosotros mismos, con una dinamo manual. Además Pepe, *el eléctrico*, está de baja por stress y él es quien entiende de estas cosas. En cuanto al servicio de mantenimiento, casi siempre está comunicando. A mí esto ya me pilla un poco mayor —añadió, ante los ojos perplejos del denunciante, que no daba crédito a lo que oía—. "Por lo menos aquí no me han hecho firmar veinte impresos como en Alemania —pensó—. Hay que mirar el lado positivo de las cosas". Pero Andrés, a quien la estancia en la dependencia del Ministerio del Interior no intimidaba, decidió tomar cartas en el asunto:

—¿Me permite una sugerencia? —se atrevió a preguntar—. Apague y encienda el ordenador, o si lo prefiere, reinicie. A veces suele funcionar. —El subcomisario lo hizo y, ante su sorpresa, el programa de tratamiento de textos empezó a funcionar. Pero al no haber archivado la transcripción, tuvo que empezar todo de nuevo ante la cara de circunstancias de Andrés, que empezaba a enfadarse. Finalmente, el policía acabó su trabajo.

—Espere aquí un momento, voy a al cuarto de arriba, a la impresora. —Entonces, ante la sorpresa del denunciante, el policía se fue y le dejó sólo. "Joder, cómo está el tema —se dijo Andrés—. No tienen ni para impresoras en los despachos. Me temo lo peor, ¿Pero, cómo se va a perseguir así a la delincuencia?". Al poco rato, el policía bajó muy tranquilo.

—Señor Olmeda, tendrá que esperar un momento para firmar la copia, no sé qué pasa con la impresora. Están viéndolo ahora. ¡Qué grandes disgustos nos causan a veces estas cosas modernas!

"Qué será lo siguiente? —pensó Andrés, que continuaba alucinando—. Esto es peor que el asalto a mi casa. Si lo sé, no presento la denuncia y me como el marrón. Ya lo dijo Eduardo

Punset en su libro *El viaje a la felicidad*, vivimos en la sociedad de las averías. Mucho chip, mucho PIB y mucho bit, pero no funciona nada. Todo se estropea y te joden. Encima si quieres reclamar, no hay nadie, todo tiene que ser *on line* o por teléfono. En este último, la tortura es mayor: te hacen perder el tiempo y el dinero con su 902, su tele asistencia, su anonimato, sus muchos robots, esa alegre (!) música en espera, que suena más a burla que a otra cosa, esos largos mensajes publicitarios que aprovechan para contarte, sin tu permiso, como si se tratase de un relato para niños tontos, y ese interminable *manténgase a la espera*. Por supuesto, en el colmo del cinismo y del engaño, te dicen que te están grabando *por tu bien*, utilizando distintas fórmulas, cuando en realidad se trata de tenerte controlado y amedrentado en todo momento. Y lo peor del caso es la sensación de impotencia, el cabreo, y la cara de gilipollas que se te queda".

A los pocos minutos, las reflexiones filosóficas de Andrés se quebraron. El teléfono sonaba y el policía, sonríente, descolgó el auricular:

—Sí, sí, no, no, no, ya, bueno, vale, pero... ¡Ah!, claro. —y colgó—. No encuentran la avería —sentenció.

—No quiero importunarle pero, ¿me permite otra sugerencia? —se ofreció de nuevo el sufrido ciudadano.

—¡Sí claro, cómo no! —le respondió el policía—."Por lo menos es una persona humilde y eso le honra. ¡Con la cantidad de prepotentes y soberbios que hay y que no se dejan ayudar! —se dijo Andrés en su interior". Luego se dirigió de nuevo al policía:

—¿Ha comprobado en el panel de control?

—¿El qué? —respondió el gendarme que, al parecer, utilizaba el ordenador sólo como una máquina de escribir avanzada.

—Sí, el panel de control. ¿Me permite que lo vea un momento? —Entonces Andrés, ni corto ni perezoso, se sentó en el lugar del policía, pinchó el icono correspondiente y vio que había dos impresoras preconfiguradas. Quitó la señal de la que se estaba utilizando y seleccionó la segunda.

—Pruebe ahora, a lo mejor funciona.—El policía dio la orden de impresión, subió de nuevo al *cuarto secreto de las impresoras* y, efectivamente, al poco rato, con una flamante cara de satisfacción, bajó blandiendo los papeles con la mano, como si se tratase de un estandarte. Andrés firmó el original y recibió acto seguido la copia de la denuncia. Sin embargo, lo que el servidor público dijo a continuación no le gustó nada:

— ¿Andrés, me permite que le tutee?

—Por supuesto, comisario —le respondió pensando que, aunque no fuese comisario, le gustaría que se lo llamasen.

—Te voy a hablar con toda sinceridad. Hoy va a ser imposible que un equipo de investigación se desplace a tu domicilio.

—Me hago cargo, es domingo, yo no pretendía que...

—El problema no es ese Andrés, es que ni mañana, ni probablemente la semana que viene.

—¿Pero, qué me estás diciendo?

—Te estoy diciendo la verdad. Debes de ser consciente de nuestra carencia de medios y de las numerosas intervenciones que tenemos que llevar a cabo en Madrid. Además están las prioridades. Nuestro protocolo de actuación exige tratar primero los asesinatos y los homicidios. Los robos y los allanamientos de morada vienen después.

—No sé si llorar o reírme.

—No te enojes, ríete mejor, porque no te queda otra. Además es muy bueno para la salud y no se te pondrá cara de amargado, o cara de vinagre, como se les ve a muchas personas por la calle que no han sabido encajar los malos momentos de la vida con deportividad. Fíjate en mí, ni una arruga, ¡No hay nada como un poco de Zen en la vida y tomarse las cosas con humor!

—Sí, todo eso está muy bien, pero ¿qué clase de Estado es éste que maltrata a sus ciudadanos de esta manera? —le salió del alma a Andrés, ante la última gota que colmaba el cáliz de su frustración, al tiempo que pensaba: "Vaya jeta que tiene el tío, aunque en el fondo tiene razón, no hay nada como reírse un poco".

—Yo no puedo entrar en eso... simplemente te cuento las cosas como son —respondió el funcionario, encogiéndose de hombros—. Es lo que hay, no hay más y debemos adaptarnos.

—Y yo agradezco tu sinceridad, aunque ¡vaya gaita!

—Eso, díselo a los políticos.

—No, ya veo, se conoce que a ellos esto no les interesa mucho. Están en otras *batallas*, como dicen. Por cierto, ¿cómo te llamas?

—Me llamo Román, Román González.

—Román, en la puerta de la comisaría, había tres policías y no parecían muy ocupados. No entiendo entonces lo de la falta de medios...

—Comprendo su desazón señor Olmeda, pero la asignación de recursos y la distribución de efectivos no es de mi incumbencia —le contestó el tal González que, deliberadamente, dejó de tutearle—. Si quiere puede presentar una queja, aunque yo le aconsejaría que se dirigiese a una agencia de detectives. Seguro que ellos son mucho más rápidos —añadió el policía con sorna.

Andrés no quiso responderle pues no iba a conseguir nada y le subiría la tensión. En cuanto a la idea de presentar una reclamación en queja, también la desechó, pues pensaba —acertadamente— que no iba a servir para nada: "Se trata de funcionarios. Entre ellos se protegen y además al responsable político de turno, como es habitual, el tema le va a aburrir soberanamente y no se va a hacer responsable. Como mucho, sólo conseguiré que mi queja engorde las estadísticas de alguna institución oficial y, ¡hasta luego Lucas!".

Tras despedirse cortésmente de Román, que en el fondo no tenía culpa del estado calamitoso de las cosas, y haciendo un sabio ejercicio espiritual de resignación cristiana, abandonó la comisaría, no sin antes echar un vistazo a la pared que estaba delante de él. Allí había un póster de gran tamaño que decía: "Ciudadano, confía en tu policía, no caigas en el desánimo y denuncia el crimen". "Vaya —se quejó interiormente— encima de cachondeo".

**

Después de su Viacrucis por la comisaría, Andrés llamó inmediatamente a sus padres, a quienes ya había puesto al tanto de todo, especialmente de la muerte de Laska, desde la sala de espera de las dependencias policiales. Les dijo que no tenía más opción que irse a vivir con ellos unos días. Al llegar a la casa paterna, sus mayores le recibieron con un cálido abrazo y muchos besos. Fernando, su padre, le comentó que días antes de la irrupción en el apartamento, había recibido en su clínica a un extraño personaje que había hecho muchas preguntas:

"No parecía, desde luego, alguien de aquí. Su acento podría ser del norte de Europa pero ya sabes, hijo, que yo para eso de los idiomas... Hablaba español bastante bien y, no sé cómo, la conversación se fue centrando sobre su hijo y sobre ti y tus actividades. Tras hacerle una limpieza de boca, por cierto una boca muy cuidada, con empastes de una amalgama muy fuerte que seguramente habían amasado a dedo, le pasé a la sala de espera. A pesar de no tener cita previa, había insistido mucho para que le empastase una muela, a lo que accedí pues no están los tiempos para desechar nada. El tío aguardó más de dos horas para ser atendido, devorando las revistas que, de costumbre, ponemos a disposición de los clientes. De vez en cuando me pasaba por la sala de espera y le veía muy ensimismado en su lectura.

"Según me dijo luego la enfermera, que desde recepción podía observarle, iba vestido de una manera un tanto rara, como *demodé* para España. Pero ya sabes hijo, que ahora cada uno va como le da la gana, incluso como Cantinflas, así que tampoco era tan raro. Lo que más impresionó a Olga —la auxiliar de enfermería—, era la manera de pasar páginas, siempre al mismo ritmo durante casi todo el tiempo, como un robot al que nada distraía. Parecía como si estuviera grabando datos. No sé si esto tiene algo que ver con lo que te ha ocurrido, pero tengo una sensación extraña... como si los dos hechos estuviesen relacionados. En fin, no quiero que nos pongamos nerviosos. Sólo te pido, y tu madre y yo también lo vamos a hacer, que tengas los ojos bien abiertos, por si acaso. Ya sabes, hijo, que cuentas con nosotros para todo".

La demora para la inspección de la policía no fue tan larga como le había anticipado el subcomisario Román González. El lunes 10 de enero, un equipo de la brigada de investigación criminal se presentó en el piso siniestrado para realizar su labor. Los inspectores, después de un trabajo muy profesional, tomando huellas y recogiendo otras pistas que luego serían analizadas por el personal técnico, preguntaron a Andrés si fumaba, pues habían descubierto dos colillas de pitillos sin filtro. Éste les respondió que de vez en cuando quemaba algún puro, pero que cigarrillos nunca.

Lo que les extrañó mucho es que no se hubiera sustraído ningún objeto de valor. Los destrozos ocasionados parecían más producto de la rabia que del afán de lucro. Tampoco faltaban documentos personales. La verdad es que, desde antiguo, Andrés prefería guardarlos en casa de sus padres, dejando únicamente en su apartamento expedientes y legajos relacionados con sus tareas profesionales, junto con recibos, facturas, y extractos de cuentas bancarias. Los que sí habían desaparecido eran los discos duros de sus dos ordenadores. Menos mal que había tomado la precaución de tener en el trabajo una copia que actualizaba todas las semanas, y que sus claves no las tenía en ningún archivo digital.

Finalmente, los policías le dijeron que le llamarían cuando tuvieran los primeros resultados de la investigación, y que hasta entonces no se preocupase. En efecto, si hubiesen querido atentar contra él, lo habrían hecho, y ése no parecía ser el móvil de la acción criminal. "No me consuela mucho — pensó—, pero no me queda otra que resignarme, aceptar los hechos, y estar ojo avizor". El incidente, que mantuvo en secreto, salvo con su familia y las personas más allegadas, entre las que se encontraba Heinrich, no afectó a su actividad en la empresa.

A mediados del mes de enero de 2011, todo estaba ya dispuesto para el inicio de la Operación Nórdica, que ahora le venía a Andrés como anillo al dedo para distanciarse de lo que le había ocurrido, gestionar la aflicción por las pérdidas que había sufrido y recuperar la calma.

***

París

Por fin Andrés Olmeda iba a convertir su sueño en realidad. Él, Heinrich Fischler y Elena Sánchez, estaban dispuestos para la partida hacia el primer destino de la Operación Nórdica, que se había preparado con todo lujo de detalles, como si de una expedición a lejanas tierras se tratase, algo ya inusual en pleno siglo XXI.

A pesar de todos los adelantos técnicos y los nuevos sistemas de comunicación, como la videoconferencia, utilizada habitualmente en Protraesa, o el acceso por Internet a los mapas vía satélite, que permitían acercarse a cualquier lugar del mundo y visualizar la zona que se quisiera con gran detalle; el análisis del terreno, el cuerpo a cuerpo, con sus peligros e incomodidades pero también con sus atractivos, seguía siendo insustituible. A esta conclusión habían llegado también los servicios secretos, en especial la CIA, después de sustituir al máximo el factor humano con una pléyade de ingenios tecnológicos que, a la postre, se demostraron ineficaces en la lucha contra el terrorismo internacional y, en especial, contra Al Qaeda. Para ganar hay que convivir con el enemigo, infiltrarse en sus líneas y obtener información, acercarse a los escenarios de la acción, pisarlos y no limitarse a un análisis a distancia que, con gran frecuencia, sólo conduce a errores que suelen pagarse muy caros.

Ésta era la filosofía que Raimundo Ovejero, el presidente de Protraesa, trataba de imbuir a toda la organización a pesar de su, a veces, excesivo deseo de contemporizar o de quedar bien y no tomar partido con claridad. En su juventud, Raimundo había sido legionario y, aunque ahora estaba ya muy alejado de aquello y en otras batallas, su pasado le marcaba.

"¡Muchachos, hay que ocupar el terreno! —recordaba a menudo a sus empleados cuando se dirigía a ellos en la cena de navidad o en la fiesta de fin de curso, que la empresa daba en junio para distinguir a los más productivos y confraternizar con su tripulación, como a él le gustaba llamar a los trabajadores de la compañía—. La infantería jamás va a desaparecer, ¡por muchas máquinas que se creen! ¿De qué me sirve que un avión inteligente me diga que el objetivo está despejado, si luego, cuando ataco, surgen enemigos por doquier al no tener a nadie en la zona que me avise de la emboscada?".

Este espíritu de osadía, propio de los grupos de comandos, era el que distinguía a la delegación de Protraesa que, como Hernán Cortés, había quemado sus naves... y ya no había vuelta atrás.

Francia era la primera escala de la operación Nórdica. El país vecino era conocido, entre otros atributos, por el altísimo nivel de su cocina y, en particular, por la excelencia de sus quesos y sus caldos. En la capital parisina, el objetivo era ponerse en contacto con la dirección regional de la compañía, además de reunirse con representantes consulares y asociaciones agrícolas.

Tras una semana en París, la delegación se dirigiría a Estrasburgo, plaza fundamental en el mercado del vino, sobre todo del vino blanco del Rin y sus afluentes. Allí, a lo largo de otra semana, visitarían varios viñedos, para examinar in situ los procesos de fermentación y de embotellamiento. También estaban programadas entrevistas con empresarios franceses y alemanes de la región, interesados en establecer relaciones con Protraesa.

En una tercera etapa, viajarían hacia la capital de Alemania donde, entre otras actividades, pretendían ser recibidos por varios diputados del Bundestag —el parlamento alemán— especializados en temas agrícolas y, a ser posible, por alguna autoridad del todopoderoso *Bundesministerium für Ernährung, Landwirtschaft und Verbraucherschutz* —el

Ministerio de Medio Ambiente, Agricultura y Protección de los Usuarios—.

Finalmente, la última etapa, y en realidad la más importante, tendría lugar en Hamburgo. Fundar la tan anhelada base para organizar, dirigir, coordinar y controlar la apertura hacia los nuevos mercados de Dinamarca y Noruega, y luego de Suecia, Finlandia y los Países Bálticos, constituía el objetivo capital de la operación Nórdica.

En el diseño teórico del plan, la gran ciudad portuaria había sido la elegida, entre otras del norte de Alemania, como futura sede de la delegación de Protraesa. Lo que aún no estaba determinado era el emplazamiento físico de las nuevas oficinas. Encontrar el lugar adecuado constituía uno de los encargos esenciales que debía llevar a buen término el equipo de Andrés Olmeda.

**

Pero como suele ocurrir en la vida, donde a menudo los deseos se confunden con la realidad, el cronograma de actividades, que establecía el miércoles 12 de enero de 2011, como fecha inicial de la primera etapa, no pudo cumplirse. Cuando se suponía que todo estaba ya preparado para viajar hacia París, dos hechos imprevistos retrasaron la partida obligando a rehacer todo el programa de entrevistas y de visitas. Gustave Crochet, el director de exportaciones, flamante último fichaje de Protraesa antes de Heinrich, no había hecho sus deberes. *Garfio* no había ultimado los expedientes y los informes necesarios, ni tampoco concertado las entrevistas de París y Estrasburgo, labores que, por ser francés, tenía encomendadas.

Este contratiempo no gustó nada a Raimundo Ovejero, quien conminó enérgicamente al gabacho a acabar su trabajo con la máxima urgencia. Andrés pensó que se trataba, ¡*Oh la la!*, de un intento postrero de abortar su participación en la operación, retrasándola y permitiendo así a Balones Fuera recuperarse de su fractura y encabezar la delegación. Mas el tiro les salió por la culata, pues lo único que consiguieron los dos directores hostiles a Andrés fue que el presidente de la compañía experimentase un profundo enfado, les llamase al orden, y confirmase plenamente al señor Olmeda en la dirección de la misión.

Finalmente, el viernes 21 de enero, contra viento y marea, la operación se puso en marcha. Pasado el mediodía, Andrés y sus dos compañeros, Elena y Heinrich, se dirigieron al Aeropuerto de Barajas. Allí tomaron un avión de Air France con llegada a París a las cuatro de la tarde. Al aterrizar en el Aeropuerto Charles de Gaulle, y después de esperar un buen rato para retirar sus maletas de la cinta transportadora, se dirigieron a la salida donde un coche les estaba aguardando. El chofer tenía orden de llevarles al Hotel Crowne, situado en la Place de la Republique —la Plaza de la República—, uno de los lugares emblemáticos del Onzième arrondissement —el distrito 11—, y uno de los puntales de las reformas urbanísticas radicales del barón Haussmann en la segunda mitad del siglo 19. Con la entrada al suburbano situada a escasos metros del establecimiento, éste ofrecía además un entorno lleno de restaurantes de todo tipo, teatros como el de La Comedia, muchas tiendas, y *Bistrots,* los bares o tabernas típicos de París. Pero los recién llegados no se encontraban en condiciones de difrutar de los atractivos de la ciudad. El cansancio emocional, ocasionado por los preparativos de los días anteriores, había sido tan intenso, que cuando los tres llegaron al hotel, se quedaron literalmente fritos nada más entrar en sus habitaciones, y sólo bajaron para cenar.

**

Al día siguiente, el sábado por la mañana, Andrés tuvo un encuentro curioso y al mismo tiempo inquietante. Fue después del desayuno y ocurrió al volver de darse un garbeo por los alrededores del hotel. Cuando se encontraba en el centro de la plaza de la República, admirando la bella e impresionante estatua en bronce de Marianne, personificación femenina de la República francesa, un hombre de aspecto atípico, con levita negra y sombrero redondo del mismo color, le abordó: "Buenos días", saludó el desconocido.

—Buenos días —respondió Andrés un tanto extrañado. —Como veía que el hombre le sonreía y no decía nada, añadió—: ¿Le conozco a usted de algo?

—¡Sí... ¡bueno, no! Quiero decir que concretamente no, pero me conoce como conoce a toda la humanidad. Usted es mi prójimo, mi próximo, ¿Por qué no vamos a entablar conversación?

—Por mi parte no hay problema, no tengo prisa. Simplemente es que no estoy acostumbrado a platicar así, de sopetón, con un desconocido, quiero decir con alguien que me encuentro en la calle, sin más.

—Comprendo su sorpresa, pero nuestro encuentro no es casual. Me llamo Alexander. Me han enviado para prevenirle.

—No entiendo nada, ¿prevenirme de qué?

—Sabemos lo que le ha pasado en Madrid... el allanamiento de su apartamento... la pérdida de su amigo. Conocemos también los planes de expansión de su empresa. Antes de proseguir, quisiera hacerle saber que estamos con usted.

—¡Pero qué "estamos con usted" ni qué ocho cuartos! ¡Esto es inaudito! ¿Qué he hecho yo para que primero pierda un amigo, luego saqueen mi casa, y finalmente me aborde un señor, que no conozco de nada, y me cuente una película? Mire, Alexander, Alejandre, o cómo se llame, no me tome por un grosero pero no quiero saber nada, ¡déjeme en paz!

—Si me permites que te. tutee, ya comprenderás, Andrés. Ahora te dejo. Te están haciendo señas desde la acera de enfrente. Es una de las personas que ha venido contigo en el avión. ¡Cuídate! —En ese momento, Andrés se volvió y, en efecto, Elena Sánchez movía los brazos hacia sí con insistencia, indicándole que se acercase. Al darse la vuelta para echar un último vistazo al desconocido, el individuo se había evaporado.

Esto no es real —pensó Andrés—, seguro que mi imaginación me ha jugado una mala pasada".

En los minutos siguientes, se olvidó de la misteriosa aparición y se centró en cosas más normales y sugerentes.

—¡Señor Olmeda! —le interpeló Elena, nada más cruzar la calle— Unas personas acaban de llegar al hotel. Son de la dirección regional de nuestra sucursal en París. Aunque no forma parte del programa, han venido a hacernos una visita de cortesía.

—Gracias, Elena. Vayamos pues a su encuentro. Estos franceses, ¡siempre tan educados! Por cierto —añadió—, lleva usted un traje muy bonito esta mañana y además la veo muy bien. Se nota que ya se ha recuperado algo de la *paliza* de Madrid. —En ese momento, un ligero rubor, apenas perceptible, asomó en la cara de la secretaria, y entonces Andrés se dio cuenta de que a ella no le era indiferente.

**

La reunión con los representantes de Protraesa en Francia fue de lo más exitosa. Las expectativas de expansión y conquista de nuevos mercados habían galvanizado al personal de las oficinas parisinas, hasta entonces un tanto desanimado. Ver, mes a mes, a pesar de la calidad de los productos españoles, como las ventas disminuían sin que se tomasen medidas para atajar la sangría, era desesperante. El gesto, nada habitual, de dedicar una parte de su tiempo libre para recibir a una delegación que venía de España, mostraba muy a las claras su interés por enderezar la situación. La plática que mantuvieron en un restaurante cercano, donde los franceses les invitaron a degustar una *Fondue Bourguignone* —sabroso plato de trozos de carne cruda que son fritos por el propio comensal en un recipiente especial y luego se mezclan con varios tipos de salsa—, disipó cualquier duda, confirmando la participación de la delegación francesa en la operación Nórdica.

"Es fundamental que ustedes se suban al carro con nosotros —les animó Andrés, mientras paladeaba extasiado un vino Burdeos Château Doms, cosecha del 2000—. No sólo es importante la ayuda logística que nos puedan prestar, sino también las posibilidades de almacenaje que existen en la *Banlieue* —las ciudades de los alrededores de Paris—. Si alcanzamos buenos resultados, todos saldremos ganando".

Lo que quedó claro, después del postre y con los vapores etílicos produciendo su efecto relajante, es que, desde la nueva base de Hamburgo, se mantendría un contacto muy estrecho con el *staff* de las oficinas de protraesa en los Campos Elíseos. Con ese fin, y mientras degustaban una copa de *pastis*, un anís digestivo típicamente francés, convinieron también en celebrar encuentros periódicos de coordinación, diseñándose un protocolo de actuación para este menester, y designando a las personas responsables de los contactos.

Más allá del optimismo propio de una reunión de estas características, y de las consiguientes declaraciones de buenas intenciones, Andrés tenía claro que, a la hora de distribuir tareas, había que evitar el uso del pronombre impersonal "se".

"La gente tiene que aprender a no escudarse en el anonimato, a *retratarse*, a asumir responsabilidades de verdad —pensaba a menudo—. Es muy sano que las tareas de una empresa tengan nombre y apellidos, y no recurrir, cómo hacemos a menudo, al pronombre impersonal. Ciertamente, en muchas situaciones esta costumbre es muy socorrida. Sobre todo para los niños: *Mamá, se ha caído el jarrón... se ha salido el agua de la bañera... se ha perdido esto o aquello...* El problema es que esta epidemia se ha extendido también a las empresas: *Se ha decidido... Se ha tomado en consideración... Se va a emprender tal o cual acción... No se van a tomar represalias.* Debe ser fruto del miedo, de la angustia, del 'canguelo', de la cobardía o de la comodidad... —analizaba—, pero no es bueno y además es falso, pues la verdad es que las acciones son directamente causadas por las personas, por sus pensamientos".

"Para mejorar una empresa, un país, es necesario asumir responsabilidades y no mirar hacia otro lado. Pero eso implica tomar decisiones... y lo que es peor... ejecutarlas. Y en España, nadie quiere poner mala cara, ni quedar mal, aunque la empresa se hunda. El ideal del español medio es pedir ¡una de gambas!, eso sí, criticando mucho al gobierno de turno y sentenciando, al creerse en posesión de la verdad y de recetas mágicas que lo solucionarían todo. Pero las gambas se acaban y entonces... ¿qué?". —concluía sus reflexiones.

Lo cierto es que Andrés se deleitaba ocupándose de las tareas de organización. A ello se unía un entusiasmo espontáneo que contagiaba a sus interlocutores. "Si uno no tiene fe en lo que hace y no lo exterioriza, ninguna de las personas implicadas va a creer en la operación Nórdica". —se repetía a sí mismo con frecuencia, reforzando su determinación.

Por la noche, durante la cena, Heinrich, que había permanecido ausente toda la jornada, tuvo conocimiento de los sucesos del día. Cuando Andrés le relató el extraño encuentro de la mañana, en la Plaza de la República, aquél se sorprendió mucho aunque, sin duda, el más sorprendido continuaba estándolo su propio jefe.

—Pero, Elena, ¿es verdad que había alguien conmigo? —preguntó, éste, incrédulo— ¡Me parece todo tan raro!

—Sí, tan seguro como que usted está aquí ahora, delante de mí. Conversaba con alguien vestido de negro y con un sombrero redondo —respondió ella, con total seguridad.

—¡Qué curioso! —exclamó Heinrich—, estas cosas sólo ocurren en las películas. Espero que no pase nada. De todos modos, a partir de ahora estaré ojo avizor. Ya sabes que puedes contar incondicionalmente conmigo —concluyó el Austriaco, con cara de preocupación.

Elena, a quien Andrés había contado lo del asalto a su casa de Madrid, también le transmitió su apoyo, y prometió fijarse más en todo lo que rodeara a su jefe durante las próximas semanas.

—¡Gracias, amigos!, ya sabía que podía contar con vosotros, y eso me reconforta.

**

Al día siguiente, el domingo por la mañana, con el cielo despejado y un ambiente no demasiado frío, los tres componentes de la delegación se dedicaron a hacer turismo. No iban a permanecer mucho tiempo en la Ciudad del Amor y había que aprovechar. Empezaron con Nôtre Dame, visita obligatoria para todos los turistas. Luego se acercaron al Boulevard Saint Antoine, situado en el barrio de Marais. Prosiguieron con una visita guiada al Palais du Luxembourg, sede del senado, y finalizaron en el Boulevard Saint Michel, donde estuvieron ojeando libros y más libros, de primera y segunda mano, sentándose finalmente a comer en una terraza que había al lado de la Sorbona. Por la tarde, volvieron al hotel y se pusieron a repasar los dossieres que *con tanto amor y dedicación* les había preparado su colega, Gustave Crochet. Estaba previsto que el equipo de Protraesa permaneciera una semana en París, con una agenda cuajada de reuniones con sus colegas franceses, diversas personalidades, asociaciones de viticultores y, finalmente, con personal especializado de las embajadas española y alemana. Pero, para Andrés, lo más interesante y sugestivo aconteció el día que Elena y él pasaron juntos en el palacio de Versalles, al término de su estancia en la ciudad.

Al proponerles la visita a sus dos compañeros, Elena se apuntó de inmediato. Heinrich no, pues conforme a su última costumbre, aprovechaba los momentos de ocio para escabullirse del grupo, despidiéndose a la francesa, es decir sin dar explicaciones, aunque luego su simpatía natural lo arreglase todo. Andrés pensaba que seguramente se había echado alguna amiguita o algo parecido, pero se trataba de su vida privada y no había mucho que decir.

—¡Qué excursión más interesante! —exclamó Elena.

—Y que lo digas. No haber visitado Versalles, a estas alturas, era una espina que tenía clavada desde hacía mucho tiempo. En el Liceo Francés, en la clase de historia, la etapa del Rey Sol era de lo más apasionante, con esa corte, esos bailes, esa magnificencia, ese poder absoluto que le hacía decir: "L´État c´est moi" —El Estado soy yo—.

—Me alegro de que pueda realizar sus sueños. ¿Sabe, Andrés?, pone usted mucha pasión en todo lo que hace, y eso me gusta.

—Gracias, Elena. En general, es difícil congeniar con las personas, no me refiero a tratarlas, eso es fácil.

—Es que la vida es agridulce, ni blanca, ni negra, sino gris, y los humanos nos debatimos en ese magma, en el caos, tratando de ser felices, de que nos quieran y también de que nos molesten lo menos posible. Pero, ¡es tan difícil!

—En realidad, sólo somos felices a ratos —matizó Andrés—. Suele ocurrir que cuando más relajados estamos, el infortunio llama a la puerta con las propuestas más extrañas y desagradables. Y luego está la cantidad de hijos de puta y de imbéciles que nos rodean, es increíble, ¡se multiplican como los hongos!

—Por eso, Andrés, debemos disfrutar de los buenos momentos, apurarlos, llenar nuestras alforjas de energías positivas, sin hacernos demasiadas preguntas y tirando hacia adelante.

—Suena muy bonito, pero a veces no es tan simple, pues te olvidas del pasado. Nosotros somos ahora muy jóvenes, pero cuando hablo con mi padre, me doy cuenta de la importancia que tiene haber hecho bien las cosas, o mejor dicho, haberlas hecho lo menos mal posible. Siempre me insiste mucho sobre eso: "Andrés tienes que hacer bien las cosas si no, cuando envejezcas y ya no tengas muchas opciones para cambiar o enmendar lo mal hecho, los fantasmas del pasado te perseguirán".

—¡*Mais oui mon ami, je suis tout à fait d´accord!* (Pues sí amigo mío, estoy totalmente de acuerdo) —le dijo Elena en francés al tiempo que ponía una de sus caras más coquetas y sensuales, y parpadeaba repetidamente, con la gracia y la rapidez de un colibrí—. Pero ahora... Hablemos de nosotros, de usted primero, jefe. ¿Cuáles son sus proyectos vitales en este momento?

—¿Mis proyectos vitales?, no hay mucho que decir, la verdad. Se centran en mi trabajo. El año pasado rompí con Julia, mi novia de varios años, y sólo ahora estoy empezando a superarlo.

—¡No se preocupe! Encontrará otra persona, usted es atractivo, simpático y brillante. Dicen que a todos nos espera un alma gemela. Lo que ocurre es que a veces no nos encontramos con ella, porque se cansa de esperar, o porque elegimos el camino equivocado.

—¿Y tú, Elena?, te devuelvo la pregunta.

—Después de finalizar mis estudios de ciencias políticas en la Universidad Complutense, hace siete años, estuve buscando trabajo. Entonces ya sabe que era muy fácil encontrarlo. Productos Tradicionales se fijó en mí y lo demás ya lo conoce. No nos hemos tratado mucho, aunque hayamos entrado casi al mismo tiempo en la empresa, y ahora, aquí estamos, juntos, por razones del azar. ¡Es increíble las vueltas que da la vida! ¡Ah!, se me olvidaba, tuve un novio durante unos cuantos años, pero la historia fracasó y, como tú, rompí el año pasado.

—Pues tú tampoco vas a tener problemas para encontrar pareja. Luego, lo de mantenerla es harina de otro costal. Al principio todo es muy bonito, con el enamoramiento, más tarde hay que despertar a la realidad y tirar del carro pues lo que une a dos personas extrañas, que se encuentran en el camino, es el cariño, la amistad y las aficiones. No hay genes comunes y eso hace más difícil tener que soportarse.

—¡Qué barbaridad, Andrés!, ¡qué pesimista estás hoy!

—¡Joder!, con más de 30000 genes cada uno, ¿tú dirás?

—Pero la biología no lo es todo. El ambiente, el tipo de actividad, el modo de vida y la alimentación también tienen mucho que decir. Hay genes que no se activan nunca y eso es producto del entorno. Esto, explica las diferencias que pueda haber entre gemelos.

—Tienes razón —reconoció Andrés—, la herencia genética no lo es todo, se trata de un aspecto más que explica parte de lo que le ocurra o pueda sobrevenirle a una persona.

En ese momento de la conversación, se quedó mirándola fijamente y añadió:

—Sabes una cosa, Elena, nos estamos tuteando sin darnos cuenta, con mucha espontaneidad. Yo lo prefiero. No me gusta que las personas con las que trabajo, en especial tú, me llaméis de usted todos los días. El tuteo ayuda a comunicarse, se hace más equipo. Creo que, en general, es positivo.

—La verdad es que estoy muy contenta de trabajar a tu lado. Creo que voy a aprender mucho. —Al pronunciar estas últimas palabras y con un gesto muy femenino, bajó la vista. Andrés, que conocía bien el lenguaje visual, el más importante en la comunicación, más allá de los conceptos y del tono de voz, interpretó su gesto como una propuesta de contacto más estrecho.

—Elena, yo estoy encantado de que tomes parte en esta empresa. Tu dominio de los idiomas es admirable, pero sobre todo, es tu carácter afable lo que nos va a ser más útil, facilitando que los tres nos llevemos muy bien.

La visita a Versalles fue de lo más entretenida y variada, pues no sólo estuvieron en el Grand Palais —el edificio principal—, sino también, y fue lo que más les gustó, en el Grand Trianon y el Petit Trianon. A Elena, la figura de María Antonieta, esposa de Luis XVI, le atraía especialmente. Visitar los lugares donde la Reina de Francia había vivido, reído, amado... sufrido, era todo un regalo para una persona como ella, sensible y curiosa.

Al término de la excursión, sobre las siete de la tarde, volvieron a París. Allí fueron a cenar a una Pizzería del Boulevard des italiens. ¡Se habían divertido tanto juntos!, y se encontraban ¡tan a gusto!, que no querían separarse. Pero a eso de las doce de la noche, después de platicar un buen rato en un bar de copas, no tuvieron más remedio que volver al hotel donde cada uno se retiró a su habitación. Andrés experimentó entonces una sensación de vacío que duró unos segundos y se preguntó: "¿Me estaré enamorando? ¡Si apenas nos conocemos!". La verdad es que en Madrid se habían cruzado muchas veces en la oficina y *ni fu ni fa*. Pero ahora, en circunstancias bien distintas, una corriente creciente de simpatía les atraía y les unía irremediablemente, como dos polos opuestos. Elena, en el silencio de su habitación, también sentía lo mismo. Aunque no se hacía demasiadas ilusiones, pues el lado oscuro y frustrante de la vida ya la había mordido, ya le había dejado unas cuantas cicatrices, a sus 28 años.

Sin embargo, aunque nunca lo reconocería, en lo más profundo de su ser todavía brillaba la estrella incandescente de la ilusión, esperando descubrir a su astro gemelo... al verdadero amor capaz de hacerle vivir un cuento de hadas y alcanzar la felicidad.

***

Estrasburgo

El domingo 30 de enero de 2011, finalizada su estancia en París, un coche de la empresa trasladó a la delegación de Protraesa desde el hotel Crowne a la Gare de l´Est —la Estación del Este parisina—, donde tomaron un tren en dirección a Estrasburgo, la capital de la región de Alsacia y segunda etapa de la operación Nórdica en Francia. Durante el viaje, la conversación giró en torno a temas profesionales y personales. A Andrés le picaba la curiosidad por las continuas ausencias de Heinrich.

—¿Qué te traes entre manos? —le preguntó con mirada burlona— ¿Acaso has conquistado a alguna francesa?

—La verdad es que, entre otros asuntos que tenía pendientes, he estado frecuentando una asociación de caza mayor. La preside un amigo francés que me invitó en Madrid a visitar la sede central parisina, aprovechando nuestro viaje.

—Pues entonces no sé a qué viene tanto secreto, tampoco es para tanto. Me parece de lo más normal y podías habérnoslo dicho. A mí, los temas cinegéticos me interesan mucho... sobre todo la caza mayor—se sonrió Andrés, mirando a Elena de reojo.

—¡No tiene ninguna gracia, jefe! —exclamó ésta, herida en su orgullo de mujer, aunque en el fondo le había gustado que la mirase.

—Perdona, mi subconsciente machista me ha traicionado —reveló Andrés, sonriendo de nuevo a su colaboradora mientras juntaba sus manos y hacía algo parecido a una reverencia hindú—. Heinrich, que no sabía de qué iba aquello, reanudó la conversación.

—La verdad es que, estos últimos días, me he despedido demasiadas veces a la francesa.

—¡Si casi no te hemos visto el pelo después del trabajo! —le espetó Elena.

—Puede que el exceso de responsabilidad me haya afectado, que necesitara evadirme. Lo siento, no era mi intención...

—Está bien, no tienes que dar ninguna explicación —le interrumpió Andrés—, esto no es el interrogatorio de las brujas de Salem. Mi preocupación era sólo a nivel personal; sabes que no tengo ninguna queja profesional de ti, sino todo lo contrario.

Una vez en Estrasburgo, se alojaron en el hotel de la Petite France, un barrio histórico situado en la Isla fluvial del río Ill y declarado patrimonio de la Humanidad. Se trataba de una zona caracterizada por la arquitectura tradicional alemana, con tejados de ángulo pronunciado y entramados de madera vista en las fachadas. Las pequeñas tiendas, los hoteles y restaurantes, proliferaban en la zona, haciendo las delicias de sus visitantes.

La gastronomía de la región, a caballo entre la delicada cocina francesa y la alemana, más recia, constituía un aliciente más para los turistas. En particular, Andrés, que ya había visitado la zona en varias ocasiones, tenía predilección por el típico *Baeckeoffe, plato de* carnes marinadas en vino *Riesling,* con ajo, cebollas, hierbas aromáticas y pimienta blanca molida, luego horneado con patatas; o el *Flammenkuchen,* elaborado con una fina masa de pan sencillo, sobre la que se colocan otros alimentos, sirviéndose a veces con queso gratinado. Tampoco hacía ascos a los vinos blancos del Rin y sus afluentes, ni a las diversas marcas de cerveza, que rivalizaban entre sí para *regar* las viandas, haciendo la oferta culinaria de Alsacia aún más atrayente.

En este marco sugestivo, la delegación de Protraesa tenía previstos contactos con vinateros franceses y del otro lado del Rin; una excursión por los principales viñedos; y visitas a las plantas embotelladoras locales. Andrés consideraba que involucrar a los industriales de la zona en la conquista de los mercados del Norte constituía un objetivo necesario. Aunque la producción vinícola de Alsacia era de escaso volumen, su calidad era muy alta. Además, tanto la situación geográfica de la región, como la gran tradición y experiencia de sus empresarios en la producción y comercialización del vino, podrían resultar muy útiles a Protraesa, desactivando por añadidura a posibles competidores.

**

El jueves tres de febrero por la tarde, después de un duro día de trabajo, Elena y Heinrich declinaron la invitación de su jefe para darse una vuelta por el barrio antiguo y se quedaron en el hotel. Éste, que tenía ganas de despabilarse antes de la cena, se encaminó sólo hacia los alrededores de la impresionante catedral de la ciudad, declarada patrimonio de la humanidad y magnífico exponente del Gótico tardío. Al llegar a la plaza de la iglesia, entró en una de esas tiendas de objetos de recuerdo que proliferan cerca de los monumentos o de los edificios más frecuentados por los turistas. Dos hombres de apariencia normal, vestidos informalmente, se hallaban en su interior.

—¡Qué jarra de cerveza más bonita! —exclamó con acento venezolano el más mayor: un hombre bajo, con gafas de miope, el pelo muy cano, y pinta de intelectual—. No se ven muchas de éstas en los grandes almacenes —añadió, al tiempo que se la enseñaba a Andrés.

—¡Desde luego! —reconoció éste—, pero lo mejor es el líquido elemento que contiene.

—¿Es usted español? —le preguntó con acento raro el otro individuo, un joven alto, fuerte, y de pelo rubio.

—Sí, ¿y ustedes, son sudamericanos?

—No, somos de Israel —continuó el joven—. Yo hablo español. Lo he aprendido en el Instituto Cervantes de Tel Aviv, pero él —añadió señalando a su acompañante— es de origen sefardita y en su casa se hablaba ladino

—¡Es admirable!, me impresiona la proeza de conservar una lengua 500 años después de la expulsión de los judíos de su patria, de España, en 1492.

—¡Vaya!, ya veo que a usted le interesan estos temas —intervino el desconocido de pelo cano—. Precisamente, nosotros estamos participando en un congreso sefardita que se ha inaugurado en París la semana pasada. Hoy las ponencias han acabado antes y, como mañana no hay sesión, hemos decidido hacer algo de turismo.

—La idea es buena, pero han elegido una mala época. ¡Aquí hace mucho frío!

—Ya, pero es lo que hay. No tenemos muchas oportunidades de viajar por Europa. Hay que aprovechar y llenarse de Arte, de Cultura. Por cierto, nosotros por hoy, ya hemos finalizado nuestra jornada turística y no tenemos nada que hacer, así que si a usted le interesa la historia de Israel, podríamos platicar algo después de la cena. Siempre es bueno contrastar ideas con gentes de mente abierta, y usted me lo parece —concluyó el más mayor.

A Andrés le sorprendió la propuesta, pero pensó que en el hotel, donde siempre había público, una reunión no le supondría ningún peligro, así que aceptó.

—¿No les importa que nos encontremos en el hotel La Belle Vue, en la Petite France, a eso de las siete?

—No, que va, estamos alojados cerca de allí —contestó el más joven.

—Muy bien, pues entonces, ¡hasta luego!

A la hora convenida, los dos hombres se presentaron en el hotel donde Andrés, en la comodidad de uno de los salones más tranquilos y apartados, les estaba esperando. Después de saludarse dándose la mano, los tres se sentaron frente a frente.

—Creo que lo primero es presentarnos. Ni siquiera sé cómo se llaman ustedes. —inició el español, un tanto receloso.

—Yo me llamo Elías —le dijo el desconocido de pelo cano. Soy de Sderot y me dedico a la investigación arqueológica. También doy clases de historia y de español en una universidad de Tel Aviv. Ahora, por razones profesionales, resido en París donde he sido invitado temporalmente por una asociación cultural, en el marco de un programa de investigación financiado por la Unión Europea.

—Yo me llamo David —se presentó a su vez el otro—. Soy de Haifa, estudié periodismo y he trabajado dos años como redactor de una revista cultural. Actualmente formo parte del equipo de Elías, gracias a una beca del Ministerio de Cultura de Israel —añadió sonriendo.

Cuando le llegó el turno a Andrés, éste detalló, orgulloso, sus últimas actividades en Protraesa: describió el proyecto actual de ampliación de mercados por los países del norte de Europa, y finalizó poniendo en valor el tema que les había reunido.

—Tengo que reconocer que Israel siempre me ha atraído mucho, tanto en los aspectos bíblicos como en lo que se refiere a su historia, con un interés especial por la expulsión de Sefarad —España— y las persecuciones posteriores.

—A nosotros —expuso David— nos interesan más los temas del presente y del futuro. En particular, los movimientos antisemitas que están gestándose actualmente en algunos países europeos. Las amenazas contra la supervivencia de Israel no son algo ficticio. Para conjurarlas, las iniciativas culturales son muy útiles. Poner en valor al Judaísmo como uno de los orígenes de la civilización europea, de sus costumbres, de su forma de pensar, aunque algunos ignorantes y envidiosos lo nieguen, es un modo de contrarrestar esos movimientos hostiles.

—Comparto en gran parte su punto de vista. No debemos nunca olvidar, nos guste o no, que lo que conocemos como cultura occidental no sólo tiene su cuna en Grecia o en Roma, sino también y fundamentalmente en las religiones judía y cristiana, sin menospreciar la cultura árabe tan influyente e importante en la España medieval. Se trata de datos objetivos y el que olvida esto, olvida sus raíces.

—Pero muchos de sus compatriotas no son conscientes de ello.

—Yo, sí. Cada uno es libre de pensar lo que quiera, pero el que niega estas realidades históricas se está negando a sí mismo y entonces pierde consistencia y fuerza frente a las amenazas externas e internas. No se puede construir un marco conceptual, frío y geométrico, que luego no tiene nada que ver con nuestra historia y nuestra cultura. Defender a Israel, que yo considero parte de Europa, es defendernos a nosotros mismos, proteger nuestros derechos, y nuestro modo de vida.

—Hace usted un análisis muy claro y lúcido de la situación —reconoció Elías—. En ese contexto de poner en valor la cultura occidental, la libertad frente a los fanatismos, es en el que nos movemos nosotros en el congreso que se está celebrando en París. Se me ocurre un eslogan que podría sintetizar lo que ha dicho: "No olviden su pasado común para enfrentarse al futuro".

—Lo que quiero decirles, Elías y David, es que me parece bien que se defienda la existencia de un pueblo que goza de mi simpatía, porque a través de ello salvaguardamos los derechos individuales. Por eso prefiero hablar de personas, con sus necesidades y aspiraciones, más que de pueblos o de colectivos. ¡Cuánta opresión y cuantos crímenes se han cometido en nombre del pueblo o de los derechos de las naciones!

—Estoy de acuerdo, pero sólo en parte —apostilló Elías—. En el momento histórico actual, con un mundo dividido en más de 300 Estados, hablar de derechos individuales desde una perspectiva universal es una utopía. La realidad es que cada Estado o cada unión de Estados, como la Unión Europea, defiende su particular visión del mundo. En este contexto, y en la órbita occidental, lo que nosotros entendemos por derechos humanos sólo puede ser garantizado por estructuras estatales y democráticas fuertes, con separación de poderes, el único freno real contra el abuso. Ya lo mantenía en el siglo XVIII Montesquieu y también Hans Kelsen, no hace mucho. Lamentablemente, si estas estructuras se debilitan, también se debilitan los derechos de las personas, que al final dejan de ser ciudadanos.

"Tenemos muchos ejemplos en la historia —continuó—. Para nosotros el caso de Alemania, después de la Primera Guerra Mundial, es paradigmático. La debilidad de la República de Weimar, que con todas sus imperfecciones era un Estado democrático, junto con otros factores, explica el cambio de régimen en ese país y, posteriormente, las consecuencias tan trágicas para Europa, para el mundo, y sobre todo para el pueblo Judío y otras minorías, como los gitanos o los homosexuales. El advenimiento de Adolfo Hitler al Poder, a partir de 1933, y su Gleichschaltung, la política de homogeneización, o mejor dicho de lavado de cerebro, aplicada por los nazis, condujeron al Holocausto, que nosotros llamamos *Shoa*. La Sociedad de Naciones no sirvió entonces para nada, y actualmente, su sucesora, la Organización de las Naciones Unidas, deja mucho que desear.

"El ejemplo más claro es, en este sentido, la Declaración Universal de los Derechos Humanos. Está muy bien pero no se respeta en el mundo. Sólo se materializan y defienden estos derechos con el apoyo de Estados democráticos fuertes que garanticen el imperio de la ley, igual para todos. Lo demás es pura demagogia para los ignorantes y los sectarios, que son muchos. ¿Qué defensa se puede hacer de los derechos individuales frente a un gobierno dictatorial, cuando estos entran en colisión con el poder político?, ¡ninguna! Y puede tratarse de un gobierno del signo que sea, islamista, comunista, fascista, ¡me da igual!

—Tengo que aceptar —le respondió Andrés, abrumado por los argumentos de Elías— que lo que usted propugna es una verdad histórica y una exigencia práctica, más allá de las teorías buenistas. Incluso en las llamadas democracias occidentales avanzadas, se producen violaciones de los derechos humanos. Lo que ocurre es que en esos países, con un poder judicial independiente, o que pugna por serlo, en la mayoría de los casos se llega a impedir el abuso de poder. La autoridad judicial fuerte e imparcial es la garantía fundamental y real del ciudadano frente al abuso, frente al poder arbitrario. Además, gracias a la prensa libre, los excesos pueden ser denunciados a través de los medios de comunicación y las organizaciones de la sociedad civil. Pero de nuevo, estas instituciones, sólo pueden subsistir en Estados democráticos con un claro sentido liberal.

—En nuestro caso —intervino ahora David—, ¿se imagina usted lo que ocurriría si Israel perdiese su fuerza y vigor actuales? ¿Dónde quedarían los derechos humanos de sus ciudadanos? Inmediatamente seríamos invadidos por los Estados árabes colindantes y, sin entrar en detalles, el derecho primordial que es el derecho a la vida de sus ciudadanos, se vería *muy afectado*, y estoy utilizando palabras suaves, Andrés.

—No tiene que decirme nada —reconoció éste— pero lo que ocurre es que, a veces, en nombre de la defensa de los derechos humanos, también se cometen excesos con personas inocentes, que hay que evitar por todos los medios. ¿No le parece?

—Andrés —le respondió David—, nada es perfecto. Nosotros deploramos esos excesos a los que imagino usted se refiere, cuando reaccionamos frente a los atentados terroristas que se producen en nuestro territorio. Pero tenemos derecho a defendernos. Frente a las agresiones contra el Estado de Israel, no nos tiembla la mano. La Historia nos ha demostrado con creces que, por encima de todo, debemos confiar en nosotros mismos, en nuestras propias fuerzas. No debemos esperar ninguna ayuda.

"¿A qué conduce la debilidad, aunque se quiera vestir de pragmatismo? Acuérdese de Chamberlain y su política pactista con Hitler, con la bestia. ¿Se puede aplacar a una fiera claudicando? ¿Qué dividendos reportó a Europa el pacto de

Múnich, la eufemística *Entente de Múnich*, en septiembre de 1938? Antes, los países democráticos ya habían cerrado los ojos frente a Hitler cuando, en el mes de marzo, se produjo el *Anschluss* —La Unión con Austria—. Fruto de aquel pacto vergonzante vino luego la anexión de los Sudetes, en Checoslovaquia, el 1 de octubre de 1938. Al año siguiente en marzo de 1939, Alemania se salta la *Entente* a la torera y desmiembra ese país. Hitler crea el protectorado de Bohemia y Moravia, que declara el 15 de marzo de 1939 en el castillo de Praga, y se asegura al mismo tiempo la sumisión del Estado residual eslovaco. Finalmente, se ríe de Inglaterra y Francia, estableciendo el 23 de agosto de 1939 un pacto secreto de no agresión con la Unión Soviética, e invadiendo Polonia a los pocos días, el 1 de septiembre.

"¿Para qué sirvió tanta condescendencia, tanto buenismo, tanto mirar para otro lado? Para que la humanidad se viese envuelta en la guerra más sangrienta y desastrosa de todos los tiempos y para que mi pueblo, y dentro de él muchos judíos sefarditas, es decir españoles de pura cepa, fueran eliminados por millones de la faz de la tierra. ¿Qué quiere que le diga? —Visiblemente alterado David se calmó un poco y continuó—: Hoy en día, la situación no es la misma, pero en todo el mundo existen amenazas contra los países democráticos y, en consecuencia, contra los derechos humanos de sus ciudadanos, como es el caso de Israel. Hay que reaccionar antes de que sea tarde, ¿o piensa usted que es mejor cruzarse de brazos, claudicar y esperar a que a uno lo machaquen, como en la Segunda Guerra Mundial? Pon tú la otra mejilla, yo no lo voy a hacer.

—Estoy en parte de acuerdo —reconoció Andrés—, pero en un mundo global no basta con la actuación de un solo Estado. Es precisa una acción concertada de todas las instancias. No podemos olvidar tampoco la importancia de las organizaciones no gubernamentales o de iniciativas como la Alianza de Civilizaciones.

—Mire, Andrés —Intervino esta vez Elías—, la realidad histórica nos demuestra que existe un fuerte poso de egoísmo de los Estados, enmascarado con su apoyo a las ONGs. No voy a entrar a este respecto en descalificaciones a algunas de estas organizaciones que actúan con un sectarismo clarísimo, aunque podría, sin ningún problema. Me estoy refiriendo a la hipocresía de muchos Estados desarrollados. Por ejemplo, ¿no cree usted que sería mucho más beneficioso para el desarrollo de los países pobres, quitar las barreras arancelarias y dejarles exportar sus productos a Europa, libres de impuestos, en lugar de aportarles una ayuda muy insuficiente con las ONGs?

"En cuanto a la Alianza de Civilizaciones, es que me produce risa la referencia que ha hecho a ella. La idea sería buena si existieran muchos puntos en común. Pero vamos a ver, Andrés, lamentablemente el concepto de los derechos humanos del Islam todavía dista bastante del de los judeocristianos, del que tiene usted, del mío, del nuestro. Si es que ellos mismos admiten diferencias insalvables. Los derechos de las mujeres, los de los homosexuales, su concepción teocrática del Estado, el concepto mismo de terrorismo, del adulterio, de la herencia, la aplicación de leyes cien por cien religiosas como la Sharia, y no le digo ya el tema de la libertad de culto o el de las limitaciones a la libertad de expresión.

"¿Dónde está la democracia en la gran mayoría de los países islámicos, tal y como la entendemos nosotros, con una separación de la Religión y del Estado? Ellos tienen su sistema y nosotros el nuestro, pero francamente, hablar de alianza de civilizaciones con la mayoría de esos países es una broma macabra que sólo puede debilitar más a Occidente. Lo que tenemos que hacer es defender lo nuestro porque, con todos sus defectos, consideramos que es lo mejor: no retornar a la Edad Media y dar argumentos y armas a los enemigos declarados de nuestra civilización".

El español, aunque no podía refutar en lo esencial los

argumentos de David y de Elías, empezó a sentirse incómodo. De una conversación que se pretendía cultural, se había pasado a otra con tintes filosófico-políticos que le inquietaban. Pasadas las siete de la tarde, consideró que ya era suficiente.

—Bueno señores, ha sido un placer conversar con ustedes y compartir puntos de vista. Mañana me espera mucha actividad y ya va siendo hora de retirarnos.

—También ha sido un placer conversar con usted, pero ahora ha llegado el momento de hablar más en serio.

—¿A qué se refiere? —inquirió Andrés, intrigado.

—Hemos querido que nos conociese un poco, antes de explicarle el verdadero motivo de nuestro encuentro. Aquí estamos seguros, no hay micrófonos, ni cámaras de vigilancia. Le ruego que se tranquilice, ¡no, pasa, nada! —recalcó, acentuando cada palabra.

—Pero, ¿qué está diciendo?, ¿qué quieren de mí?

—Andrés—continuó Elías—, somos agentes del Instituto de Inteligencia y Operaciones Especiales de Israel, lo que más comúnmente se conoce como el *Mossad*.

—¿Están bromeando?

—No. Todo se irá sabiendo, amigo. Ahora escuche atentamente y, por favor, no organice ningún escándalo ni eleve la voz pues pone en peligro su seguridad y la nuestra —le aconsejó, antes de proseguir con firmeza su exposición—. De momento, en lo que a nosotros respecta, sólo podemos comunicarle que estamos organizando una red de información por toda Europa para investigar sobre las nuevas células, organizaciones, y movimientos antisemitas que puedan estar surgiendo. Nuestra intención es anticiparnos y tomar medidas que eviten la propagación del antijudaísmo y, sobre todo, prevenir la preparación y ejecución de actos terroristas. Para ello, estamos en contacto con varios servicios secretos.

Andrés se quedó de piedra, sin poder reaccionar.

—Queremos contar con su colaboración, pero se trata de una decisión que no puede tomar a la ligera. ¡Piénselo detenidamente!, ¡tómese su tiempo! Puede comunicarse con cualquiera de nosotros en los teléfonos que le vamos a dar y que tendrá que memorizar.

Inmediatamente, el agente escribió dos teléfonos en un trozo de servilleta que entregó a Andrés, y concluyó:

—Sabemos que Berlín es su próxima etapa. Allí, también podrá encontrarnos en la *Walsrode Strasse 25*. Ahora nos levantaremos como si tal cosa y nos iremos. No nos siga y espere cinco minutos antes de abandonar el salón. Adiós, amigo... ¡ah!, se me olvidaba, mantenga los ojos bien abiertos, no se fíe de nadie, ¡me entiende!, ¡de nadie!, por muy buena persona que pueda parecerle, y no cuente nada de esta conversación. —Cuando los que decían ser agentes del Mossad se fueron, Andrés, después de su espera obligada, se levantó preocupado y se dirigió al restaurante del hotel. Allí, impacientes, sus compañeros de trabajo le aguardaban para empezar a cenar.

—¡Hola, jefe! —saludó Elena—. ¿Qué tal te ha ido en tu paseo por los alrededores de la vieja y majestuosa catedral? ¿Has comprado algún objeto de recuerdo?

—No precisamente —respondió, todavía bajo la impresión de unos hechos que escapaban a su entendimiento—. He estado meditando dentro de la iglesia. La verdad es que me encontraba agotado, pues esta semana llevamos cuatro días muy intensos, sin respiro. Es el síndrome del jueves, cuando en las empresas esperamos al señor Viernes con anhelo.

—Es cierto —intervino Heinrich—. Yo, esta semana estoy *Kaputt* —roto—, como decimos en alemán.

—Pues entonces, camaradas —propuso Andrés—, creo que una buena cena será mano de santo para recuperarnos de las impresiones, que falta nos hace.

—¡Qué exagerado eres! —le espetó Elena—. ¿No se te habrá aparecido un OVNI?

—A veces nos sentimos así, aunque no tengamos un motivo concreto. —contestó Andrés, recogiendo velas.

Sin más prolegómenos, los tres se pusieron a comer tras haber seleccionado las ricas viandas que se ofrecían a los huéspedes en el bufé del hotel. Después de la cena y con el estómago lleno, ya veían el mundo con otros ojos, sobre todo Andrés. —Y es que no damos valor a las acciones más banales de nuestra vida. Sólo cuando no podemos realizarlas nos damos cuenta de su importancia.

**

Al día siguiente, la delegación continuó cumpliendo escrupulosamente con el plan trazado. Primero se reunieron con un conocido empresario de la zona, que parecía muy interesado en estrechar lazos para una futura relación comercial. Luego se dirigieron al Ayuntamiento, donde mantuvieron un encuentro con representantes políticos, encantados de recibirles. Se trataba de ponerse al día sobre la tramitación de las licencias y de los permisos necesarios para abrir una planta embotelladora y unos almacenes de importación de vino y aceite de oliva. Nada había sido dejado al azar en la planificación de la Operación Nórdica, aunque luego la realidad ofreciera mil matices en los que no se había reparado. A eso de la una y media, dieron por terminada la reunión y se encaminaron a un conocido restaurante. Después de comer, Heinrich se disculpó perdiéndose por las calles céntricas de la ciudad. Quería visitar a unos amigos alemanes que le habían invitado a pasar la tarde con ellos y cenar en su casa.

—Son amigos de mi padre y llevan en Estrasburgo más de 20 años. Me acuerdo mucho de ellos. En Alemania éramos casi vecinos y jugaba a menudo con dos de sus hijos en el jardín de la casa. ¡Dios sabe cuándo volveré a verles!

—*Kein Problem* —ningún problema—, *Heini* —cómo a veces le llamaba Andrés con familiaridad—, si vuelves pronto al hotel nos avisas y nos tomamos un copazo. Si no, mañana nos veremos en el desayuno.

Lo cierto es que la ausencia de Heini le vino como anillo al dedo, pues lo que quería era quedarse a solas con Elena.

—¿Qué te parece si nos arreglamos y nos vamos a dar una vuelta? —le preguntó a ella, que no esperaba el ofrecimiento—. Podemos visitar esos famosos bares de copas que están en el barrio antiguo y probar el *Glühwein* (vino caliente con especias). Mañana es sábado y no trabajamos —añadió, con un tono de voz sugerente.

—¿Por qué no? —le correspondió ella—. Pero ya sabes que las mujeres tardamos un poco (!) en arreglarnos. Así que, hasta las nueve, no me esperes.

—Bueno, leeré la prensa en el hall del hotel y me ilustraré esperando ansioso que bajes de tu habitación —le dijo medio en broma, medio en serio.

Mientras se retiraba a su aposento, Andrés pensó que quizás estaba metiendo la pata pero, "¡qué narices!, hay que vivir el presente, estoy sólo, soy libre y no hago daño a nadie —se convenció—. Además, Elena me parece muy interesada y está muy bien, pero que muy bien", continuó pensando como lo hacen la mayoría de los hombres al principio de una relación: fijándose sobre todo en el físico de las mujeres, sin reparar en otras cosas mucho más importantes, porque su estructura cerebral no da más de sí. "¡Que el tiempo diga lo que tenga que decir!, pero yo no voy a dejar pasar la oportunidad de conocerla mejor", concluyó su reflexión.

Después de acicalarse y vestir sus mejores galas, los dos se encontraron en la recepción del hotel. Ella, deliciosa, lucía un vestido azul marino con mangas francesas, que le caía justo por encima de la rodilla, y unas bailarinas de color rojo con poco tacón. Llevaba el pelo suelto, ligeramente ondulado, y unos sencillos colgantes de perlas blancas, que conjuntaban con un fino collar del que pendía una aguamarina azul pálida, tallada en forma de lágrima. Conforme habían quedado, se encaminaron a la zona más antigua de Estrasburgo, en el entorno de la Maison Kammerzell, uno de sus edificios más emblemáticos. Una vez allí, entraron en un pub atestado de gente que, además de pasárselo bien, huía del frío reinante en la ciudad a finales de enero, cuando la temperatura media es de casi 0 grados, con un ambiente muy húmedo. Poco a poco, las copas produjeron su efecto relajante y, como un diablillo por fin liberado de su prisión, la sinceridad empezó a aflorar.

—Elena, me encanta estar contigo. Si me llegan a decir hace unos meses que vendríamos juntos a Francia, no me lo habría creído. El destino es alucinante y cuando menos te lo esperas, surgen las sorpresas, ¡vaya si surgen! Te veía en Madrid ¡tan seria!, ¡tan introvertida y volcada en tu trabajo!, que esto me parece increíble.

—A veces las personas somos como las matrioskas. Nos cubrimos de capas y capas de protección que sólo nos quitamos en la intimidad, o en la atmósfera adecuada, como ahora contigo, Andrés.

—Lo que no sé es como diantres conseguiste que te seleccionaran para esta aventura. Tu departamento de personal no tiene nada que ver con la exportación, y seguro que habría otros candidatos expertos en la creación de mercados.

—No debería decírtelo —reconoció Ella— pero la verdad es que desde hacía tiempo deseaba trabajar contigo, formar parte de tu equipo. Me gustaba ver cómo, a pesar de todos los sinsabores y los reveses, eras capaz de contagiar tu entusiasmo en las reuniones del comité directivo. Además, la oportunidad de residir temporalmente en el extranjero, poder perfeccionar mis idiomas y adquirir nuevas habilidades, a ser posible con una persona tan preparada como tú, era un sueño y un motivo más que suficiente para que me empleara a fondo. El reto era convencer al señor Ovejero de que yo era la empleada idónea para formar parte de la delegación. Durante meses, estuve haciendo una labor de acoso y derribo que dio sus frutos. Yo creo que el presidente estaba ¡tan harto de mi insistencia!, que finalmente dio su brazo a torcer y accedió a mi petición. Te aseguro, Andrés, que no me arrepiento.

—Pues creo que acertó —afirmó él con convicción—,

aunque no quiero que te lo creas demasiado y bajes la guardia. Estoy muy satisfecho de tus informes, tus traducciones, y los análisis que haces del entorno. Eres proactiva y eso, hoy día, es un valor muy raro. En este mundo, escurrir el bulto es la asquerosa norma castrante de muchas personas ancladas en la cobardía del silencio, y en la elusión sistemática de las responsabilidades. Contigo y con Heinrich, las probabilidades de éxito de la Operación Nórdica son muy altas.

Al escuchar estas últimas palabras, Elena pareció emocionarse. Durante unos segundos, apenas pudo articular palabra y sus bellos ojos adquirieron un brillo muy especial al tiempo que sus pupilas se dilataban. Andrés se percató de ello, pero hizo como si no se hubiese dado cuenta, cambiando inmediatamente de conversación en un alarde de sensibilidad, propio de un verdadero *chevalier servant* —caballero acompañante de una dama—.

—Elena, si estás cansada podemos volver al hotel. Yo me quedaría más tiempo, pero no quiero que te sientas obligada a nada. Sólo deseo que estés a gusto conmigo, ahora en el plano personal, y mañana en el profesional. Quiero que sepas que yo no soy de los que, fuera del trabajo, se ponen la máscara de jefe con sus colaboradores inmediatos. Me parece una actitud estúpida que rompe la comunicación, algo fundamental para hacer equipo y sentirse parte de él.

—Gracias, Andrés. Me reafirmo en lo que te he dicho antes, eres una persona extraordinaria.

—Tú también lo eres y creo que podríamos hacer grandes cosas juntos. Bueno, me estoy poniendo muy trascendente —añadió—. ¿En qué quedamos entonces?, ¿vamos a otro sitio o nos volvemos al hotel?

—Yo, la verdad es que me siento agotada. No te lo tomes a mal, pero desearía irme a dormir. —Luego, con timidez, añadió: Pero si quieres, mañana, que es nuestra última noche en Estrasburgo, podemos salir otra vez a dar una vuelta. —La cara de Andrés no reflejó entonces ninguna contrariedad, sino todo lo contrario, pues la respuesta de su colaboradora habría puertas de esperanza a algo que estaba naciendo entre ellos y que él no quería malograr.

—Me parece muy acertado. Retornemos al hotel, mañana continuaremos con nuestra conversación.

**

Al día siguiente, Elena y Andrés no pudieron salir juntos. Ella se empezó a sentir mal después de comer. Aquejada de dolor de cabeza, no en sentido figurado, y con fuertes náuseas, se retiró a su habitación. Por la noche, como no se había repuesto del todo, ambos desistieron de la idea y Andrés se fue a dar una vuelta con Heinrich.

Al volver del paseo nocturno, el austriaco invitó al español a su habitación para mostrarle el informe que estaba redactando.

—Creo que te va a gustar. Lógicamente, por mi formación, incide en los aspectos más industriales de nuestra expansión, pero también contempla temas financieros, de estrategia, e incluso informáticos, y ya sabes que esta materia no es mi fuerte, aunque trato de ponerme al día.

—Ya lo sé. Lo que más impactó a la comisión de valoración fueron tus conocimientos en los procesos de mecanización industrial. Chico, es que les dejaste anonadados, al inundarles de esos datos y estadísticas históricas que manejas tan bien. Los hiciste casi cobrar vida. Recuerdo en especial tu descripción de una fábrica de aviones de la Luftwaffe (la fuerza aérea o arma del aire), en 1944.

—Es que disfruto muchos con las lecturas históricas, en especial con los trabajos de Albert Speer, el que fue *Reichsminister für Bewaffnung und Munition* (Ministro del Reich para Armamento y Munición).

—Sí, fue el alto jerarca nazi que consiguió, gracias a sus habilidades y su capacidad de organización, incrementar la producción industrial de Alemania, con la guerra casi perdida.

—Andrés, el modo en el que reorganizó el sistema industrial potenciando la organización *Todt*, desde la muerte de su fundador en febrero de 1942, es increíble. En unas circunstancias tan adversas, desarrolló, entre otros, los misiles balísticos hasta límites insospechados.

—Sí, así fue, pero a costa de mucho sufrimiento y muerte de prisioneros de guerra y de judíos, todos ellos inocentes, que eran utilizados hasta la extenuación en las fábricas de armamento de la organización. No debemos olvidarlo. Lo que pasa es que Speer tuvo suerte y consiguió salvarse de la quema... por poco. Él conocía perfectamente lo relativo a la matanza en los campos de concentración y las terribles condiciones de trabajo en la factoría de Mittelwerk, donde se fabricaban las temibles V2. No pudo negarlo, al igual que Ernst Kaltenbruner, el jefe supremo de la Policía de Seguridad del Reich y sucesor de Reinhard Heidrich. El testimonio y las fotos de mi valeroso compatriota Francisco Boix, uno de los prisioneros supervivientes del campo de concentración de Mauthausen y único testigo español en el juicio de Núremberg, fueron muy ilustrativos para el tribunal.

—Sí, por supuesto Andrés, por supuesto... Ya veo que tienes un buen conocimiento de la Historia. Volviendo al informe te voy a enseñar los planos que he diseñado, de momento a mano, para una posible planta embotelladora estándar.

Entonces, al agacharse a coger el cilindro de plástico que contenía el plano, y que estaba guardado en el cajón inferior del aparador que había en la habitación, un pequeño objeto brillante de color negro se deslizó al suelo enmoquetado desde el interior de su chaqueta. Heinrich no se percató de ello, pero Andrés sí. Mientras aquél, absorto en sus planos, los extendía sobre una mesa, éste recogió lo que se había caído y quedó muy sorprendido. Tenía frente a sí, una de las más importantes condecoraciones que se concedían en la Wehrmacht durante la Segunda Guerra Mundial, la Ritterkreuz des Eisernen Kreuzes mit Eichenlaub o cruz de caballero para la cruz de hierro con hojas de roble, de las que sólo fueron concedidas 8397 en sus distintos niveles.

—¡Heini!—exclamó Andrés—, se te ha caído una medalla. Es una cruz de caballero. ¡Qué bonita es, y que nueva está!, ¿de dónde la has sacado? —Heinrich, que se había ruborizado, respondió balbuceante:

—Se trata de una condecoración de mi abuelo que fue general de la Wehrmacht. Luchó en las campañas de Francia, en la toma de Creta y en el frente de Ucrania. Esta fue la última condecoración que obtuvo antes del final de la guerra. Estoy orgulloso de ella. Mi abuelo era militar y no pertenecía a las SS.

Como a ambos les interesaba mucho todo lo relacionado con la guerra mundial, se pusieron a conversar sobre ello. Heinrich expuso los pormenores de las campañas en las que su ancestro había tomado parte y, más tarde, los dos siguieron conversando sobre diversos temas del conflicto. Cuando el cansancio empezó a hacer mella, pusieron término a la reunión y Andrés, satisfecho, se retiró a su habitación pensando en el lujo de compañeros que le habían asignado para la Operación Nórdica.

**

El domingo por la mañana, como colofón a su estancia en Estrasburgo, los tres miembros de la delegación visitaron dos de las instituciones más importantes de la ciudad: el Consejo de Europa y el Parlamento de la Unión Europea. Estrasburgo era considerada por ello como una de las 3 capitales de la Unión, junto con Bruselas y Luxemburgo.

Lo que más les atrajo fue el Consejo de Europa, verdadero parlamento europeo creado en 1949, que se había visto afectado por el desarrollo de la Unión pero que todavía cumplía funciones fundamentales. Una de sus iniciativas más importantes había sido la creación del conocido como Tribunal de Estrasburgo, en 1959. Este órgano jurisdiccional ponía término a las instancias judiciales nacionales, respecto de los países sometidos a su fuero en materia de Derechos Humanos. Con sus 47 miembros, el Consejo de Europa constituía además un foro de encuentro y de debate de los países democráticos europeos en los órdenes político, económico y cultural, siempre desde la perspectiva de la Libertad, la Democracia y el Estado de Derecho.

Durante la visita, Andrés no dejó de hacer preguntas a la guía sobre las actividades del Consejo. Recorrieron diversas estancias de la institución, y en particular, la sala donde se reunía la asamblea parlamentaria. Heinrich, en su condición de ingeniero, parecía más preocupado por la arquitectura y los aspectos más mundanos. Elena, por su parte, mostraba un gran conocimiento e interés por las labores del alto organismo. No en vano, era licenciada en Ciencias Políticas.

—Ciertamente —comentó Andrés en voz alta—, hemos avanzado en algunos aspectos de la defensa de los derechos humanos. El Tribunal de Estrasburgo y la Comisión de Derechos Humanos de las Naciones Unidas son dos ejemplos.

—No tanto —intervino Elena—, pues no se han podido evitar episodios vergonzosos como, entre otros, las matanzas de Camboya o de Ruanda, el exterminio de Srebrenica, en Bosnia, la sangría del conflicto judío-palestino que ya dura más de sesenta años, o los actos terroristas en la propia Europa.

—En efecto, es triste reconocerlo. Sin embargo eso me reafirma aún más en que la salvación del mundo y la defensa de los derechos humanos radica fundamentalmente en cada uno de nosotros. No somos héroes, pero en la medida de nuestras posibilidades no debemos esperar a que las instituciones actúen, debemos hacerlo cada uno de nosotros, en nuestro entorno, con pequeños actos. Incluso a veces, lo que hacen las instituciones es entorpecer, intervenir tardíamente, o secuestrar las conciencias. En el fondo, la culpa la tenemos nosotros, porque no somos capaces de responsabilizarnos y estamos esperando siempre que sea otro el que resuelva los problemas.

—Todo eso es muy bonito, pero limitado —matizó de nuevo Elena—. La división del mundo mediante fronteras permite que se cometan violaciones de los derechos humanos y que no podamos hacer nada o muy poco. Sobre todo, cuando lo que hay en el interior de esas fronteras es un régimen autocrático o del tipo que sea, que haya optado por aplicar leyes que coartan la libertad y violan los derechos humanos, tal como nosotros los entendemos en Occidente. Si encima tienen petróleo o el apoyo de una superpotencia, es decir dinero en abundancia, entonces no te quiero ni contar.

—¡Joder, Elena! —exclamó Andrés saliéndole del alma— ¡Qué análisis más pesimista!, ¡pero qué cargado de razón! Yo te aporto otro argumento más en ese sentido: el principio de no injerencia en los asuntos internos, es decir, el concepto de soberanía llevado hasta las últimas consecuencias. Significa que: "En mi reino de taifas hago yo lo que quiero".

"Se puede torturar, matar, asesinar, reprimir, violar, amedrentar... lo que proceda o aconseje la jugada en cada momento, y ningún país o instancia internacional tiene derecho a intervenir. La verdad es que sólo se interviene en contadas ocasiones, contra países de segundo orden y en medio de oscuros intereses económicos. La acción suele estar acompañada de una intoxicación por los medios de comunicación, que parecen querer todos decir lo mismo, guiados por una visión sectaria y distorsionada de la realidad, o por intereses ocultos.

"Pero siempre ha sido así en el mundo —continuó Andrés—. Normalmente, los malos ganan, al menos al principio. Están mejor organizados, tienen menos escrúpulos, compran, amenazan, atemorizan. Tienen sus objetivos muy claros. Se saltan todas las reglas, ¡les da igual! Luego, es verdad que a veces acaban ganando los buenos, pero tardan demasiado en reaccionar. El problema es la gran cantidad de víctimas que dejan los malos en el camino y el enorme sufrimiento que provocan.

"Pero insisto, básicamente la solución está en cada uno de nosotros. Lo ideal sería cortar el mal a su inicio, no mirar para otro lado y dejarlo crecer, pues cuando alcanza su plenitud ese *señor* es muy fuerte y seductor. A menudo se alía con la mentira, esa *señora* narcótica, esa ninfa, esa sirena tan bella que nos encandila; nos dice lo que queremos oír; nos enseña lo que queremos ver; nos adormece de todo esfuerzo; hace que perdamos el control; y adormece las conciencias.

Finalizadas las visitas al Consejo de Europa y al Parlamento de la Unión, los tres retornaron al hotel. Por la tarde, después de haber hecho el equipaje, se dieron una última vuelta por la Petite France, para despedirse de un lugar que les había conquistado. Al día siguiente, la Operación Nórdica proseguiría en Berlín, la ciudad que había recuperado su estatus de capital de Alemania, después de la caída del Muro de la Vergüenza, en noviembre de 1989, y del proceso de reunificación nacional.

***

Berlín

El lunes 7 de febrero de 2011 a las once de la mañana, culminada la etapa francesa, la delegación de Protraesa aterrizaba en el aeropuerto de Berlín. Al salir del avión se sentía un frío glacial, aunque no estaba nevando. Lo primero que hicieron sus tres miembros, después de dejar el equipaje en el hotel, un bello edificio modernista situado cerca de la puerta de Brandenburgo, fue irse de compras para reforzar sus ropas de abrigo. En el centro de la ciudad, el mercurio indicaba 3 grados bajo cero, pero la sensación térmica era inferior a causa del viento que arreciaba en los amplios espacios abiertos de la que fuera antigua capital del *Reich*.

Al salir de unos grandes almacenes, no lejos de la Postdamer Platz (la plaza de Postdam), Andrés se detuvo un momento frente a un quiosco de prensa. Al leer los titulares de los periódicos, reparó en uno muy destacado. Informaba sobre un atentado terrorista y lo describía someramente. El suceso criminal había tenido lugar en una calle que le era familiar:

"Atentado enWalsrode Strasse

Hoy, a las cuatro de la mañana, una fuerte explosión se ha producido en un edificio de la calle Walsrode. La policía ha informado que la casa afectada es la sede de un centro internacional de negocios".

Inmediatamente, compró el diario y lo que leyó en las páginas interiores le heló la sangre: "Fuentes del Ministerio del Interior barajan la posibilidad de un atentado perpetrado por algún grupo islamista. De momento se tiene conocimiento de dos víctimas mortales y cuatro heridos que han sido identificados, se trata de... En las próximas horas está prevista una rueda de prensa en la sede de la Dirección General de la Policía, donde se proporcionarán ulteriores detalles sobre lo ocurrido".

Una de las víctimas mortales respondía al nombre de Elías... "¡Toma ya!, se va a tratar casi con toda seguridad de uno de los dos agentes del Mossad con los que he estado hablando en Estrasburgo", se dijo Andrés interiormente, haciendo caso omiso de las llamadas de Elena y Heinrich que le apremiaban para volver al hotel.

—¡Perdonad!, es que hacía tiempo que no leía la prensa en alemán y me hace mucha ilusión —reaccionó, disimulando su zozobra.

Sin comentar la noticia, se unió a sus dos compañeros. Después de comer y con el día libre, decidió acercarse al lugar de los hechos para obtener más información. Al llegar, sus más funestos pensamientos se confirmaron. La dirección que los presuntos agentes del Mossad le habían dado en Estrasburgo coincidía con la del atentado. La zona se hallaba acordonada por la policía impidiendo el paso.

Dentro del perímetro de seguridad, los detectives de la Bundes Kriminal Amt —la Oficina Criminal Federal—, efectivos de protección civil y del cuerpo de bomberos hacían fotos, buscaban pistas, y examinaban los desperfectos ocasionados por la explosión que había dejado maltrecho al edificio. Mientras tanto, en medio del caos, algunas autoridades y personalidades políticas eran entrevistadas por la radio y la televisión, que habían desplazado equipos móviles para cubrir el suceso. Como destacaba la nota de prensa, la explosión había afectado a la sede de la Alianza Boreal de Negocios, una asociación dedicada al intercambio de experiencias y conocimientos en las transacciones mercantiles internacionales. "No creo que me dejen pasar —pensó Andrés, mientras permanecía de pie en la acera de enfrente—, si ni siquiera pertenezco a la asociación".

De pronto, desde una ventana abierta en el tercer piso de la casa, vio como una mujer joven saludaba. Se volvió, pero detrás de él no había nadie. Entonces se señaló a sí mismo y la mujer asintió con la cabeza. Luego, ésta le hizo un gesto con la mano, dándole a entender que le aguardase, que iba a bajar. Minutos después, la desconocida salía a la calle, atravesaba el perímetro policial, y se presentaba delante de Andrés.

—Hola, me llamo Eila Kessler —se identificó la susodicha sin poder disimular un deje de tristeza en su voz—. Te sorprenderá, Andrés, que me dirija a ti así, sin conocernos, pero en estas circunstancias no puedo andarme con rodeos. Elías... me habló de ti y te describió. —Al pronunciar el nombre de su jefe, una de las víctimas del atentado, se le hizo un nudo en la garganta y sus ojos se humedecieron.

—Bueno, realmente te tomó fotos con su móvil y también grabó la conversación que tuvisteis en Estrasburgo, en el hotel La Belle Vue. Me dijo que, aunque tú no querías involucrarte en todo este tinglado, no habías mostrado hostilidad hacia ellos, lo cual es de agradecer. ¡Ha sido horrible!

—¿Ha muerto?

—Sí..., es uno de los dos asesinados y también sabrás por las noticias que tenemos cuatro heridos. Yo he tenido suerte. En el momento de la explosión me encontraba en el ático del edificio. Ha temblado toda la casa y la verdad es que no sé cómo han burlado nuestros sistemas de seguridad, debemos de tener algún topo entre nosotros.

—Eila, quiero que sepas que aunque sólo traté a Elías dos horas, su muerte no me deja indiferente. Le encontré una persona interesante y no decía ninguna tontería. Es lo único que puedo decirte ahora, además de expresarte mis más sinceras condolencias. La verdad es que no sé por qué estoy aquí contigo. A mí todo esto me parece sorprendente, y me está confundiendo mucho...

—Perdona que te interrumpa, Andrés, pero no debemos continuar hablando aquí en la calle. Puede haber elementos hostiles que nos estén observando. Ya sé que todo esto te suena a chino, pero las cosas son así. Tampoco es conveniente que te vean entrar conmigo en el edificio. Toma este número fijo y llámame sin falta esta noche, desde una cabina. Tu vida está en juego... así que tú verás.

—La verdad es que ya no me extraña nada, no hay casualidades en lo que está pasando. Adiós, hasta luego.

—*Lehitraót* (hasta la vista), Andrés —se despidió Eila, forzando algo parecido a una sonrisa que por un momento consiguió disimular la palidez de su cara.

De vuelta al hotel, la mente del coordinador de Protraesa empezó a bullir con pensamientos y sensaciones contradictorias: "Primero, la desaparición de Agustín Grande en Alemania, el accidente de Pedro Herrera y el destrozo de mi apartamento; más adelante, el encuentro con un tal Alexander, en la Plaza de la República de París; a continuación, en Estrasburgo, dos tíos que afirman ser agentes del Mossad; Finalmente, el atentado aquí en Berlín, y el encuentro con alguien que dice estar al tanto de todo y quiere que nos reunamos. Ya sólo falta que me entreviste con la KGB, ¡es increíble!, y encima va la tía y dice que mi vida está en peligro. ¡Vamos, vamos!, ¡peor que en una película de Hitchcock! Lo importante ahora —continuó pensando— es que mantenga la cabeza fría, que sea prudente y no me vuelva paranoico, aunque tengo motivos de sobra para estarlo" —concluyó, mientras se remojaba la cara en uno de los servicios del hotel. Luego se quedó parado frente al espejo, mirándose fijamente a los ojos y tratando de convencerse, infructuosamente, de que nada de lo que estaba pasando era real.

Transcurridas unas horas, Andrés llamó al teléfono que le había dado la agente y acordaron encontrarse al día siguiente, el martes por la tarde, en una *Konditorei* — confitería— cercana al hotel.

**

Eila era una mujer joven, que no llegaba a la treintena. Medía poco más de 1,70 y era de complexión atlética con una figura bien proporcionada. De tez morena y pelo castaño oscuro, medio rizado, en su cara ovalada destacaban unos bellos ojos marrón claro, una boca con los labios sensuales y una dentadura perfecta. Sus orejas, que no sobresalían demasiado, y unas mejillas donde al sonreír se le marcaba un pequeño hoyuelo, aumentaban el atractivo de su rostro.

Normalmente, le gustaba vestir pantalones vaquero y camisas de lino de diversos colores, además de lucir el tradicional *Foulard* parisino en invierno. A veces, también se ponía un pañuelo de cabeza que le daba un aspecto algo bohemio. No abusaba de los abalorios, pero por las pulseras sentía verdadera pasión. Unos sencillos pendientes de aro, y una gargantilla con colgante de pequeñas gemas de amatista y ágata azul tallada, a ambos lados de la estrella de David, era lo que más le gustaba llevar. Eila sabía combinar bien los colores y explotar los contrastes, creando un estilo muy personal e interesante. Sin embargo, en esta ocasión, el fallecimiento en atentado de Elías y León, otro compañero de la célula Alfa — nombre en clave del grupo de agentes que utilizaba la tapadera de la Alianza Boreal para desarrollar su *actividad* —, no le incitaban a ponerse colores vivos ni a vestir de modo informal. Apareció en el *Konditorei* con una falda azul oscuro, una blusa blanca de hilo ribeteada de encajes, medias negras de seda, y zapatos con tacón de aguja. Lo cierto es que esta forma clásica de vestir potenciaba su feminidad y la hacía todavía más atractiva que de costumbre.

La trayectoria académica y profesional de la agente había sido corta pero intensa y muy variada. Educada en un colegio privado de Tel Aviv, en su instrucción se combinaba la rigidez de la institución con estancias en diferentes Kibutz. Su padre, Natán Kessler, general del *Tzahal* —el ejército de Israel, sucesor de la *Haganá* en 1948— tenía claro que su hija debía poseer al término de los estudios una formación cosmopolita, ajena al dogmatismo, pero al mismo tiempo centrada en la identificación con la patria. Eila adoraba a su padre y la muerte de éste, cuando sólo tenía 10 años, la traumatizó enormemente. Los últimos años del bachillerato los cursó en el extranjero, en Francia y en los Estados Unidos, donde residía parte de la familia. Luego volvió a Israel, y tras cumplir con el servicio militar obligatorio de 2 años, accedió a la universidad especializándose en la rama de Derecho y Administración de Empresas. Finalmente, gracias a los contactos de la familia, ingresó en el servicio secreto colaborando en tareas administrativas y de apoyo operativo, con un primer y accidentado destino exterior en Berlín, donde llevaba más de tres años.

En el plano psicológico, Eila era la típica Aries, independiente, vitalista y fogosa; una persona de carácter abierto, que no rehuía los retos y los cambios. Su tendencia a imponerse frente a los demás y su temperamento competitivo le habían granjeado no pocas enemistades. Pero ella era así, intrépida, sensible, y orgullosa, aunque sin caer en la arrogancia. Centrada con entusiasmo en el servicio al Mossad, los amoríos habían pasado a un segundo plano. Enamorarse y formar una familia era algo que, en sus actuales circunstancias, estaba totalmente fuera de lugar.

**

Mientras se dirigía en taxi al *Konditorei* donde tenía su cita con Eila, Andrés se reafirmaba mentalmente en su decisión por saber de qué diablos iba todo esto, y cuál era el papel que se le quería asignar en una función que, después del atentado, había adquirido tintes dramáticos. Nada más llegar a la cafetería, los dos se reconocieron. Ella le estaba esperando en el vestíbulo y, sin mediar palabra, pasaron al interior donde después de identificarse la encargada les llevó a la mesa reservada. Se sentaron el uno frente al otro, pero la agente del Mossad con la vista puesta en la entrada del establecimiento, como le habían enseñado a hacer siempre para evitar sorpresas desagradables.

El *Konditorei* era uno de los más antiguos de Berlín. Como muchos de los edificios berlineses, había sido parcialmente reconstruido, pero aún conservaba esa atmósfera imperial que caracterizaba a una parte de las construcciones berlinesas, antes de que la destrucción inmisericorde se cebara en la ciudad con los terribles bombardeos de los aliados y la artillería de los rusos, en 1944 y 1945. Cuatro grandes arcos de medio punto, cuyas columnas laterales apoyaban sobre sillerías de mármol rojo, limitaban el gran salón central de techo abovedado. Dos grandes arañas fastuosas, con colgantes de vidrio de cristal de roca iluminaban toda la estancia, destacando en una de las paredes un retrato ecuestre de Federico el Grande. Junto a él, en un plano menos elevado, figuraba otro lienzo donde aparecía una escena multitudinaria del derribo del *Muro de la vergüenza*, en 1989. Este muro había constituido durante 44 años el símbolo de la partición de Alemania en dos Estados, la República federal de Alemania y la República Democrática de Alemania, a causa las decisiones adoptadas en los acuerdos de Yalta y de Postdam, al finalizar la Segunda Guerra Mundial.

Cuando Eila y Andrés acabaron de acomodarse en una mesa situada en el centro de salón, un violín con acompañamiento de piano de cola y contrabajo, empezó a interpretar melosamente el nocturno que Fréderic Chopin dedicó a María Pleyel, al tiempo que unas bellas camareras altas y rubias, ataviadas con el traje regional bávaro, el *Dimdl*, servían café humeante y grandes raciones de tarta a los numerosos clientes, berlineses y foráneos, que se deleitaban en el local. Pero el efecto buscado deliberadamente por Eila, al reunirse con el español en un local tan bello y con una atmósfera tan atrayente y relajante, no se produjo. Sin dar tregua y con cierta descortesía, el español, que no se encontraba nada cómodo, fue inmediatamente al grano:

—Estoy un poco hasta las narices de que me manejéis a vuestro antojo, quiero saber cuál es el nexo de unión en todo lo que, no por casualidad, ha ocurrido en mi vida desde el año pasado. Creo que tú estás muy bien informada, así que te pido,

¡te exijo! que seas sincera conmigo y me lo cuentes todo. —Ante esta vehemente acometida, Eila no perdió su sangre fría:

—Yo sólo era, desgraciadamente tengo que hablar en pasado, una empleada de Elías, mi jefe directo en la Alianza Boreal de Negocios.

—Pero, ¿de qué me estás hablando ahora? Elías me dijo que pertenecía al Mossad.

—Elías tenía ciertamente esa condición, pero también formaba parte de la organización que ha sido atacada.

—Pero esa Alianza, o como se llame, es una tapadera, ¿no es así?

—Bueno, no exactamente, el trabajo en la compañía es real. Luego...

—Ya veo, no sigas —la cortó sin ningún miramiento—, lo entiendo perfectamente, ¿y qué te contó Elías de mí?

—Como ya te dije en nuestro primer encuentro, tenía un buen concepto de ti, como tú de él.

—Sí, por lo poco que llegué a conocerle tenía una visión muy práctica de las cuestiones que tratamos en torno a los derechos humanos.

—Elías te dio nuestra dirección y nuestro teléfono, ¿No es así?

—Sí.

—Ahora, Andrés, quiero que seas muy sincero conmigo en tus respuestas. El futuro de las misiones que estamos llevando a cabo está en juego. Cualquier información puede ayudarnos. Se trata de la defensa de Israel y de sus ciudadanos, que no son sólo judíos, aunque la gente, erróneamente nos identifique así al 100%. ¿Diste el teléfono o la dirección de la organización a alguien, fuese quien fuese?

—No, a nadie. Tu jefe ya me previno. Me dijo que la conversación que había tenido con él y con David debía permanecer en secreto y así ha sido. Ni siquiera anoté los datos, para mayor seguridad.

—Bien, entonces, como ya te adelanté: o tenemos un topo

o alguien posee mucha información sobre la organización. —
Viendo que la conversación estaba apartándose de su derro-
tero inicial, Andrés volvió a la carga:

—Eila, perdona que insista, pero nos estamos desviando
de mi pregunta inicial. ¡Quiero saber que pinto yo en todo
esto, y quiero saberlo ya!, si no... ¡me voy!

—Comprende la tensión a la que estoy sometida. No soy
de piedra, no puedo olvidar lo que ha pasado. Ahora me siento
muy mal. Lo que quiero es que encontremos y... castiguemos a
los asesinos terroristas. Sólo puedo decirte que, aunque tú no
seas consciente de ello, eres una pieza clave para la lucha
contra el antisemitismo que estaba dormido en Europa, pero
que ahora está resurgiendo de manera inquietante.

—No sé a qué te refieres.

—Yo obedezco órdenes, Andrés —continuó Eila, que
empezaba a sentirse muy mal—. Únicamente te pido que
colabores con nosotros, para conjurar los males que acechan a
los hijos de Israel, y también a ti.

—Todo eso son vaguedades. Sigues sin concretar...

—De momento, sólo es necesario que mantengas los
ojos bien abiertos y que estés en contacto con la organización,
conmigo o con otros agentes. Cualquier cosa que te parezca
anómala, que levante sospechas de que se está tramando algo
contra ti, o que suponga una amenaza contra nosotros, debes
reportarla inmediatamente.

—¿Y por qué tengo yo que meterme en esta historia?

—Te lo repito —insistió Eila—, eres una persona muy
valiosa para nuestro movimiento, y por eso estás en el punto
de mira. Sólo te puedo prometer que cuando vuelvas a Madrid,
te desvelaremos las razones. Ahora, debes confiar en nosotros
y hacer lo que se te diga. —En ese momento, Andrés tuvo la
sensación de que pretendían ponerlo a prueba, aunque no se lo
dijeran con claridad.

—¿Y si no quiero hacerlo?

—Como te dije antes, estás metido en esto hasta el
cuello, aunque no lo quieras. Ahora, me vas a perdonar, pero

tengo que irme. Por seguridad, no es bueno que permanezcamos juntos más allá de unos minutos, no me extrañaría que nos estuvieran vigilando. ¡Ah!, se me olvidaba, tu nombre clave es Jasón. Antes de hablar con algún desconocido que te diga que es de los nuestros, deberás pronunciar la frase: "Pelías era el rey de Yolco", a lo que deberán responderte: "Jasón y los argonautas fueron a la Cólquida a por el Vellocino de oro". Preferiblemente, nos pondremos en contacto contigo en persona, nada de correo electrónico ni de celular. Para comunicarte con nosotros, con el grupo Alfa, utilizarás las cabinas telefónicas. Ya tienes el número que te he dado antes.

Sin esperar respuesta, Eila se levantó como un resorte y abandonó el local. Andrés se quedó sentado unos minutos más, degustando el café noir –café solo– que había pedido, algo mareado por la impresión que le habían producido los últimos acontecimientos, y sobre todo la plática que acababa de mantener. Recuperado a medias, se levantó discretamente de su asiento, se dirigió a la caja, pagó las consumiciones, y salió del *Konditorei* como un autómata, mientras la orquestina interpretaba la Marcha de Johann Strauss, dedicada al General Radetsky.

**

El programa que al equipo de Protraesa le quedaba por desarrollar en Berlín era, de nuevo, muy apretado, y nada se había dejado a la improvisación. Estaban previstas reuniones con personalidades políticas, con los servicios comerciales de varias embajadas comunitarias y, sobre todo, con representantes de la universidad. En este último caso, se trataba de acceder a canales que permitiesen seleccionar al personal idóneo para dar el salto a los países nórdicos. Si gracias a los esfuerzos de Andrés y su equipo, se obtenía un crecimiento importante en las ventas, había que mantenerlo en el tiempo. Para ello, disponer de las mejores personas, tanto ética como profesionalmente, era fundamental. —¿Pues, de qué sirve tomar una posición estratégica si luego no somos capaces de consolidarla?, como dirían los militares—.

Para tranquilidad de Andrés, que no dejaba de dar vueltas a los últimos sucesos, los días que la delegación permaneció en Berlín fueron de lo más productivos. Las reuniones previstas se celebraron sin ningún contratiempo, llegando a firmarse un convenio de Protraesa con la facultad de ciencias empresariales para futuras prácticas de becarios, tanto en la sede de la sociedad en Madrid, como en la de las futuras sucursales que se creasen en Alemania y otros países, dentro de la expansión comercial de la empresa.

En el aspecto sentimental, su atracción por Elena evolucionó de modo natural. El fin de semana, los tres miembros de la delegación aprovecharon para hacer turismo. A ese menester dedicaron todo el sábado pero, por la noche, Elena y Andrés se despistaron disimuladamente de Heinrich y se fueron a un *Tanzhaus*. En realidad, el hecho de acudir a un salón de baile era una excusa para estar juntos y a solas.

Eligieron uno muy conocido, *Die Glückliche Jahre* — Los Felices Años—, un establecimiento que rememoraba y recreaba la atmósfera de entreguerras, un período, desde el inicio de los años 20 hasta la crisis de Wall Street, caracterizado por el auge de la creatividad y las ansias de diversión de aquellos que habían sido capaces de sobrevivir a la Gran Guerra. El local estaba adornado con reproducciones de obras de algunas vanguardias artísticas alemanas de aquella época como *das Bauhaus, die Brücke* o *der Blaue Reiter,* además de múltiples objetos de Art Decó. También mostraba algunas reproducciones de dibujos de Max Liebermann sobre la Primera Guerra Mundial y sus horrores, que recordaban Los Desastres de la Guerra, famosos grabados que Goya, el insigne pintor español, hizo sobre la Guerra de la Independencia.

Una orquesta a lo Glenn Miller, en la que los músicos iban elegantemente vestidos de etiqueta, con pajarita y chaqueta de lentejuelas, amenizaba la velada interpretando composiciones de muy diversos ritmos. El swing, la salsa y el chachachá, se mezclaban con el Valse, la Polka, o el *Rock and Roll*, sin ensordecer a los clientes y con una iluminación suficiente que permitía hablar y verse. "¿Qué difícil va siendo en los tiempos modernos algo tan natural como poder escuchar música placenteramente mientras conversas? —se preguntó Andrés—, y no esas discotecas, esas fábricas de sordos, donde en el colmo del absurdo es necesario gritar para comunicarse y a veces resulta muy difícil definir los rasgos y la figura de la persona con la que estás hablando, fuente luego de sorpresas —a veces agradables, y las más desagradables— si la situación *se complica* fuera del lugar".

En resumidas cuentas, Los Felices Años era todo un lujo de elegancia, de sensibilidad, y de deleite para los sentidos.

A Andrés, el baile de salón le encantaba. En Madrid había frecuentado los ambientes en los que se rendía culto a este género tan políticamente incorrecto. En el baile de salón es el hombre quien inicia y lleva a la mujer, rompiendo con la igualdad de género o la discriminación positiva, tan en boga en la España del 2011. En esta actividad, Elena no le andaba a la zaga. Ella tenía el ritmo en la sangre, y además había pulido sus movimientos y las figuras de baile en la academia de danza a la que acudía regularmente en la misma ciudad.

A los pocos minutos de evolucionar en la amplia pista de la *Tanzhaus*, que recordaba al bello Salón de Baile rodeado de columnas del Círculo de Bellas Artes de Madrid, las demás parejas y el público empezaron a fijarse en ellos y a disfrutar con su dominio elegante de los compases. A Andrés y a Elena, esa atención inesperada les motivó aún más, y al final se convirtieron en los protagonistas de la noche. Cuando se retiraron de la pista, recibieron varias felicitaciones, los aplausos del público, y un obsequio del encargado del local: una botella de champaña Moet et Chandon, magníficamente servida en una bella y artística cubitera de alabastro, ribeteada de plata en su embocadura.

Con la autoestima por todo lo alto, se sentaron en una zona apartada del local, sobre un cómodo diván que más bien parecía una *chaise longue* —una butaca alargada— estilo Luis XVI. En esa atmósfera romántica y decadente, más propia de una película de Fred Astaire y Ginger Rogers que del año 2011, la química que había entre Elena y Andrés afloró incontenible.

—Mañana es nuestro último día en Berlín. ¡Cómo pasa el tiempo!

—Hasta ahora todo va bien en la Operación Nórdica —le dijo Elena, a quien en realidad, en esos momentos, la actividad de la empresa le importaba bien poco—. Hamburgo va a ser el punto de inflexión en esta aventura —prosiguió sin apartar su mirada de Andrés, hipnotizada por sus ojos azules.

—En efecto, de nuestro éxito o fracaso en la ciudad hanseática va a depender toda la operación —confirmó aquél, pensando también en otras cosas que nada tenían que ver con los negocios, como delataba el timbre tembloroso y almibarado de su voz.

Traicionado también por su mirada arrobada que reflejaba un sentimiento de admiración hacia Elena, después de unos segundos de silencio incierto, Andrés cambió completamente el tema de conversación cediendo el paso a una espontaneidad romántica que armonizaba con el entorno de *los Felices Años*:

—Elena, hablemos ahora de nosotros. Me encanta estar contigo ... ya lo sabes... ya te habrás dado cuenta... Sé que no es correcto mezclar el trabajo con los sentimientos, pero no puedo evitarlo.

—A mí me ocurre lo mismo, Andrés...

Entonces, sin mediar palabra, se produjo lo inevitable. Con la energía incontenible de dos torrentes de montaña que en la primavera tardía se unen salvajemente en medio de un bosque perplejo y seducido, sus cuerpos se encontraron en un abrazo ardiente y sensual, mientras sus jóvenes y bellos rostros se devoraban, y sus labios se fundían con un único beso, salvaje, prolongado... y apasionado, que les hizo vibrar hasta en lo más profundo de su alma y de su corazón.

Lo que había empezado siendo una mera relación de trabajo y camaradería, se estaba convirtiendo en algo más emocional y complejo. Pero la noche seguía su curso. Rotas ya las inhibiciones, que impiden dar rienda suelta a los sentimientos y a las sensaciones, ambos se dirigieron al hotel, emborrachados por un deseo irresistible, conducidos sin misericordia por la fuerza del amor, como dos caminantes sedientos que acabaran de descubrir un bello y oculto oasis en la inmensidad del desierto.

El resto de la noche fue de lo más movida, *cheek to cheek* —mejilla con mejilla—. Parafraseando al poeta Federico García Lorca: "...Aquella noche Andrés corrió el mejor de los caminos, montado en potra de nácar, sin bridas y sin estribos..."

Al día siguiente, en el calor del lecho, los dos se prometieron no revelar nada, de momento, sobre su naciente relación. Mientras durase la Operación Nórdica y tuviesen que trabajar juntos, no era conveniente que trascendiera. Ni siquiera Heinrich debía saberlo. Ahora, Andrés tenía un secreto más que guardar, aunque todavía no estaba seguro de lo que sentía por Elena:

"¿Era amor, o se trataba sólo de una aventura pasajera fruto de los ardores de la juventud? El tiempo, que es muy sabio en estas lides, pondrá las cosas en su sitio —pensó—. Lo cierto es que juntos, nos sentimos muy bien".

***

Hamburgo

Lo que en realidad constituía la esencia de la Operación Nórdica, más allá de las actividades preparatorias de París, Estrasburgo y Berlín, era la creación de una sucursal en Hamburgo. Junto a la capital, ésta era la ciudad más importante de Alemania, la que reunía mejores condiciones para servir de trampolín a la expansión de la empresa por el norte de Europa.

Con casi un millón ochocientos mil habitantes, sin tener en cuenta su zona metropolitana, la ciudad hanseática figuraba entre los tres puertos principales del continente. A ello unía su condición de enclave comercial, industrial y financiero de indudable importancia, junto con el hecho de constituir una reconocida sede diplomática, con más de cien consulados radicados en la urbe. Por otra parte, su naturaleza de ciudad-Estado, en igualdad de condiciones político-administrativas con los demás *Länder* —Estados federados alemanes—, facilitaba sobremanera la realización de cualquier tipo de trámite administrativo o gestión política que se considerase necesaria.

Desde su nueva base, Productos Tradicionales de España S.A. esperaba inundar Noruega y Dinamarca de contenedores con los mejores caldos y el más apreciado aceite de oliva. Pero hasta que eso llegase, les esperaba una ardua tarea. Había que preparar el *abordaje* con campañas publicitarias que destacasen las bondades de los productos españoles; crear una mínima infraestructura abriendo una sucursal o una delegación, no un simple local accesorio; dotarla de medios personales y materiales; y explorar al mismo tiempo los mercados del Norte en búsqueda de esos pedidos tan deseados.

En seis meses, todo el tinglado debería estar montado y los primeros contratos de exportación, firmados. Éste era el reto para Andrés y su equipo, que contaban además con el apoyo de la dirección regional de París, muy necesario para el éxito de la operación.

Al iniciarse la cuarta semana de la Operación Nórdica, un lunes 14 de febrero de 2011, Andrés, Heinrich y Elena recorrieron en un vagón de primera clase del expreso Intercity, que salía de la Berlinhauptbanhof —la Estación Central de Berlín—, los 285 kilómetros que separaban a Hamburgo de la capital de Alemania. A mediodía, con el ánimo elevado, los tres se bajaban del tren en la estación de destino. Llegaba la hora de la verdad para el proyecto que, con tanta ilusión, el coordinador de producción y comercialización había concebido y diseñado en Madrid, casi un año antes.

**

La primera tarea consistía en buscar un emplazamiento adecuado para establecer las oficinas. Aunque la última palabra la tenía Andrés, su forma de trabajar, con excelentes resultados, era contar siempre con las opiniones de los demás. Para ello trataba de crear un clima participativo donde sus colaboradores encontrasen normal comunicarse, compartir conocimientos y proponer ideas, evitando aislarse en compartimentos estancos.

Después de analizar in situ todas las opciones, Heinrich era partidario de que la nueva sede estuviera situada en el pequeño pueblo de Ludwigschloss —el castillo de Ludwig—, a unos 20 kilómetros de Hamburgo. Se trataba de una localidad de apenas 3.000 habitantes, donde las construcciones, sobre todo viviendas unifamiliares, se encontraban desperdigadas disponiendo en su mayoría de un pequeño terreno para huerta y jardín. El municipio destacaba económicamente por su fábrica de *Apfelsaft* —zumo de manzana— y su riqueza maderera. Un gran bosque frondoso de robles y abetos cubría más de la mitad del término municipal y se adentraba en los colindantes, dejando a la vista algunos grandes claros donde los cultivos de maíz, de patatas y de centeno, alternaban con pastos para el ganado vacuno y plantaciones de árboles frutales, en especial, manzanos y perales.

—No tengo claro que tengamos que venir aquí, a este lugar tan apartado —dudaba Andrés.

—Con las nuevas tecnologías, ya no es tan importante la proximidad física a la ciudad y sus centros económicos —le rebatía Heinrich—. De todos modos, por la autopista no tardamos ni quince minutos en llegar a Hamburgo. Además, pensando en el futuro, aquí sería más fácil adquirir terreno adyacente al edificio de la sucursal, crear una reserva de suelo industrial que permitiese ampliar las instalaciones y, eventualmente, construir una planta embotelladora.

—Mirado así, tienes razón. Te veo tan convencido, que no me atrevo a contradecirte. ¿Y tú qué opinas, Elena?

—Creo que, en igualdad de condiciones, en cuanto a superficie y distribución, siempre será más barato que nos establezcamos cerca de Hamburgo y no en plena urbe. En el mapa figura que hay muy buenas comunicaciones con la ciudad. Tenemos una estación de cercanías a dos kilómetros y el aeropuerto está sólo a 12.

Finalmente, la opinión de sus compañeros prevaleció y los tres miembros del equipo se pusieron manos a la obra. Lo primero que hicieron fue visitar los posibles terrenos industriales de Ludwigschloss que, estando en venta en un radio de 6 kilómetros desde el centro del pueblo, cumpliesen con la exigente normativa urbanística alemana. Con ese fin, desde un piso alquilado en Hamburgo, convertido en sede provisional de operaciones, se dedicaron a concertar citas en la zona elegida, bien con las agencias inmobiliarias o directamente con los propietarios. Luego se repartieron el trabajo de campo con la ayuda de un mapa que Andrés había colocado en una pared del cuarto de estar, dividiendo la zona en tres áreas de actuación.

A mediados de abril, después de un mes de actividad frenética, investigando, planificando, concertando entrevistas

110

y manteniendo intensas reuniones de trabajo, el equipo de Protraesa se quedó con tres posibles localizaciones. Dos se encontraban cerca del centro urbano. La tercera, en las afueras, consistía en un edificio y un terreno que lindaban con el enorme bosque comunal del que sólo estaban separados por un camino rústico. De nuevo se produjo una disensión en el grupo. Mientras Andrés era partidario de situar las oficinas cerca del casco urbano, Heinrich y Elena se inclinaban por el lugar más apartado. Los argumentos para esta segunda opción eran de peso. La superficie del terreno, unos 3000 metros cuadrados, ofrecía múltiples posibilidades de futuro. A este respecto, ideas no faltaban al equipo. Elena había propuesto construir una especie de vinoteca para las visitas donde, además de degustar las diferentes variedades regionales de vinos españoles de calidad, se pudiera habilitar un club del fumador, algo muy cotizado en una época caracterizada por la persecución implacable e inmisericorde de los degustadores de tabaco —esa apestosa plaga que, en el ejercicio de lo políticamente correcto y del mayor cinismo, había que exterminar (!) a toda costa—. Heinrich, por su parte, hablaba de instalar una pequeña embotelladora y un laboratorio enológico destinado a realizar el control de calidad de los vinos a exportar. Por último, Andrés barajaba la posibilidad de construir un salón de actos para conferencias, documentales, y otras actividades relacionadas con los productos vitivinícolas españoles. Un pequeño centro de exposiciones y museo del vino completarían la oferta. Sin embargo, a diferencia de Elena y de Heinrich, no veía la necesidad de que las construcciones tuvieran que estar todas en el mismo emplazamiento.

Elegir el lugar adecuado ponía en juego el prestigio de Protraesa, por lo que ante las diferencias de opinión, fue el propio presidente de la compañía quien, en videoconferencia, inclinó el fiel de la balanza hacia las posiciones de Elena y Heinrich.

—Me gusta mucho lo que proponéis. Esas instalaciones servirán en su día para poner en valor nuestros productos y sobre todo impresionar a los alemanes, que no son inmunes a los placeres del vino español, a pesar de su inclinación genética por la cerveza. A partir de ahí, conseguiremos nuevas alianzas para dar el salto a los países escandinavos, ¿no le parece, Andrés? — Pero éste no podía evitar una cierta angustia ante las dimensiones que estaba tomando la Operación Nórdica, por las dificultades financieras para llevar a cabo un proyecto, que en un principio no apuntaba a objetivos tan ambiciosos.

—Me parece extraordinario, señor presidente, pero me da un poco de vértigo. Si empezamos planteando un objetivo ya catalogado por "algunos"... como excesivamente ambicioso y arriesgado, ahora lo que se pretende... ¡No sé cómo calificarlo!

En el fondo, lo que en parte corroía al responsable de la operación era la doblez de Raimundo Ovejero, que después de demostrar entusiasmo y brindar su apoyo, era capaz de retraerse como un cangrejo ermitaño y abandonar a su suerte al promotor de la idea.

—Tengo plena confianza en ustedes. Ya sé que el coste financiero se va a disparar y que no es el mejor momento para meterse en mayores aventuras. De todos modos, estamos hablando de realizaciones más del medio y largo plazo que del corto. ¡Ustedes, céntrense ahora en hacer las obras de reforma y trasladarse a la nueva sucursal de Protraesa en Ludwigschloss! Andrés, póngase inmediatamente manos a la obra con la publicidad, la prospección de mercados y la búsqueda de socios. Esto es lo primero. Si tienen éxito, entonces yo, personalmente, les apoyaré para desarrollar los proyectos de los que me han hablado. Así que ¡adelante!, y ¡dejen la política para mí!

**

Durante los 4 meses siguientes, el trabajo de adaptación de la casa y los terrenos adquiridos fue muy intenso. Era necesario proyectar la reforma del inmueble, obtener las preceptivas licencias urbanísticas, acometer las obras derribando tabiques, algún muro de carga, y redistribuir las estancias de lo que antes había sido un caserón familiar, dotando al inmueble de las mayores comodidades y adelantos electrónicos e informáticos.

Mientras Heinrich se ocupaba de estos menesteres, Andrés, con la ayuda de Elena, que tenía que multiplicarse, se dedicó a seguir el plan trazado desde Madrid. Entre las actividades programadas destacaban los viajes a Dinamarca y Noruega. Había que contratar espacios mediáticos para ejecutar las campañas publicitarias de hábitos alimenticios y de difusión de los productos de Protraesa. Para ello, lo primero que hicieron fue ponerse en contacto con expertos de las embajadas españolas en los dos países. Un segundo objetivo que se abordó simultáneamente, consistió en negociar con compañías distribuidoras de prestigio que teniendo suficiente capacidad de almacenaje y experiencia en el comercio del vino y de los aceites de oliva, quisieran sumarse a la Operación Nórdica.

Una vez culminado lo anterior, el reto consistiría en obtener buenos contratos de suministro, es decir, en vender. Esto era lo más difícil e importante, pues en plena depresión económica los bolsillos no estaban muy boyantes, sino más bien llenos de telas de araña, aunque en los dos países donde inicialmente se iba a actuar, la situación era mucho mejor que en España.

No era fruto de la casualidad que, en el diseño de la operación, Dinamarca y Noruega hubieran sido las seleccionadas inicialmente para la expansión y consolidación de los mercados nórdicos. El país danés, al igual que los demás europeos, se hallaba en plena crisis, pero sus cifras macroeconómicas arrojaban resultados que nada tenían que ver con la situación de los denominados, peyorativamente, *PIIGS*, es decir; Portugal, Italia, Irlanda, Grecia y España. Noruega, aun no formando parte de la Unión Europea, tras dos referéndums en el que sus ciudadanos habían rechazado su incorporación a la Comunidad, disfrutaba de una situación económica envidiable, superior a la media de los países de la zona euro. La delegación de Protraesa supo sacar partido de estas ventajas y los tratos finalizaron con éxito. Los primeros contratos de exportación a los dos países se firmaron en julio de 2011, y las obras de reforma en la sucursal se llevaron a cabo en tiempo record, a pesar de las dificultades de toda índole que surgieron durante su ejecución.

En el plano personal, la relación sentimental de Andrés iba viento en popa. Elena se había convertido en una compañera inseparable, y las expectativas de aquél se habían cumplido con creces. A pesar de ello, en ningún momento le reveló su vínculo con el grupo Alfa, del que no tenía noticias. Todo parecía muy tranquilo a su alrededor y Jasón —es decir Andrés, utilizando su nombre en clave dentro de la célula— no tenía nada que comunicar a sus contactos. En realidad, lo que él deseaba era olvidarse de *esas cosas* y que no le molestaran más. Sin embargo, muy pronto, sus deseos iban a verse frustrados.

Todo ocurrió unos días antes de dar por concluida la Operación Nórdica, un lunes quince de agosto. Como de costumbre, el español, día sí día no, se levantaba a las seis de la mañana para hacer 50 minutos de *footing,* antes del desayuno. Con ese objetivo, había diseñado un circuito, que después de dar la vuelta al pueblo y volver al punto de partida, se adentraba en el bosque que limitaba con las oficinas de la sucursal. A los tres kilómetros se llegaba a un pequeño cementerio militar, testimonio de los combates que allí tuvieron lugar durante la Segunda Guerra Mundial. Las tumbas de los soldados alemanes, primorosamente conservadas, se desperdigaban entre los grandes abetos que las circundaban, confundiéndose con la naturaleza en un remanso de paz y silencio que invitaba al recogimiento. Desde ese lugar, Andrés volvía sobre sus pasos a la oficina, culminando su trote mañanero. Mas en esta ocasión, al alcanzar el recoleto camposanto, el corredor tuvo la sensación de que alguien le estaba vigilando furtivamente. Fueron sólo unas décimas de segundo, pero suficientes para ver que algo se movía detrás de una de las lápidas. Al principio no le dio importancia. Imaginó que sería alguno de los trabajadores de las empresas madereras con los que se cruzaba de vez en cuando en el bosque. Pero unos minutos más tarde, empezó a ponerse nervioso. Al volver la vista atrás, vio como dos hombres, que por su indumentaria no parecían deportistas, se le aproximaban al trote. Aceleró, y ellos también lo hicieron.

Cuando faltaban menos de 200 metros para salir del bosque, esprintó con todas sus fuerzas. Entonces sintió un pinchazo en la espalda, casi a la altura del cuello. Rápidamente, sin dejar de correr a pleno pulmón, alcanzó a quitarse algo parecido a un dardo, pero fue lo último que hizo... En unos instantes, sus fuerzas le abandonaron, se le nubló la vista y cayó al suelo. Luego, semiinconsciente, como en una nebulosa, notó que le introducían en algo parecido a un camión. Lo siguiente que percibió fue un olor penetrante, mezcla de pescado, petróleo y cieno, y un sonido de sirenas... después, nada.

**

Cuando Andrés despertó y miró a su alrededor, vio que se encontraba en una pequeña estancia, una especie de zulo con un hueco de ventilación cruzado por barrotes y situado en la parte superior de una de las paredes. No entraba mucha luz, aunque sí los ruidos del exterior. El graznido inconfundible de las gaviotas le hizo pensar que debía de hallarse en las instalaciones de algún puerto. Las conversaciones, que a ratos escuchaba, le permitieron identificar el idioma en el que estaban platicando. No se trataba de inglés o francés, eso quedaba claro. Más bien parecía un dialecto del alemán, algo semejante al Platt Deutsch —el bajo alemán, por el contrario-posición al Hoch Deutsch o alto alemán—, una forma de hablar derivada del Sajón antiguo que había conocido cuando, muchos años antes, pasaba sus vacaciones en Alemania. Entonces dedujo que podía encontrarse en la costa holandesa, en Bélgica, o en algún lugar de Flandes.

Durante los días que siguieron, Andrés, recluido en su prisión, tuvo la desgracia de comprobar, en carne propia, la dureza de un secuestro y lo despiadado del trato que le daban sus captores. La mayor parte del tiempo estaba en penumbra. La luz artificial sólo se encendía tres veces al día, durante unos segundos, cada vez que el sicario de guardia entraba para dejar en el suelo un plato de comida precocinada, medio crudo y mal calentado, y alguna pieza de fruta insípida y semicongelada que, a pesar de ello, Andrés devoraba con fruición. Sus necesidades las hacía en un agujero situado en una esquina del zulo. Había también un pequeño lavabo adosado a una de las paredes, pero cuando abría el grifo con la intención de beber o lavarse un poco, sólo corría un hilillo de agua. Esa era toda la higiene de la que podía disponer, junto con un cubo lleno del mismo líquido, que sus secuestradores tenían la *deferencia* de introducir en su *suite* todas las mañanas, retirándolo por la noche. Para dormir, no había nada... ni un miserable colchón... ni una manta, por lo que le costaba mucho acostumbrarse al duro suelo y conciliar el sueño. Pero, en su mente, lo más insoportable era la incomunicación. Por más que intentase hablar con sus *anfitriones*, la respuesta que recibía era la del silencio más absoluto.

Así fueron pasando siete penosos e interminables días y noches, durante los cuales él evitaba pensar en sus padres, Lucía y Fernando, en Elena, sus amigos, sus compañeros de Protraesa... pues ello le producía una inmensa tristeza, y las imágenes más desesperantes afloraban entonces en su mente, tratando de apoderarse de ella. El antídoto, para no volverse loco, era refugiarse en pensamientos positivos, recitar poesías en voz alta, rezar, hacer gimnasia, dar unos cuantos pasos en su reducida estancia, que no tendría más de seis metros cuadrados, pero sobre todo, cerrar los ojos y volar... volar con la imaginación dibujando paisajes, escenas maravillosas, paraísos perdidos..., huyendo, al menos virtualmente, de su odioso presente.

La noche del domingo 21 de agosto, el séptimo día de calvario, fue diferente. Primero, como de costumbre y sin mediar palabra, sus captores entraron y le dejaron la cena con malas maneras. Media hora más tarde, rompiendo la rutina, volvieron a abrir la puerta. Sin darle tiempo a reaccionar, dos vigorosos hombres lo inmovilizaron brutalmente en el suelo y un tercero le puso una inyección en su brazo derecho. Inmediatamente abandonaron el calabozo, y a los pocos minutos, un sopor se fue apoderando de Andrés hasta sumirle en la inconsciencia.

Al volver en sí, notó que estaba maniatado y con una venda muy apretada tapándole los ojos. En un reflejo provocado por el pánico, gritó pidiendo ayuda, pero sus quejas se ahogaban en el fragor de algo parecido a un potentísimo motor. A los pocos minutos, el suelo empezó a balancearse suavemente. Entonces dedujo lo más probable: debía de encontrarse en el interior de un gran barco, pues si fuese de pequeño tonelaje, el movimiento del suelo sería mayor. Lo cierto es que sin ver nada y paralizado por sus ataduras, la angustia empezó a apoderarse de él. "Se trata de una reacción inconsciente —pensó— pero no voy a dejar que me domine. Siempre he conseguido salir airoso de todas las situaciones embarazosas, aunque ésta se lleva la palma". Con ese espíritu de resistencia, afrontó las siguientes horas de sufrimiento, tratando de insuflar algo de optimismo a su atribulada mente.

Cuando consiguió por fin serenarse, analizó la situación y se acordó de las palabras de Eila al reunirse con ella en Berlín, en el *Konditorei,* al día siguiente del atentado : "...Estás metido en esto hasta el cuello, aunque no quieras..."

"El problema es mi desconocimiento casi total del asunto, aunque preveo que pronto, para bien o para mal, me lo van a decir, y no *los míos* precisamente", continuó pensando. Luego recordó las lúgubres noticias que, en ciertas ocasiones, publicaban los periódicos en España sobre los secuestros de ETA o de cualquier otro grupo terrorista: "¿Cómo se puede ser tan cabrón para diseñar y ejecutar el secuestro de una persona indefensa e inocente? ¿Cómo se la puede tener encerrada en un asqueroso lugar durante largo tiempo, haciéndola sufrir tanto?, ¿dónde está el procedimiento legal?, ¿dónde la presunción de inocencia?, ¿dónde el juicio justo? ¿Con qué derecho se secuestra y se priva de libertad a un ser humano? Sólo puede explicarse por una ausencia casi total de humanidad y de buenos sentimientos en los secuestradores, unos criminales con mentes cerradas a quienes se había adoctrinado con el mayor fanatismo, en el odio y en el desprecio hacia quienes no compartieran su ideología. ¡Y encima, esa gentuza se pretende portadora de no sé qué valores universales ni qué ocho cuartos! Por encima de la independencia, la religión, los derechos colectivos, nacionales o lo que sea, debe estar siempre la libertad y la dignidad de la persona humana", concluyó su reflexión en la terrible soledad de su aislamiento.

Andrés no era un temerario, aunque sí una persona capaz de sobreponerse a las dificultades y que trataba de no perder la calma en los peores momentos. Como mecanismo compensador, trató de dormir o al menos abstraer su mente para no dar pábulo a la desesperación que le atenazaba. Pero no era tarea fácil. Entonces, empezó a rezar, pues era creyente aunque no frecuentaba mucho la iglesia. "Si Dios está conmigo, nada puede hacerme daño", se repetía con insistencia. Luego invocaba y se encomendaba a la Virgen María y rezaba a su Ángel de la Guarda. Poco a poco las oraciones (y también la respiración abdominal que estuvo practicando rítmicamente) dieron resultado. Entonces recordó una poesía de Santa Teresa de Jesús y empezó a recitarla, como un mantra: "Vivo sin vivir en mí y tan alta vida espero que muero porque no muero...". Era su preferida pero a la tercera vez de recitarla completa —como hacía menudo—, el agotamiento le venció... y quedó profundamente dormido. Transcurridas unas horas, su descanso se vio bruscamente interrumpido por unas voces estridentes:

—¡Despierte!, ¡levántese!

—¿Quiénes son ustedes?, ¿qué quieren de mí?

—¡Cállese y espere de pie, sin moverse! —le respondió la voz masculina que con tanta brusquedad había turbado su sueño—. Unos minutos más tarde se escucharon unos pasos y alguien, que por la firmeza en el tono debía de tratarse de uno de los cabecillas de la banda, se le acercó y empezó a hablarle.

—Quiero que me escuche atentamente. Usted elige: si colabora con nosotros, todo irá a bien; si no lo hace, mucho me temo que habrá que adoptar medidas... más drásticas, que no le recomiendo. Tenemos órdenes de trasladarle a un destino determinado, dónde otros se harán cargo de usted. Sabiendo lo que sé, yo ya le habría despachado sin pestañear. Lamentablemente, aunque creo que es un error, he de cumplir las órdenes de mis superiores. Ahora le vamos a conducir a una estancia, más apropiada. No trate de escapar, ni se resista... Es un consejo.

—Haré lo que ustedes me digan. Yo no quiero causar ningún problema —dijo Andrés fingiendo sumisión, aunque en el fondo sintiese por sus secuestradores el más absoluto desprecio, pero había que ser inteligente y tener sangre fría. — Luego, tratando de congraciarse y siendo sincero, añadió—: Yo no sé de qué va todo esto, de veras.

—No se haga ilusiones —le espetó el desconocido—. ¡Helmut, agárralo y llévate a este cerdo!

Dicho y hecho, el tal Helmut, un hombre alto, fuerte, con cara de pocos amigos y unos poderosos brazos cubiertos de tatuajes procaces, sujetó, o más bien levantó a Andrés, que se sintió transportado en volandas hacia su nueva morada, atravesando lo que intuía ser estrechos pasillos. Luego escucho la apertura de una puerta y un viento frío, de olor inequívocamente marítimo, le sacudió en la cara. "Obviamente, me encuentro en un barco", pensó confirmando sus pensamientos anteriores. Luego notó que abrían otra puerta. Entonces le arrojaron al suelo, después de inyectarle de nuevo algún narcótico que le dejó fuera de juego durante las horas siguientes. Cuando volvió en sí, ya no tenía las manos atadas ni la venda en los ojos, y la luz del día le permitió ver lo que había a su alrededor.

Su nueva morada era un camarote, con un catre, una pequeña mesa con silla, como un pupitre de colegio, una lámpara de bajo consumo, y un aseo con ducha. "¡Todo un lujo!", se congratuló. Un ventanuco, cerrado herméticamente, le permitía contemplar el mar. El sol no se elevaba mucho sobre el horizonte, por lo que dedujo que no serían más de las siete de la mañana. De pronto, se escuchó un ruido. Por una trampilla, situada en la parte inferior de la puerta, estaban introduciendo una bandeja con comida y bebida. Andrés, que estaba muerto de sed y de hambre, dio buena cuenta de todo. Luego se tumbó en el camastro y cerró los ojos, tratando de alejar de su mente la angustiosa realidad, donde lo único que había cambiado era el decorado.

Mientras tanto, en el barco, un crucero de placer, los pasajeros, felices y relajados, se desperezaban en sus camarotes disfrutando de un bello panorama sobre las costas holandesas, o acudían a desayunar en fervorosa y bulliciosa procesión a los grandes bufés, cuidados hasta el último detalle para acoger a la ávida marabunta humana.

***

Salomón

El asesinato del jefe de la célula Alfa, en el atentado de febrero en Berlín, había conmocionado a sus agentes y causado gran trastorno en la organización del grupo. Elías, muy querido y admirado, había dirigido desde su fundación las actividades atípicas que se realizaban en la Alianza Boreal de Negocios. Pero como hispanista, arqueólogo e historiador, también había desempeñado funciones oficiales. Entre ellas la de participar en los debates y foros económico-políticos que organizaba a menudo la prestigiosa asociación. Esta actividad paralela, que concitaba gran audiencia, le había permitido publicar varios libros convertidos, por su temática y calidad, en éxitos de venta.

Tras el atentado de Berlín la asociación se encontraba en sus horas más bajas. Cuando menos, el desgraciado suceso había suscitado sospechas sobre la acreditada fama de la entidad en los foros internacionales. Mientras se incorporaba el nuevo jefe de Alfa, Tel Aviv había decidido que, a pesar de la juventud de los dos agentes, la dirección recayese mancomunadamente sobre David Kurnilov —el agente que junto con Elías se había reunido con Andrés en el hotel de la Petite France durante la estancia de éste en Estrasburgo— y Eila Kessler —la agente que había abordado a Andrés en Berlín después del atentado contra la sede de la Alianza Boreal de Negocios en la Walsrode Strasse—. Este mando conjunto tenía carácter provisional, sin embargo seis meses después, en agosto de 2011, nadie había venido todavía a sustituirles, y el mando sobre la célula Alfa continuaba gravitando sobre los dos agentes.

David Kurnilov tenía 26 años y respondía fielmente al arquetipo eslavo: rubio, alto, fuerte y aparentemente serio.

Pero cuando se profundizaba en el trato, uno se daba cuenta de que en realidad era un *cachondo*. Y es que su rigor y serenidad mayestática, en la exposición de sus sesudos y profundos análisis periodísticos, contrastaban radicalmente con su gran sentido del humor y la simpatía que derramaba a borbotones entre quienes le conocían y conseguían romper una coraza de aparente frialdad. Su pelo rizado, con grandes bucles, y su nariz aguileña eran la mejor manifestación de su forma de ser algo anárquica, vital e impetuosa. El miembro más arrojado del grupo Alfa funcionaba muy bien, siempre que tuviese a su lado a una persona que rebajase su adrenalina poniéndole los pies en tierra. Por eso, en este trance, la presencia de Eila le venía de perlas.

La familia de David, por parte de su madre, era originaria de Ucrania desde donde había emigrado tras finalizar la Primera Guerra Mundial. Su abuela, Svetlana, nacida en Kiev en 1909, había recibido una educación exquisita, primero en su patria de nacimiento y luego en Francia. Por desgracia para ella, para su hermana y sus padres, los comunistas se hicieron con el poder en el Imperio ruso que pasó a llamarse URSS — Unión de Repúblicas Socialistas Soviéticas—. En 1917, con la Revolución de Octubre, la población ucraniana acababa de pasar del despotismo corrupto del zar a un régimen corrupto de partido único. El respeto a los derechos individuales, la igualdad ante la ley, y la separación de poderes, brillaban por su ausencia. En nombre de la revolución, que como todas las revoluciones acaba devorando a sus hijos, se cometían los mayores desmanes y la confrontación entre los ejércitos, rojo, partidario del comunismo, y blanco, partidario de la vuelta al antiguo régimen zarista, sumía al país en una situación aún más cruel y desastrosa. Las consecuencias para una parte importante de la población fueron funestas. Con el fin de salvar la vida y también parte de su hacienda, la familia huyó del país. El padre de Svetlana había trabajado en Kiev para conocidos hombres de negocios, y él mismo detentaba una posición social envidiable en la sociedad de aquel entonces.

Eso le convertía a él, a su mujer y a sus hijas, en blanco de la envidia y las iras de los revolucionarios.

Después de un viaje muy accidentado por Finlandia, Suecia, Dinamarca y Alemania, por fin alcanzaron su patria de acogida, Francia, donde Svetlana se iba a encontrar como pez en el agua. Ello se debía principalmente a los desvelos de su *nani,* que durante su niñez en Ucrania la había educado en francés con el beneplácito de su padre, muy orgulloso de que su hija hablase varios idiomas. A finales de los años 30, la familia decidió emigrar a Israel después de conseguir, no sin dificultades, los preciosos visados. Esa decisión, justo antes de la ocupación alemana de Francia, en 1940, seguramente les salvó la vida. Otros muchos judíos que no pudieron o no quisieron hacerlo no tuvieron la misma suerte, pues ya residiesen en la zona directamente ocupada por los alemanes o en la Francia del gobierno de Vichy, cuyo presidente era el general Pétain, fueron deportados a los campos nazis de trabajo y de exterminio donde a la mayoría estaba esperando la muerte en las cámaras de gas, o por enfermedad o inanición.

La abuela de David era una apasionada de los idiomas. Además del suyo de nacimiento, hablaba francés, inglés, alemán y español, con bastante soltura. El interés por las culturas y las lenguas extranjeras fue el mejor legado de Svetlana hacia su nieto que, desde muy niño, siguió sus pasos al aprender a expresarse en varios idiomas. Sin duda, ésta fue una de las causas por las que consiguió entrar en el Mossad, después de culminar sus estudios de periodismo y cumplir con sus deberes militares. Nada más ser reclutado por los servicios secretos, fue enviado a Berlín y se integró en la célula Alfa, donde le recibieron con los brazos abiertos

Hacía sólo dos años que prestaba servicios en el grupo de agentes y Elías, su malogrado jefe y amigo, contaba ya con él para las operaciones que requerían más acción y rapidez de reflejos. Por eso había acompañado a su jefe en la misión de

Estrasburgo destinada a tomar contacto con Andrés Olmeda. Ahora, con la aquiescencia de Eila, se había encargado personalmente de la vigilancia de aquél, desde que en el mes de mayo el español se hubo trasladado con sus dos compañeros de Protraesa, Elena y Heinrich, a la recién construida delegación de Ludwigschloss. Con este fin, David fingió ser una joven promesa de la poesía y de las letras, que necesitaba retirarse al campo para inspirarse y también recuperarse de una enfermedad respiratoria. Alojado en un hotel familiar del centro del pueblo, la mayor parte del día permanecía fuera de la pequeña posada, deambulando por los campos y bosques próximos a la sucursal recién inaugurada.

Las labores de vigilancia consistían en realizar tareas de observación que incluían pasar varias veces al día frente a la oficina donde trabajaban y vivían los tres empleados de la empresa española. El agente lo hacía con mucha discreción, simulando distintas apariencias. Generalmente se enfundaba un traje deportivo y corría al trote por el lindero del bosque, al lado del camino que daba a las oficinas. Otras veces, se ponía una gorra militar y simulaba ser cazador. La acción consistía en comprobar que todo estuviera normal y que nada le hubiera ocurrido a Andrés. Por la noche, pertrechado con unos potentes gemelos de infrarrojos, el agente se escondía en la espesura y vigilaba durante un par de horas la oficina de la delegación y sus alrededores. Luego se volvía al pueblo hasta la mañana siguiente. Obviamente, el dispositivo no era nada del otro mundo, pero las restricciones presupuestarias y las demandas de otros escenarios de intervención no permitían dotar a las operaciones de Alfa de más medios.

**

El lunes 15 de agosto, el día de la desaparición de Andrés, David inició su actividad a las siete de la mañana, media hora antes de que, como era habitual, el jefe de la delegación y Elena abandonasen las oficinas para ir de gestiones a Hamburgo, salvo que tocara quedarse y realizar labores administrativas. Como no vio salir a nadie de la casa, supuso que los dos miembros de Protraesa permanecerían en Ludwigschloss. Con ese pensamiento y tras su ronda mañanera, retornó al pueblo, se fue a desayunar a su hotel, y mandó a la central un parte de sin novedad. Después de comer, a eso de las dos y media, volvió a vigilar la casa y sus alrededores, empezando a sospechar que algo no iba bien. Normalmente, a primera hora de la tarde, Andrés se daba una vuelta por las calles aledañas o salía al jardín de las oficinas a relajarse un poco, pero esta vez no lo había hecho. Otro detalle, que llamó poderosamente su atención, fue observar lo que hacían Elena y Heinrich mientras se daban una vuelta por el bosque. Parecían estar buscando algo o a alguien. Estos hechos le alarmaron e ipso facto decidió comunicarse con Eila. Ambos convinieron que debía personarse inmediatamente en la delegación de Protraesa para tratar de averiguar lo que ocurría. El plan consistía en fingir ser un amigo a quien hacía tiempo que Andrés no veía. Aquél, con motivo de un viaje a Alemania, se había enterado a través de unos conocidos comunes del nuevo domicilio de éste, y venía a hacerle una visita.

Después de disfrazarse en un escondrijo del bosque, poniéndose una peluca, un bigote postizo y unas lentillas que cambiaban el color de sus ojos, David se presentó en las oficinas.

—Buenos días, vengo a saludar a Andrés Olmeda.

—¿Quién es usted? —le preguntó Elena con la mosca detrás de la oreja.

—No se preocupe —le respondió David con su mejor sonrisa—. Soy un amigo suyo. Nos conocimos en la universidad. Me he enterado de que estaba en Alemania y unos compañeros de estudios me han dado esta dirección. Como estoy haciendo un curso de alemán en Hamburgo, decidí acercarme a verle. ¿Qué tal está ese bribón, ese vividor que aún cree en las almas buenas? —preguntó fingiendo gran alegría.

—No se encuentra aquí ahora. Esta mañana salió a hacer footing y no ha vuelto, no sabemos lo que le ha pasado y no le puedo decir nada más. ¿Quiere dejarle un recado?

—Si, por supuesto. Si vuelve, le dice que su amigo, el del *vellocino de oro,* ha venido a visitarle —respondió el agente, utilizando deliberadamente parte de la contraseña que conocía Andrés.

—Muy bien. Esperemos que no le haya pasado nada. Pero ¡es tan raro que no haya vuelto! Ya son cuatro horas sin que haya dado señales de vida y hoy, además, teníamos que salir para Hamburgo.

—No se preocupe. Eso no es tan extraño en ese vividor. En el colegio mayor, desaparecía a veces durante varios días, sin decir nada.

—Me tranquiliza un poco lo que dice.

—Aquí le dejo también un número de celular, por si quiere llamarme cuando vuelva. Muchas gracias señora o señorita...

—Elena, Elena Sánchez, le dejaré su recado, adiós, señor...

—¡Eh....! ¡oh...! Félix, Félix Álvarez. Que pase buen día y no se preocupe. "Maldita sea —pensó David—, he titubeado un poco al darle el nombre, pero ¿cómo no se me habrá ocurrido? En fin, espero que no haya imaginado nada raro".

Lamentablemente, los peores presentimientos se habían confirmado. Andrés había desaparecido. Mientras volvía a la posada, el agente informó a Alfa y la célula no tardó en reaccionar. Alertados desde Israel, los servicios secretos alemanes establecieron en pocas horas una red de vigilancia en puertos, aeropuertos, y estaciones de tren del norte del país, en especial en Hamburgo y sus alrededores. A las seis de la tarde, se produjo un golpe de suerte. La Central Federal de Navegación por Satélite avisó a la policía de un movimiento muy sospechoso, realizado por un pesquero de mediano tonelaje en el Mar del Norte. La nave había virado en redondo y volvía a puerto, a pesar de estar autorizada a permanecer una semana más en su zona de pesca. Se sabía además que las capturas en el caladero estaban siendo cuantiosas, por lo que, salvo una emergencia, que habría sido comunicada inmediatamente a las autoridades, no tenía sentido que el barco terminara tan pronto de faenar. Comunicada la información a Alfa, la atención del grupo se dirigió al Grünwald, el pesquero que había protagonizado una maniobra tan inusual.

—No podemos descartar ninguna hipótesis —afirmó David, que se había reunido con Eila—. Lo más lógico es pensar en un secuestro. Por eso debemos vigilar el barco, sobre todo cuando atraque en el puerto de Hamburgo, que es hacia donde se dirige.

—La Bundeskriminalpolizei —la Policía Criminal Federal— va a realizar un registro exhaustivo de la nave y estar muy atenta a las labores de carga y descarga. Según me ha dicho Christian, nuestro enlace, acaban de pedir autorización al juez con la excusa de estar investigando una red de tráfico de drogas. Me ha dicho que no nos preocupemos, que si descubren algo nos lo comunicarán inmediatamente.

—Sí, todo eso me parece muy bien, Eila, pero no estamos en Israel. Lo más sensato es que no esperemos ninguna maravilla, ni de la CIA, ni de los servicios secretos alemanes, ni de nadie...

—¿Estás pensando lo mismo que yo, David?

—Creo que me has leído el pensamiento.

—¿Te acuerdas de la operación Masadá? Salomón Liebermann se hizo pasar por un reputado periodista. Fue contratado por el periódico clandestino *La Nueva Luz de la Raza Aria* y, gracias a ello, evitamos esos horrorosos atentados que tenían previstos. ¡Joder, que tío! ¡Qué par de cojones!, perdona Eila, quiero decir, ¡qué valor! —se disculpó el impetuoso David que no había podido contenerse y continuó—: La gente no conoce estas cosas, no sabe cuánto tenemos que agradecer a unos pocos que se sacrifican tanto por todos.

—Y que lo digas —confirmó Eila—, Salomón es un tipo increíble, ¡increíble! —recalcó la agente—. Lo más impresionante fue cuando, en medio del desierto del Sinaí, se hizo pasar por un turista francés furiosamente antijudío. Gracias a ello, contactó con un grupo terrorista libanés con ramificaciones en Marsella, se introdujo en él, y pasó toda la información a la central. Sin esa acción tan audaz, la operación Sicilia no habría podido llevarse a cabo.

—El problema es que me estás hablando de hechos históricos. Cuando eso ocurrió, tú y yo sólo éramos dos niños felices, ajenos al mundanal ruido. Pero, ahora, Salomón se ha retirado. El comandante Yadid me dijo, durante el último curso de entrenamiento, que el coronel no quería saber nada de operaciones de rescate o de intervención rápida; que estaba ya hasta las narices; y que lo único que deseaba era dedicarse a su familia, sus negocios, y sus aficiones.

—Sí, todo eso está muy bien, pero te aseguro que cuando conozca la importancia del asunto, no podrá sustraerse a su influjo. Así que, si te parece, nos ponemos manos a la obra —zanjó Eila, levantándose de su silla e iniciando una llamada con su celular.

**

El mismo día de la desaparición de Andrés, sin esperar a tener más noticias de los servicios secretos alemanes o de la policía, a la que Elena y Heinrich habían reportado ya el hecho, Eila voló a medianoche hacia Israel. Pasadas las cuatro de la mañana del martes 16 de agosto, un avión especial de la fuerza aérea hebrea aterrizaba en Tel Aviv. Allí le estaba esperando su superior, el comandante Yadid, junto con Gabriel, otro agente de los servicios centrales al que no conocía.

—Te prevengo que el coronel no quiere saber nada. Vamos a intentarlo, pero no esperes milagros —le informó su superior nada más descender del avión.

128

—Ya lo sé, pero algo me dice que nos va a ayudar.

—Tú siempre tan optimista, Eila. Deberías haberte dedicado a la animación en un hospital de depresivos —le espetó con sorna el comandante.

Inmediatamente, los tres se dirigieron en helicóptero a un asentamiento cercano a la ciudad de Beerseva, situada al sur de Israel, en pleno desierto del Néguev. Allí el ex oficial vivía plácidamente con su familia, volcado en las labores agrícolas, y ajeno a las actividades de los servicios secretos. Avisado de la llegada inesperada de sus visitantes, Salomón no puso cara de sorpresa sino más bien de enfado, cuando los tres agentes se presentaron en su plácido lugar de retiro.

Eila tenía conceptuado al coronel, no sólo como un eficaz agente de los servicios secretos, sino también como un valeroso guerrero del Tzahal —el ejército de Israel—. De pequeña, su padre, el general Natán, acostumbraba a contarle historias (reales o ficticias) donde con frecuencia aparecía la figura valerosa y heroica de Salomón Liebermann.

La imagen física que tenía del militar era la de un hombre fuerte y apuesto, con pelo abundante y liso, peinado hacia atrás, y un cuello poderoso. Su cráneo, de tipo germánico, engastaba una frente amplia, una barbilla poderosa, y una mirada franca y penetrante que hacía sentirse valorado a quien estuviese hablando con él, aunque llegado el caso, también era capaz de fulminar a su interlocutor. La pérdida de parte de su oreja derecha y varias cicatrices de quemaduras en el cuello, *recuerdos* de la guerra del Yom Kippur —la fiesta judía del arrepentimiento—, habían suscitado la curiosidad inocente de Eila cuando era niña. Pero habían pasado más de diez años desde la última vez que le había visto, con motivo del servicio militar. Desde entonces, el tiempo implacable había cumplido con su labor. La cabellera castaña se había tornado gris; el brillo característico de los ojos había perdido en intensidad; y el cuerpo, aunque seguía impresionando por su robustez, parecía encorvarse ahora ligeramente.

Ello se debía, en parte, a dos operaciones de hernia de disco, con las que el coronel había tenido que pagar los esfuerzos excesivos cometidos durante su juventud, y que le inhabilitaban para cargar con mucho peso.

Pero a pesar de todo, Salomón mantenía ese magnetismo propio de los géminis, ese espíritu independiente y rebelde, poco propenso a la disciplina y siempre sensible frente a la injusticia o a cualquier forma de tiranía. Su facilidad para disfrazarse y adoptar distintas personalidades era proverbial, abriéndole muchas puertas en los servicios secretos. El coronel había tomado parte en varias de las operaciones más importantes y sonadas del Mossad, y también en otras cubiertas por el manto de la confidencialidad... pero no por ello menos decisivas. Los que habían servido a sus órdenes le valoraban mucho y, sobre todo, le admiraban y confiaban en él. El viejo soldado era de los que predicaban con el ejemplo, de los primeros en arremangarse cuando había que acometer labores penosas o desagradables, y de cara al exterior, siempre defendía a sus hombres a capa y espada, aunque exigiéndoles el máximo dentro de la unidad.

—¿Qué pasa, camaradas? —les interpeló en el umbral de la puerta, a modo de saludo—. ¿Es que no me vais a dejar en paz? —El recibimiento no pilló de sorpresa a Eila ni al comandante Yadid, que conociendo cómo las gastaba el viejo soldado, no esperaban una canción de bienvenida.

—Si nos dejas pasar te lo explicaremos todo —le respondió Eila con cara de agotamiento y cierto enfado. —Salomón se quedó absorto durante unos segundos y la abordó de inmediato:

—¡Yo te conozco! —exclamó, mirándola fijamente—. Tú eres la hija del general Natán Kessler. ¡Qué sorpresa!, ¡qué barbaridad, qué guapa estás, cuánto has crecido!, pero ¡pasad!, ¡pasad! y no hagáis mucho ruido. No quiero que mi mujer y mis dos hijas se despierten. Ellas no saben nada y es mejor que permanezcan en la bendita ignorancia. Si salen a saludaros, les diréis que formáis parte de una delegación de una empresa francesa de maquinaria agrícola que ha venido a visitarme, ¿entendido?

—No te preocupes —dijo esta vez Yadid—. Ya sabes que estamos entrenados para estas cosas.

Después de pasar al interior de la casa, Eila y sus dos acompañantes fueron conducidos a un pequeño salón, separado del resto de las habitaciones por un doble tabique. Allí, los agentes le relataron, punto por punto, todo lo que sabían de Andrés y las circunstancias de su desaparición.

—Muy bien, camaradas. La verdad es que no sé qué pensar, todo esto me suena ¡tan raro! Ahora me vais a decir claramente qué queréis de mí y, por favor, no os andéis por las ramas ni con ambigüedades, sobre todo tú, Yadid.

—Salomón —le expuso el comandante—, en materia de secuestros y rehenes, tú eres uno de los mayores expertos que tenemos en nuestras filas. Si nuestras hipótesis son ciertas, el Grünwald va a fondear en el puerto de Hamburgo para *recoger* al secuestrado. En estas circunstancias...

—Creemos que Andrés está con vida —intervino Eila, cortando al anterior—, al menos de momento, pues muerto no va a ser de mucha utilidad a los secuestradores. Si como pensamos, lo que pretenden es sacarle el máximo de información, entonces, debemos...

—Si un comando ataca el barco —la interrumpió esta vez el comandante poniéndole cara de pocos amigos—, pondremos a Andrés en grave peligro, además de crear un conflicto internacional de consecuencias imprevisibles. ¡Hay que evitarlo! El único modo de liberarle con un riesgo mínimo es hacerlo de otra manera, adentrándonos en el terreno de los secuestradores y de sus cómplices.

—Ya veo, lo que me estaba temiendo, queréis que me meta otra vez en el infierno, dentro del enemigo y sus entrañas.

— Lo siento, Salomón —dijo Eila mirándole fijamente a los ojos—. Mi padre te apreciaba mucho. Siempre me decía que eras el mejor, que ninguna operación era lo suficientemente difícil para ti, y que salías airoso de todas.

—Más bien, que he tenido la inmensa suerte de contar con la ayuda inestimable de otros agentes, excelentes patriotas y profesionales, algunos anónimos... obligadamente anónimos, pero no por ello menos valiosos.

—¿Qué dices entonces? —preguntó la agente, pensando que el pez había mordido el anzuelo.

—Tengo 58 años. Ni mi mente ni mi cuerpo poseen ya la rapidez de reflejos que requiere el diseño y, sobre todo, la ejecución de una operación de este calibre, que siempre se complica en la práctica. Luego están mi mujer y mis dos hijas. A ellas no las puedo defraudar, ¡demasiado han sufrido ya con mis ausencias! Yo ya me he sacrificado con creces por Israel. ¿No es hora de que mi patria me devuelva algo de lo que le he dado, o al menos que no me exija más y me deje en paz? Además, esa historia que me habéis contado sobre Andrés... Me resulta un tanto estrambótica y poco creíble. —Entonces, al tiempo que escenificaba su rechazo levantándose de su asiento y mirando fijamente al comandante, el coronel concluyó—: Sinceramente, camaradas, lo siento mucho pero no contéis conmigo.

—Respetamos tu decisión —afirmó el comandante Yadid con resignación —. No puedo echarte nada en cara. Simplemente queríamos quemar un último cartucho, viniéndote a ver personalmente, aunque ya me imaginaba que la empresa era muy difícil. En caso de cambiar de idea, aquí tienes mi número de celular. Si hoy, antes de la medianoche, no nos has llamado, entenderemos definitivamente que no quieres volver al servicio activo y tomar parte en la operación de rescate, y no te preocupes... buscaremos por otro lado. Nosotros nos volvemos dentro de unas horas a Tel Aviv, gracias por habernos recibido.

Dicho esto, los tres agentes se despidieron cortésmente. Eila, con un abrazo y un beso muy fuerte, que Salomón no esperaba, pues sus visitantes se habían ido con las manos vacías, en medio de un escenario muy peligroso, donde estaba en juego la vida de una persona y quizás... mucho más.

Ciertamente, el antiguo soldado había mostrado aplomo, firmeza, y también algo de mala educación, frente a unos intrusos que habían osado interrumpir su letargo estival en la finca agrícola que explotaba. A él, lo que le gustaba, como a los lagartos del Néguev, era tomar el sol, llenarse de vitamina D y sintetizar el calcio. Disfrutar de los paisajes del desierto, alejado de las aguas revueltas del espionaje y de las acciones de comando, de las que él ya se había hartado... y también asqueado, era lo que más deseaba en esta etapa de su vida... pero, en realidad, no las tenía todas consigo.

Después de despedirse y cerrar la puerta, abrió un armario que estaba en el mismo salón donde había recibido a sus compañeros. Activando un mecanismo secreto, accedió a un doble fondo. Dentro del habitáculo había una caja llena de recuerdos. Tomó uno de los álbumes de fotos. Era el de la guerra del Yom Kipur donde, el 6 de octubre de 1973, en plena festividad judía, los ejércitos egipcio y sirio sorprenden (!) inicialmente al de Israel.

En una de las fotos, aparecía junto a Natán y otros soldados cuando apenas tenían 20 años y ya pilotaban tanques. "Natán, Natán... siempre tan alegre y sonriente, tan buen compañero. Era el perfecto apoyo en combate. Nunca me dejó en la estacada. Incluso cuando nos dirigíamos a la línea Bar Lev para repeler el desembarco de los egipcios y mi tanque fue alcanzado por un misil Sam soviético. Entonces él se jugó la vida, me sacó del carro en llamas, e hizo que me evacuaran al hospital".

De pronto, sus ojos, acostumbrados a las miserias de la guerra y a mirar a la muerte cara a cara, se humedecieron y Salomón empezó a llorar, con fuerza, a solas, como hacen los hombres que tienen que demostrar la mayor entereza, pero que al mismo tiempo son muy humanos. Luego continuó recordando: 20 años más tarde, Natán moría víctima de un cáncer. Durante la penosa enfermedad le visitó varias veces. En una de las ocasiones, el enfermo se dirigió a él en estos términos: "...Salomón, prométeme que si mi hija te pide ayuda, se la prestarás. Nada me daría más paz ahora que mi mejor amigo se comprometiese". Y él se lo prometió. Eila, La hija única de Natán, no estaba presente. Con sólo diez años, su padre había querido ahorrarle el trago tan amargo de ver cómo, ya muy deteriorado por la enfermedad, agonizaba.

"No he cumplido con mi promesa, es demasiado lo que me piden. ¡Natán!, espero que allí donde estés... me perdones", rogó Salomón en voz baja... al tiempo que cerraba el álbum... después de acariciar la imagen de su amigo en una de las fotos.

***

Apariencias que engañan

Martes 16 de agosto: segundo día de secuestro

A las once de la mañana del martes 16 de agosto, Eila, el comandante Yadid y Gabriel salieron del hotel donde habían descansado unas horas, después de la entrevista con Salomón. En un complejo turístico cercano, el helicóptero les esperaba con los rotores ya girando. Rápidamente, los tres se subieron y el ingenio despegó. En Tel Aviv, un avión especial aguardaba a la agente para regresar a Berlín y preparar la inspección del Grünwald, junto con las autoridades alemanas.

"¡Qué frustrante es la vida! —pensó Eila—. Bien nos insistieron durante la formación en que el plano no es el territorio y que la realidad se impone siempre, en este caso, en contra nuestra. Ahora asumiremos más riesgos y las probabilidades de salvar a Andrés disminuyen". En esos pensamientos estaba cuando, rota por el cansancio de las tensiones acumuladas y los dos viajes relámpago, pues en el hotel no había conseguido pegar ojo, se quedó profundamente dormida.

—¡Joder!, ¡cómo ronca la tía! —exclamó el comandante Yadid con muy poco protocolo.

—Si me permite, mi comandante —añadió Gabriel con irónica seriedad—, deberíamos grabar los ronquidos y luego ponérselos. Es muy usual que las personas no reconozcan que roncan, y una mujer menos. Parece ser que está reñido con la feminidad.

—Hombre, la verdad es que choca un poco, pero la pobre lleva dos días de aúpa. Entre la desaparición de Andrés, la negativa de Salomón y la paliza de los viajes, lo extraño es que no ronque más fuerte todavía. Pero no demos ideas a su subconsciente.

Cuando la agente despertó, el helicóptero se acercaba a la capital de Israel. Estaba previsto que tomase tierra en un aeropuerto militar próximo a Tel Aviv. En ese momento, una voz, que a ella le era familiar, se oyó a través del altoparlante de la cabina de pasajeros.

—Buenos días, amigos, en unos minutos vamos a descender. ¡Abróchense los cinturones de seguridad!, la operación *Grünwald* está en marcha y yo voy a tomar parte en ella.

Nada más pronunciarse estas palabras, la puerta de la cabina de pilotaje se abrió y la cara sonriente de Salomón, que se había volteado, apareció a través de ella. Eila no pudo contener la emoción y rompió a llorar. Era más de lo que podía soportar. Entonces, el coronel, después de pasar los mandos al copiloto, abandonó la cabina, se dirigió hacia ella, y la abrazó con fuerza.

—Ya está bien, Eila, todo va a ir bien —le susurró al oído—. Después de iros, estuve pensando largamente sobre el tema. Finalmente me decidí. Voy a estar con vosotros en esta misión. Todavía me quedan fuerzas y no puedo fallar a Israel, pero, por encima de todo, no puedo decepcionarte a ti ni olvidar que tu padre me salvó la vida en la guerra. Ayer le sentí muy cerca, como si estuviera conmigo, aconsejándome... recordándome que no podía batirme en retirada, que eso era una conducta impropia de mí.

—Gracias, Salomón... gracias, papá —añadió mirando hacia arriba—. Me sentía abrumada por tanta responsabilidad y mis rezos han sido escuchados. Ahora lo veo todo claro. Contigo lo lograremos y a Andrés no le va a pasar nada.

—Bueno, no cantemos victoria. Hay que preparar un buen plan sin perder un minuto, y luego ejecutarlo al milímetro. Intuyo que las fuerzas a las que tenemos que enfrentarnos son muy poderosas. Ahora, descansemos durante el viaje a Alemania. Esta noche, cuando lleguemos, no vamos a disfrutar precisamente de una velada teatral —concluyó irónicamente, mientras se sentaba al lado de Eila y se abrochaba su cinturón de seguridad.

En tierra, un coche les estaba esperando para trasladarles a velocidad de vértigo a un hangar del aeropuerto civil Ben

Gurión, donde un pequeño avión supersónico se aprestaba a despegar.

Al día siguiente de la desaparición de Andrés, que ya todos calificaban pura y simplemente como un secuestro, Salomón y Eila aterrizaban de noche en el aeropuerto internacional de Berlin-Schönefeld. Desde de allí se dirigieron a la sede de la Alianza Boreal Internacional en la Walsrode Strasse.

**

Nada más llegar a las oficinas de la asociación, reparadas y reformadas después del atentado, Salomón se puso manos a la obra, reuniéndose con los miembros de Alfa entre los que se encontraba David, que había regresado de Hamburgo esa misma mañana.

—¿Por qué estamos a más de 250 kilómetros del último lugar donde se vio a Andrés? —preguntó el coronel.

—¿Qué dices?, ¡no te entiendo! —exclamó Eila, un tanto confusa.

—Está claro, querida, hay que mudarse —. Y es que Salomón las gastaba así, haciendo propuestas que a los demás podían parecer apresuradas e incómodas.

—Pero si ya tenemos a David desplazado en la zona de la desaparición. Él ha estado haciendo un seguimiento exhaustivo de Andrés, cerca de Hamburgo, en Ludwigschloss — insistió la agente, aquejada de un súbito deseo de permanecer en Berlín.

—Sí, ya veo. Corramos un tupido velo sobre eso, y conste que no te estoy echando..., no os estoy echando la culpa de nada. Lo hecho, hecho está. Ya sabemos todos, lo de los sempiternos recortes presupuestarios. Eso no va a cambiar nunca, ni aquí, ni en Tel Aviv, ni en Roma. Lo que digo ahora es que tenemos que estar más apegados al terreno. Todo no se puede hacer por video, conferencia o vía satélite, ¡por favor! Lo que pasa es que tú eres de la nueva ola, y todavía no te has dado cuenta de las exigencias de ciertas operaciones.

—OK, Salomón, ¿y qué sugieres concretamente?

—Que tenemos que establecer nuestra base de operaciones en Hamburgo. Mañana nos vamos todos hacia allí, en tren. Es mucho más seguro que el coche. Así que vete pensando en alquilar un piso en esa ciudad. Mientras tanto nos alojaremos en un hotel barato, para no cargar mucho el presupuesto.

—A sus órdenes, mi coronel —le espetó Eila con cierto enfado, pues ya no eran ella ni David quienes mandaban en Alfa—. A este respecto, el comandante Yadid había sido muy claro: Salomón sería el jefe del grupo, el que llevara la voz cantante, mientras no se dispusiera lo contrario. La unidad de mando había sido una de las exigencias clave de éste para reingresar al servicio activo y, sobre todo, para asegurar el éxito de la operación.

A Adnán Álvares y a Simón Blum, que junto con Eila Kessler y David Kurnilov integraban el grupo operativo de agentes en la célula Alfa, la noticia les cayó como un jarro de agua fría. En particular, Adnán estaba imbuido de la inercia propia de los funcionarios, más centrados en la supervivencia y en la adaptación que en la innovación, y por ello manifestaba una cierta renuencia a los cambios. "Acaba de llegar este tío y ya está tocando las narices —pensó, mientras escuchaba a Salomón—. Pero ¿qué necesidad tenemos de salir todos de Berlín? Que vaya él, ¡Joder con el nuevo jefe!, ¡y yo me quejaba de Eila!".

**

Adnán Álvares era el típico gruñón que pone muchas pegas, pero que luego acaba reconociendo lo acertado de las decisiones, tomando parte con brío y decisión en las operaciones más arriesgadas. Su familia próxima era oriunda de Tesalónica. Su abuelo por la línea paterna, que también se llamaba Adnán, había conseguido emigrar de la ciudad con su mujer y sus hijos en la década de los 30. Los demás Álvares, y

138

la mayor parte de los familiares de sus abuelos maternos, no tuvieron la misma suerte y fueron exterminados por los nazis en la década siguiente.

Primero en Castilla y Aragón, mediante el edicto de 31 de marzo de 1492, que establecía el plazo límite del 2 de agosto para los que no se convirtiesen al Catolicismo, y luego en Portugal, en 1497, los judíos fueron expulsados de la Península Ibérica. Sólo en los dominios hispánicos de los Reyes Católicos, Isabel y Fernando, se calcula una cifra de 120.000 expulsados. La mayoría de ellos —unos 90.000— se dirigen al Imperio otomano gracias a la acogida favorable del Sultán Beyazid II. La inmigración más numerosa se produce en Salónica o Tesalónica, como se la llamaba también, una ciudad costera situada actualmente en el noreste de Grecia, que en 1430, con el declive de Bizancio, pasó a formar parte del Imperio turco.

En los siglos que estaban por venir, dicha ciudad se convertiría, gracias en gran parte a su población judía, en un emporio de riqueza que floreció especialmente en la segunda mitad del siglo XIX. La población hebrea será mayoritaria hasta principios del siglo XX, y a Salónica se la considerará como *la Jerusalén de los Balcanes.*

Pero en 1912 se produce un giro radical en el devenir de la urbe. La primera y la segunda Guerra de los Balcanes, en 1912 y 1913, acaban con la dominación otomana de Salónica que pasa a formar parte de Grecia. A partir de entonces se inicia un período de inestabilidad y decadencia que culminará con la Segunda Guerra Mundial y la persecución y exterminio de gran parte de la población judía de Europa, el llamado *Holocausto,* que de manera especial se ensañará con la población hebrea de dicha ciudad. Incluso antes, bajo el dominio griego, las cosas se fueron complicando. Una ola de antisemitismo se extendía por diversos países como Hungría, Rumania, y también Grecia, durante el gobierno de Venizelos, afectando especialmente a Salónica. Muestra terrible de ello es el pogromo de 1931, cuando un barrio judío entero es incendiado. Estas circunstancias, unidas al auge de los movimientos sionistas que propugnaban la creación de un Estado judío en Palestina, al amparo, entre otras iniciativas, del primer congreso sionista de 1897 y de la declaración Balfour de 1917, incitó a muchas familias a emigrar hacia la Tierra Prometida.

Éste fue el caso del abuelo de Adnán, que regentando un comercio de textiles, lo vendió todo y partió con su esposa e hijos hacia Israel, sabia decisión que les salvará de la *quema*. En efecto, de los alrededor de 56.200 judíos que había en Tesalónica, en 1941, antes de la ocupación nazi; en 1945, sólo quedaban unos 1200. La inmensa mayoría de la población había sido exterminada, a escala industrial, en los campos de la muerte diseñados por Reinhardt Heidrich, Eichmann y sus secuaces en la Conferencia de Wahnsee de enero de 1942, donde los dos estuvieron presentes. Esta reunión tenía por objetivo esencial, utilizando las propias palabras recogidas en el acta de la conferencia, hallar la solución final al problema judío: *"Die Endlösung der Judenfrage"*.

El resultado fue que, en seis meses, desde marzo a agosto de 1943, más de 48.000 tesalonicenses fueron deportados hacia Auschwitz-Birkenau en vagones de ganado y en condiciones infrahumanas. De ellos, 37.000 mujeres, niños, y personas de edad, fueron asesinados nada más llegar con el gas letal Zyklon B. El resto, salvo unos pocos supervivientes, perecieron en el transcurso de dos años de terrible sufrimiento, hasta que el campo fue liberado el 27 de enero de 1945.

En Israel, Adnán Álvares prosperó y continuó con su negocio textil. Su nieto, que también se llamaba Adnán, creció en un entorno pacífico y saludable aunque sin olvidar, en ningún momento, las historias que le contaba su abuelo sobre Salónica, su pertenencia a la comunidad sefardí, y el Holocausto. Lamentablemente, a diferencia de su compañero de Alfa, David Kurnilov, él no hablaba bien español, aunque sí lo entendía y estaba orgulloso de su ascendencia ibérica.

El físico de Adnán recordaba al arquetipo español. Solterón empedernido y en la mitad de sus treinta años, se parecía a uno de esos hidalgos de capa y espada, procedentes de la provincia de Toledo, una de las más judías de España. El pelo negro, aunque ya canoso, sus ojos marrones, su cuerpo fuerte, su piel morena, su discreta estatura y su carácter abierto y jovial, ponían al descubierto sus orígenes. Siempre decía que a él, lo que realmente le hubiera gustado, es ser uno de esos estudiantes eternos de la ciudad de Salamanca, en Sefarad –España–.

**

Una vez decidido el traslado de la sección operativa del grupo Alfa a Hamburgo, Salomón entró de lleno a considerar el secuestro de Andrés, reuniéndose con Eila y David en *petit comité*.

—¿David, qué noticias frescas nos traes del Grünwald?

—Como ya te habrán contado Eila y el comandante Yadid, se trata de un barco de mediano tonelaje, botado hace sólo tres años y con pabellón alemán. En los registros administrativos de la marina, figura a nombre de un conocido armador a quien se le conocen afinidades neonazis. Hemos conseguido la lista de la tripulación y en ella hay tres activistas antijudíos, que ya han sido detenidos varias veces por participar en algaradas callejeras. Además, no tiene ninguna lógica que, en plena campaña pesquera y con una autorización para faenar de 21 días, el barco se retire al cuarto día, sin estar averiado y con abundantes capturas en su caladero, como nos ha comunicado el Centro de Seguimiento por Satélite. Los armadores quieren ganar dinero, no perderlo.

—La verdad, David y Eila, es que todo induce a pensar que a Andrés lo van a encerrar en ese barco. Pero, ¿no es demasiado evidente? ¿Habéis leído a Tsun Tzu en El Arte de la Guerra? Él dice, no sin razón, que el arte bélico, si así se puede llamar esa salvajada, está basado en el engaño. Luego nos da un consejo: "Ofrece un señuelo a tu enemigo para hacerle caer en una trampa; simula el desorden y sorpréndelo". Lo que quiero deciros es que en el arte de la guerra se finge mucho y a menudo se trata de despistar al enemigo. Por eso, nuestras deducciones parecen precipitadas y demasiado obvias. Deberíamos barajar la hipótesis de que el *Grünwald* es sólo una cucharilla, para que la trucha se trague el anzuelo y no se fije en su presa verdadera. Venga, ¿no seamos ingenuos?

—¿Qué sugieres, Salomón? —le preguntó Eila, entusiasmada con el coronel.

—*Tenemos que seguir en el mar*. Las estaciones de tren y los aeropuertos son mucho más fáciles de vigilar y los controles son más férreos. En un puerto, la dificultad para transferir la *carga* a bordo de una nave, sin levantar sospechas, es menor. Esto nos obliga a tener en cuenta otras embarcaciones del Mar del Norte. Obviamente, todo no podemos comprobarlo. ¿Cuántos cientos de barcos hay ahora navegando frente a las costas de Holanda, de Bélgica, de Alemania, o que hayan zarpado de puertos de Noruega, de Dinamarca o de Suecia y se dirijan a otros puertos costeros?

—Yo creo que deberíamos centrarnos en los barcos de pesca de altura, en esas enormes piscifactorías, ¡no son tantos! —sugirió David llevado por su optimismo.

—¡No! —exclamó tajante, el coronel—. Esos barcos tienen unas tripulaciones reducidas y son fáciles de inspeccionar. Unas horas de patrullera marítima y unos hábiles interrogatorios podrían ser determinantes. Eso es, de nuevo, lo que quieren que hagamos. Es demasiado fácil. ¿En dónde camuflaríamos algo o a alguien con menos posibilidades de ser detectado?

—¡Está claro, Salomón, en los cruceros de placer, en los barcos de turistas! —gritó Eila con la cara resplandeciente.

—¡Si, señor! Lo habéis visto. Podemos estar equivocados, pero es el lugar ideal para esconderse, confundiéndose con el público, con una tripulación numerosa y en itinerarios con múltiples escalas donde pueden bajar o subir al secuestrado, cambiar la tripulación, aprovisionarse, etc.

—Pongámonos entonces manos a la obra —adelantó el impetuoso David.

Pero la tarea no iba a ser fácil. En pleno verano, media Europa — la que a pesar de la crisis se lo podía permitir— descansaba indolente, alegre, recargando pilas y ajena a muchas tragedias. En este ambiente propicio, las agencias de viaje habían multiplicado sus ofertas de vacaciones en el mar, dificultando mucho la búsqueda. Simón, que era un eficiente informático y se ocupaba de las tareas burocráticas, realizó diversas averiguaciones por Internet, con la ayuda de los servicios de la Alianza Boreal en su sede de Berlín. Luego junto con David, Eila y Adnán, las contrastó con fuentes bien informadas de los países ribereños del Mar del Norte, es decir: Noruega, Suecia, Dinamarca, Alemania, Holanda, Bélgica, Francia y el Reino Unido.

Salomón, mientras tanto, se enfrascó en la lectura de una novela policiaca, que es lo que más le apetecía en ese momento, además de revisar los manuales de procedimientos operativos, que siempre llevaba consigo cuando tomaba parte en este tipo de operaciones.

**

Miércoles 17 de agosto: tercer día del secuestro

Siguiendo las instrucciones de su jefe, el grupo Alfa partió por la mañana en tren hacia Hamburgo para alojarse provisionalmente en un hotel céntrico. Tras llegar al establecimiento e instalarse, los trabajos de investigación continuaron y Simón Blum, el informático, presentó su informe después de comer. La metodología empleada había consistido en realizar una búsqueda exhaustiva de los cruceros que estuviesen navegando o a punto de zarpar, dentro de un semicírculo con un radio de 1000 kilómetros y epicentro en el puerto de

Hamburgo. En total se habían detectado 90 cruceros de placer, de diverso tonelaje, aunque la mayoría de gran calado.

—Creo que el paso siguiente es obtener más información sobre los barcos y conseguir las trayectorias de sus viajes y su duración —afirmó Salomón y añadió—: Yo descartaría los cruceros que partan de Noruega, Suecia, o Reino Unido y sólo hagan escala en estos países. Lo lógico es pensar que los secuestradores tengan a Andrés en Alemania o en alguno de los Estados limítrofes, y quieran introducir *su cargamento* en un puerto cercano, al que puedan acceder por carretera en poco tiempo."

—Y mientras tanto —le preguntó David—. ¿Qué hacemos con el Grünwald?

—Buena pregunta. Hay que hacer creer a los secuestradores que hemos mordido el anzuelo. Me parece que Eila ha estado coordinando ya la inspección con las autoridades alemanas. ¿No es así?

—En efecto —respondió la agente—. Al poco de entrar el Grünwald en las aguas territoriales alemanas, una lancha torpedera lo abordará y lo inspeccionará a fondo. Eso va a ser el sábado, dentro de tres días.

—Muy bien, pues entonces, ¡manos a la obra con las trayectorias de los cruceros!

Pasadas las cinco de la tarde, los cuatro agentes activaron sus ordenadores portátiles y sus celulares, poniéndose en contacto con las empresas que figuraban en la lista de los 90 cruceros, directamente o a través de los operadores turísticos. A las once de la noche ya habían recopilado todas las trayectorias. Compartida la información, eliminaron 60 barcos que no cumplían con los parámetros de búsqueda.

—¡Bien, muchachos! Ya tenemos a nuestros 30 candidatos para el Óscar —anunció Salomón irónicamente—. Ahora, lo que toca es hacer una investigación más exhaustiva para ver quién se lleva el premio. Mañana, a partir de las ocho y media, os quiero a ver a todos trabajando. En lo que a mí respecta, me daré una vuelta por el puerto para inspirarme y mentalizarme sobre el rescate. Si nuestras sospechas se confirman, no voy a disponer de mucho tiempo para diseñar el operativo. En particular, trataré de subir y recorrer varios cruceros de placer, para conocer sus entresijos e irme acostumbrando a lo que puede estarme esperando.

**

Jueves 18 de agosto: cuarto día de secuestro

Después de un merecido descanso y un desayuno energético, el grupo Alfa se metió en harina, echando mano de todos sus recursos. Los consulados de Israel, en los diferentes países de partida o de escala de los 30 cruceros seleccionados, fueron consultados, así como numerosos colaboradores y voluntarios que investigaron y se personaron en los diferentes registros y archivos administrativos. En caso de producirse alguna reticencia de las fuentes de información, las *altas instancias*, los gobiernos amigos, entraban en juego. Finalmente, a las ocho de la tarde, la información obtenida se puso en común.

Aparentemente, todo estaba en regla. En el 90% de los casos, la propiedad sobre los cruceros correspondía a sociedades domiciliadas en países europeos o en Norteamérica. Los registros mercantiles aportaban información sobre el capital nominal, fusiones, emisiones de empréstitos, administradores de las empresas, etc... Por su parte, la inscripción de los buques, en los diferentes organismos marítimos, proporcionaba datos jurídicos y técnicos que tampoco revelaron nada sospechoso.

Además de la información anterior, se había podido conseguir, por mediación de los diferentes servicios laborales nacionales, las listas completas de tripulantes con nombres, fechas de contratación y cargo ocupado.

—Lo que tenemos sólo es un punto de partida —indicó el coronel—. Ahora es cuando empieza lo difícil y tenemos que aplicarnos. No hace falta que os recuerde que ya han pasado más de tres días desde la desaparición de Andrés. El tiempo no corre a nuestro favor, así que es preciso un esfuerzo suplementario.

—Estamos contigo —respondieron todos.

—Bien, pues entonces estas son mis instrucciones: David, tú y Eila vais a dedicaros mañana a profundizar en el origen del capital social de las navieras propietarias de los cruceros. Sobre todo quiero que os fijéis en los integrantes de los consejos de administración.

—No hay mucho tiempo, pero haremos todo lo que podamos.

—OK, Adnán, tú y Simón trataréis de que se crucen los datos de las listas de tripulantes con los archivos judiciales o de la policía. ¿Hay algún marinero que haya sido procesado por pertenencia a banda armada o por delitos de terrorismo? ¿Existe alguna referencia de actividades antisemitas? ¿Hay datos de pertenencia a algún partido de extrema derecha? A partir de ahora me pongo en vuestras manos. ¡A ver de lo que sois capaces!

"Por último, os doy un consejo, ¡o mejor dicho!, una orden para todos. En esta fase, más caliente, no hay que dejar rastro de nuestras pesquisas, por la cuenta que nos tiene. Haceros a la idea de que nos hemos convertido en un submarino y ya tenemos que sumergirnos. Si pedís informes comerciales, lo haréis a través de terceros de extrema confianza, utilizando nuestras redes. Lo mismo si os dirigís a los consulados o a las administraciones públicas. Si en alguna institución os ponen obstáculos, lo comunicáis directamente a nuestro grupo jurídico de Tel Aviv, ¡que muevan el culo, que para eso cobran! Perdona Eila, quiero decir que ellos verán lo que hacen.

—No te preocupes Salomón, estoy acostumbrada a cierto vocabulario, aunque no sea muy femenino.

—Es que yo, hasta hace poco, en el servicio sólo trataba con hombres —se disculpó el coronel.

Para Salomón, una de las claves fundamentales del éxito de la operación residía en la discreción. Si sus sospechas resultaban ciertas y sus pesquisas llegaban a oídos del enemigo, la operación de rescate se complicaría mucho y quizás las consecuencias para Andrés serían letales. En este sentido, lo que más le preocupaba eran los agentes dobles y los topos. Estos últimos son más peligrosos y difíciles de identificar, pues adoptan una apariencia de la máxima legalidad, ganándose la confianza de sus superiores y colaboradores. En el caso de la célula Alfa, su reducido número de integrantes era una ventaja, aunque la obligación de Salomón era no fiarse ni de su padre. Ya había tratado el tema con el comandante Yadid, y éste le aseguró que los miembros del equipo estaban fuera de toda duda, al haber superado con éxito los exámenes, controles y filtros rigurosos establecidos por los servicios secretos.

**

Viernes 19 de agosto: quinto día de secuestro

Tras un nuevo día de actividad frenética, Salomón, que había estado por la mañana en el puerto y, para despejar su mente, acababa de darse una vuelta por el Stadtpark de Hamburgo —el parque principal de la ciudad—, se reunió de noche con sus cuatro agentes. Había que analizar los resultados de las investigaciones, hacer balance de situación, y ver qué medidas debían adoptarse.

La información de David y Eila sobre las navieras no era completa. En tan poco tiempo, no habían podido obtener detalles sobre el cien por cien de los miembros de los consejos de administración, aunque sí de la mayoría. El resultado es que los investigados estaban libres de sospecha. En cuanto a Adnán y Simón, sus pesquisas sobre las tripulaciones tampoco habían mostrado nada. Se trataba, mayoritariamente, de profesionales con contratos de larga duración, sin antecedentes penales y sin noticias de vínculos con grupos extremistas.

—¡Qué bien lo están haciendo los secuestradores!, y ¡qué mal lo estamos haciendo nosotros! —exclamó Salomón en voz alta, frunciendo el ceño y descargando un puñetazo de rabia sobre la mesa.

—Todavía tienen que transmitirnos más datos sobre las tripulaciones y los consejos de administración. ¡No arrojemos aún la toalla! —exclamó Eila, al ver al coronel tan excitado.

—No sé qué decir, nos encontramos en un punto muerto. Quizás sea demasiado pronto para tener las ideas claras. Lo mejor es que cenemos y nos vayamos todos a dormir. Cada día trae su afán y espero que mañana se nos ocurra algo, cuando nuestras mentes hayan reposado.

Después de la cena, que celebraron todos juntos, y tras mandar varios correos electrónicos a los diferentes contactos con los que habían trabajado, los agentes, agotados por el esfuerzo realizado en los últimos días, se retiraron a sus habitaciones. Salomón no dejaba de pensar que el tiempo corría en su contra y eso le atormentaba: "Una vez que el secuestrado sea transferido a uno de los cruceros, lo más seguro es que después de interrogarle, de sacarle todo lo que puedan, le hagan desaparecer, esta vez para siempre, en las aguas frías del Báltico o del Mar del Norte". Para conciliar el sueño, se tomó dos pastillas de valeriana, remedio que siempre le iba muy bien. Luego, pensando en positivo, en un golpe de suerte que le ayudase a resolver el enigma del secuestro, se quedó profundamente dormido.

A veces, hay que poner las ideas a fuego lento y dejar que el inconsciente haga su trabajo.

**

Sábado 20 de agosto: sexto día de secuestro

Los cinco miembros de alfa, se levantaron más tarde que de costumbre, muy despejados y con las pilas recargadas. Después de una ducha templada y un desayuno reparador, que compartieron todos, el coronel les propuso ir a dar una vuelta al Stadtpark, el parque donde había paseado el día anterior. Echaron a suertes quién tenía que quedarse en el hotel, por obvias razones de seguridad, y a pesar de las protestas de Adnán, que fue *el agraciado,* los otros cuatro se pusieron en marcha.

Una vez en el parque, Salomón se adelantó unos metros y estuvo caminando sólo más de quince minutos. De pronto, se detuvo bruscamente, se puso a correr, y pego un salto en el aire al tiempo que chasqueaba los dedos: "¡Claro!, ¿cómo no se me había ocurrido antes?", se preguntó en voz alta. Sus compañeros se miraron sorprendidos y, con miedo reverencial, se le acercaron sin mediar palabra.

—Un secuestro de este tipo requiere una planificación muy cuidada, fuera totalmente de los cauces legales. En primer lugar —les expuso—, los secuestradores no pueden aparecer en ninguna lista, ni siquiera con nombres falsos. Para ellos, es demasiado arriesgado. Las bases de datos de nuestros aliados nos permitirían, más tarde o más temprano, detectar algún elemento sospechoso. No pueden dejar ningún cabo suelto.

—Estoy de acuerdo, Salomón, pero eso nos lleva entonces al pasaje —intervino David.

— Sí y no. ¿Cómo van a preparar un zulo y todo un operativo en sólo 6 o 7 días de crucero? Aunque alguno o algunos pasajeros formen parte de la organización criminal, tienen que tener contactos dentro del barco, entre la tripulación.

—Podemos pedir las listas de pasajeros y cruzarlas con la policía —sugirió Simón que, a pesar de su juventud, ya le estaba cogiendo gusto a las operaciones de los servicios secretos.

—Sí, Simón, y también podemos anunciar en un programa de radio y en televisión o en una página web de Internet, que estamos buscando a unos terroristas entre 90000 pasajeros. Cuando acabáramos de filtrar los datos, si es que encontrásemos algo, los secuestradores, con nuestro pobre Andrés, ya habrían tomado las de Villadiego, utilizando identidades falsas, ajenas a toda sospecha.

—Pero Salomón —intervino esta vez Eila—, si efectivamente, los que han organizado el secuestro forman parte de la tripulación, los habríamos detectado ya o cuando nos lleguen el resto de los datos.

—¿Por qué tienes un pensamiento tan lineal, Eila? —le dijo Salomón mientras le tomaba cariñosamente la mano y le sonreía.

—¿Qué quieres decir?

—Que sí, que evidentemente forman parte de la tripulación, pero sin figurar en los registros. Es como si trabajasen en negro. Es lógico pensar que el grupo terrorista no va a dejar ninguna pista, ningún papel que le vincule con los hechos.

—Entonces, Salomón, ¿qué insinúas, tenemos que mirar más arriba? —le preguntó Eila.

—Sí, has dado en el clavo. Nos estamos acercando a la solución. En la tripulación deben de estar todos o parte de los secuestradores. Seguramente llevan trabajando en el barco varios meses, para familiarizarse con él, conocer todos sus recovecos, hacerse amigos de otros tripulantes, ganarse su confianza, y todo ello con una enorme naturalidad, sin levantar sospechas.

—Eso nos lleva entonces a las oficinas del barco. —intervino David.

—En efecto, alguien muy cualificado les está encubriendo, sin registrarles, dotándoles de documentación falsa, de tarjetas de identificación y de otros accesorios que puedan exhibir en cualquier momento. De esta manera simulan pertenecer a la tripulación y, sobre todo, pueden acceder a las zonas más reservadas y a las bodegas de carga.

—Pero entonces —continuó David—, tenemos que investigar a los responsables de todo lo relativo a los papeles y al personal de esos cruceros, a los que se encargan de las contrataciones, es decir... ¡los sobrecargos!, Salomón, ¡los sobrecargos!

—¡Bravo, bravísimo, David! Efectivamente, son ellos los que, bajo la autoridad de los oficiales, controlan directamente quién forma o deja de formar parte de la tripulación y lo declaran a las instancias administrativas.

—Ahora, lo tenemos mucho más fácil, ¡reduciremos la búsqueda a unos pocos miles de personas! —exclamó Eila eufórica

—Así es —proclamó el coronel—, se trata de nuestras últimas cartas y vamos a jugarlas bien. Poneros inmediatamente a trabajar y que Dios nos ayude.

De las treinta mil personas que aproximadamente integraban las tripulaciones de los 30 cruceros seleccionados, la población a controlar había quedado reducida a una décima parte, los sobrecargos y los empleados de sus oficinas. Esto ponía las cosas menos difíciles y permitía realizar una investigación más completa.

Después del exitoso paseo por el Stadtpark, los cuatro agentes retornaron al hotel. El resto del día, tras varias horas de comunicaciones en clave exponiendo la nueva hipótesis, todas las redes y contactos del Grupo Alfa reanudaron su actividad, buscando y cruzando bases de datos, consultando archivos en papel y digitales, acudiendo a Europol, etc. , en una carrera frenética para rescatar a Andrés... y evitar lo peor. En estas circunstancias extremas, los miembros del grupo no habían podido observar el *Shabat* —el día sagrado de la semana judía— como hubieran querido, aunque sí encendieron velas el día anterior por la noche en el *erev shabat* —la víspera del Shabat— , una de ellas por Andrés. Durante la cena del viernes, después de recitar el *Kidush* –la bendición–, Salomón dedicó unas palabras al secuestrado y todos juntos rezaron por él y por el éxito de la investigación.

**

Domingo 21 de agosto: séptimo día del secuestro

Son las nueve de la noche y ha transcurrido otro día de intenso trabajo. Eila, David, Adnán y Simón, se dirigen en procesión a la habitación del coronel. Eila llama a la puerta insistentemente.

—¡¡¡¡Salomón, Salomón!!! — exclama fuera de sí cuando éste, con cara de sueño y bostezando, abre la puerta.

—¡Qué pasa, mujer, dispara ya!

—Creo que ya tenemos a nuestro hombre —le dice muy nerviosa y con cara de satisfacción—. Se trata de un tal Manfred Schmidt. Según nos han comunicado desde Berlín, la naviera danesa del crucero Aurora, la Baltic Pleasure Cruises, le contrató como sobrecargo hace tres años. Sin embargo, Su trabajo en el Aurora data de sólo un año. El sospechoso es un *veraneante* asiduo de Irán y Siria. También se sabe que estuvo 2 meses en la franja de Gaza, en palestina. Durante su servicio en la *Bundeswehr* —las fuerzas armadas de la República Federal de Alemania—, se hizo experto en operaciones de comando y fuentes extraoficiales han detectado que coqueteaba con una organización neonazi, pues había participado en varias reuniones de la misma. También hemos podido averiguar que su abuelo pertenecía a las SS. Por último se nos ha comunicado que carece de antecedentes penales. No es mucho, pero al no haber detectado nada tan sospechoso en los demás investigados, hemos concluido que hay muchas posibilidades de que éste sea nuestro hombre.

—¡Muy bien Eila Kessler!, ¡muy bien!, ya se puede usted relajar. Si nuestra hipótesis se revela cierta, Andrés va a ser trasladado en breve al crucero Aurora, si no se encuentra ya en él.

Dando rienda suelta a su alegría, los cinco miembros del equipo Alfa celebraron el hallazgo. Las nuevas informaciones, los brotes verdes que parecían asomar en el escenario trágico del secuestro, justa compensación al esfuerzo desplegado durante la última semana, obligaban a hacer una pausa merecida antes de plantear y discutir nuevas tácticas.

Mientras tanto, Andrés, que se encontraba en un almacén del puerto de Brujas en Bélgica, a punto de ser trasladado al crucero Aurora, se consumía de desesperación, pensando que se habían olvidado de él..., que sus días estaban contados.

**

El crucero Aurora

A las doce de la noche del mismo día, el crucero Aurora, fondeado en el puerto de Brujas, se disponía a largar amarras e iniciar su viaje de placer por las aguas del Mar del Norte.

Se trataba de un barco mastodóntico que, con más de 320 metros de eslora, 34 de manga, y 13 pisos, desplazaba 110.000 toneladas, alcanzando una velocidad de 21 nudos, equivalentes a casi 39 kilómetros por hora, velocidad nada desdeñable tratándose de un navío de sus dimensiones. El interior de la nave bien podía calificarse como una pequeña ciudad, pero una ciudad de ensueño, con capacidad para 3000 pasajeros alojados en 2000 camarotes, y una tripulación de 1100 personas. El Aurora disponía de todas las comodidades: 10 piscinas, 3 spas, una pista de patinaje, una pared de escalada, una capilla, teatro y multicine, biblioteca y salón de Internet, casino, dos grandes bufets, distintos restaurantes temáticos, tiendas, etc. Para los amantes de la música en vivo y del baile, una magnífica orquesta amenizaba las largas veladas del crucero tocando al aire libre y también en su lujosa sala de fiestas.

La duración del crucero, con el título de Contrastes del Norte, era de dos semanas y se componía de cinco etapas. La primera, Holanda, consistía en una primera escala en Rotterdam y otra en Amsterdam, la capital de los Países Bajos. La segunda, Costas de Escocia y los Highland, discurría por Edimburgo, Aberdeen, y las Islas Shetland, con una visita programada al puerto de Lerwick. La tercera, Bellezas de Noruega, recorrería los bellos fiordos del país vikingo, desde Trondheim hasta Bergen. En la penúltima fase, Dinamarca y su capital Copenhague serían los protagonistas. La última parte del crucero, denominada Puertos de Alemania, llevaría a los turistas a conocer dos bellas e históricas ciudades del norte del país, Hamburgo y Bremen. Finalmente, el domingo 4 de septiembre, el viaje terminaría en la ciudad portuaria de Brujas, su punto de partida en Flandes.

**

Comediantes

Lunes 22 de agosto: octavo día de secuestro

Amainadas las emociones del día anterior, con el descubrimiento del sospechoso Manfred Schmidt, la posible pieza clave en el secuestro de Andrés, los cinco agentes de Alfa se reunieron de nuevo en la habitación de Salomón, en torno a unos humeantes cafés con guarnición de bollos, huevos fritos y zumo de naranja, que habían encargado a las cocinas del hotel. En ese momento, a más de 400 kilómetros de distancia, el crucero Aurora se encontraba en la bocana del puerto de Rotterdam, esperando las instrucciones del práctico para acostar el dique correspondiente.

—Muchachos, vamos a abordar la segunda fase de la operación de rescate. Detectado el lugar probable del secuestro, ahora hay que actuar con la máxima cautela. Ante todo debemos evitar provocar un conflicto internacional con una intervención unilateral. Mientras el crucero se encuentre en aguas jurisdiccionales holandesas, hay que contar con nuestros aliados. Además, no tenemos la certeza absoluta de que Andrés esté en el Aurora. Aunque sea duro reiterarlo, sólo se trata de una hipótesis de trabajo que tenemos que explotar al máximo.

—Seguro que ya ha pensado en algo, coronel —intervino Eila, llena de convicción.

—Sí, he estado dándole vueltas al tema toda la noche. Como sabéis, ayer el crucero se encontraba en Brujas, calentando motores. Hoy fondea en Rotterdam, y mañana por la noche zarpa hacia el puerto de Amsterdam. Puede que nuestro objetivo esté ya encerrado en el barco, o que estén a punto de trasladarlo a bordo, aprovechando que el pasaje está de visita por la ciudad. Para intervenir en Amsterdam de una manera... digamos... radical, necesitaríamos acudir a nuestros colegas neerlandeses que obtendrían del juez una orden de registro. Esto es muy peligroso. Si no tienen a Andrés, o si lo tienen bien escondido, no lo encontraríamos y como se dice en el argot de la caza, *levantaríamos la liebre*. Pondríamos a los secuestradores sobre aviso, y lamentablemente, nos podríamos olvidar del tema... ya sabéis lo que eso significa —añadió Salomón con una mueca de asco que lo decía todo.

—¿Qué propone entonces? —le preguntó David Kurnilov, que apuntaba todo lo que decía el coronel.

—Cómo se nota que es usted periodista, señor Kurnilov. ¿Me estás entrevistando? —le tuteó Salomón, con sorna—. Es mejor que se confíen y que introduzcan a Andrés en el barco. En una palabra, que disfruten de sus vacaciones —añadió con la misma ironía—. En este contexto...

—Entonces, me huelo que entramos nosotros en juego, ¿No es así? —le cortó Adnán Álvares.

—¡Cómo está usted hoy, señor Álvares!, ¡qué barbaridad! Pues mire, sí, pero por interrumpirme se va usted a quedar en tierra. ¡No vuelva a interrumpirme! ¡No lo vuelva a hacer! —le insistió Salomón, elevando su potente voz mientras fingía enfadarse—. En ese momento, a Adnán le cambió la cara, se puso rojo, y empezó a sudar copiosamente.

—Yo, Salomón... digo, perdón, mi general, mi coronel, mi... no sé qué decir... no era mi intención... señor, yo... No lo tenga en cuenta.

—¡Pero gilipollas!, no ves que estoy de broma. ¡Qué poco me conoces todavía! —Entonces todos estallaron en carcajadas, incluido el pobre Adnán que había recuperado las ganas de vivir.

—Mantengamos la compostura, señores. David, tú y Adnán, con identidades falsas, vais a comprar billetes, hoy mismo, para tomar parte en el crucero. No sé si será ya posible, puesto que el programa empezó ayer, pero vosotros haréis que lo sea... punto. En cuanto a mí, voy a convertirme en representante de una naviera que está muy interesada en negociar un contrato de reserva de plazas turísticas con la propietaria del Aurora, la Baltic Pleasure Cruises.

Esta misma mañana, mientras vosotros os desperezabais —continuó el coronel—, he estado hablando con el grupo jurídico de Tel Aviv para que montasen el operativo de mi entrada en escena, pues el *papelito* que me han asignado, se las trae. ¡Joder, vaya embolado que me habéis metido entre todos! —exclamó al tiempo que sacudía la cabeza y penetraba con sus ojos a todos los presentes, que automáticamente desviaron sus miradas, tratando de hacerse los distraídos, pues temían alguna otra reacción extraña por parte del coronel.

"Ya sabéis que, gracias a Dios, tenemos muchos amigos, particularmente en el ámbito empresarial. Para evitar sospechas o no tener que dar demasiadas explicaciones, hemos convenido que lo mejor es que mi tapadera sea una empresa del sector turístico, aunque desconocida en el negocio de los cruceros. Dicha empresa habría decidido irrumpir en la actividad hotelera de manera estelar. Tel Aviv me ha dicho que se encarga de todo, que va a mover sus influencias... ya veremos. No es tarea fácil, tienen que convencer a alguna compañía del ramo, crear un personaje que surge de la nada, con su trayectoria y su currículum... y me va la vida en ello.

La agente, que estaba escuchando atenta, no pudo reprimir entonces una mueca de desaprobación, que Salomón captó inmediatamente:

—¿Qué te ocurre Eila?, ¿no te gusta el plan? —inquirió el coronel haciendo un gesto de extrañeza, aunque se sentía dueño de la situación.

—No es eso, es que yo también quiero entrar en acción —le respondió la agente con cara de pocos amigos— ¿Por qué no me has asignado un papel en el reparto?

—No quiero arriesgar más de lo necesario. Con tres agentes en la boca del lobo, estimo que es suficiente, sobre todo si pillamos al enemigo desprevenido. Jugamos con el factor sorpresa, y debemos aprovecharlo.

—Esa no es la verdadera razón, Salomón. Lo que pasa es que estás introduciendo consideraciones personales en el diseño de la operación de rescate. ¡No me parece serio y además es irregular! —exclamó indignada—. Yo tengo la misma preparación que David. ¿Por qué no puedo tomar parte en el operativo?

—¿Pero quién te ha dicho que no vas a intervenir?, si es que no me has dejado acabar. ¿Quién te crees que va a coordinar el rescate?, ¿quién va a ser nuestro contacto en tierra? Tú y Simón.

—Coronel, me está usted vendiendo la burra. No quiero ser una actriz de segunda en una película de primera. —Dicho esto, se levantó de la mesa y se fue, dejando a sus cuatro camaradas con la boca abierta.

—¡Vaya carácter que tiene la niña! —exclamó Salomón.

—Y que lo digas —confirmó David—. ¡Joder con la feminista!

—¡Que venga con nosotros! —propuso Adnán—, yo la envolveré en mi capa y cuidaré de ella.

—¡Ya salió el hidalgo español!, ¡olé! —exclamó David con sorna, al tiempo que palmeaba con muy poca gracia—, pero no te equivoques, no estamos en el Toledo cortesano. Aquí va a haber duelos y ruido de sables.

—Lo sé perfectamente, bribón, pero tú no te has enterado que un caballero es un caballero, en todo momento. Además, el mejor acero del mundo es el acero de Toledo, enfriado en el Tajo. —se defendió, en broma, Adnán.

—A mí no me importa permanecer sólo aquí —dijo Simón en voz baja echando un cable a Eila, a la que apreciaba mucho.

—La verdad, camaradas, es que no quiero exponerla a un fracaso que nos puede costar la vida, pero tampoco quiero que esté de uñas durante todo el operativo —zanjó el coronel que no las tenía todas consigo.

Cuando se levantó la sesión, Salomón se quedó sólo y pensativo en su habitación: "Me parece que voy a tener que hacer algo. Es mejor tenerla de mi parte. Esta chica es muy eficaz y voluntariosa. Está bien que cuide de ella, como le prometí a Natán, pero ha elegido una actividad que conlleva ciertos riesgos, y donde la experiencia se adquiere sobre el terreno. ¿Por qué siempre se saldrá con la suya?".

Avanzada la tarde del lunes, mientras el crucero permanecía en Rotterdam y sus gozosos pasajeros recorrían la bella ciudad neerlandesa, llenándose de vivencias y sensaciones placenteras, o tomando parte en las excursiones a las ciudades de Leiden o la Haya, Salomón recibió sus nuevas credenciales. Efectivamente, en un tiempo record, Tel Aviv había conseguido convencer a un empresario judío, a pesar de sus reticencias iniciales, para prestarles el apoyo necesario.

A partir de ahora, Salomón Liebermann, se convertiría en el señor Karl Schulze, el apoderado designado por una sociedad alemana, la TFE —Tourist Flash Entertainments Gmbh (sociedad de responsabilidad limitada)—, domiciliada en Hamburgo, y muy interesada en diversificar su oferta turística. Para no desairar a Eila, en su afán de actuar en primera línea, le propuso que se hiciera pasar por su secretaria. De esta manera, podría acompañarlo al Aurora. La propuesta fue aceptada también por el grupo jurídico y la TFE. Su nuevo nombre sería Isabella Clara Hamilton, una empleada que, al igual que el señor Schulze, llevaba poco tiempo en las oficinas de la compañía, habiendo sido contratada con vistas a la apertura de la nueva línea de negocios.

Por su parte, David y Adnán consiguieron embarcarse, no sin cierta dificultad. Para ello, utilizaron identidades falsas, con el fin de alejar la más mínima sospecha sobre su nacionalidad israelí. Al principio, la oficina de embarcación se resistió con los clásicos argumentos de: "Esto no puede ser..., contraviene los reglamentos... ¡Es inaudito!..., el cupo ya está cerrado," y el consabido recurso a: "Ya no quedan camarotes..., esta empresa es muy seria..., me ponen ustedes en una situación...". Pero después del *regalito*, la respuesta cambió radicalmente: "ya veré lo que puedo hacer, pero no les anticipo nada, no se hagan ilusiones...". Finalmente, los dos agentes obtuvieron sus preciados pasajes por el doble de la tarifa habitual. Habían comprado dos billetes de primera clase con derecho a camarote exterior, en la parte superior de la nave, en el piso número doce y, ¡oh sorpresa!, justo al lado de las oficinas administrativas. La verdad es que la jugada no podía haberles salido mejor, y no cabían en sí de gozo, pues la efectividad de sus sofisticados aparatos de escucha se vería sin duda acrecentada.

A instancias de Salomón, que no dejaba cabo suelto y era experto en camuflaje y maquillaje, la apariencia de los dos agentes había mutado radicalmente. El caucásico David lucía una barba postiza, negra y abundante. El cabello se lo había cortado casi de raíz, desapareciendo los bellos rizos de los que estaba tan orgulloso. También se había cambiado el color de los ojos con unas lentillas. Adnán, con un bigote postizo, se había teñido el pelo de color rubio. Además, llevaba puesta unas gafas con montura de concha y graduación falsa. La semejanza de los dos agentes, con su versión original, había desaparecido casi por completo.

**

Martes 23 de agosto: noveno día de secuestro

A primera hora de la mañana, la empresa TFE, la Tourist Flash Entertainments, se puso en contacto con la BPC —la Baltic Pleasure Cruises—. La empresa alemana quería tantear la posible adquisición de opciones sobre alojamientos turísticos en los cruceros pertenecientes a la BPC. Ésta respondió afirmativamente, pues los tiempos no estaban para hacerse mucho de rogar, y se concertó una entrevista en Copenhague, a una semana vista. Pero unas horas después, el presidente de la TFE se puso en contacto telefónico con su homólogo de la naviera danesa.

—Señor Andersen, perdone que le llame otra vez en

relación con nuestro encuentro. Tengo que comunicarle que el consejo de administración de mi compañía ha decidido celebrar sesión extraordinaria pasado mañana, para debatir sobre el presupuesto del año que viene. Es fundamental que anticipemos nuestra reunión a mañana mismo, para disponer de toda la información sobre su oferta de asociación y trasladársela a los consejeros.

—Pero, así, de sopetón, en fin... no sé qué decirle. A mí me va a ser muy difícil y mucho me temo que a los demás directivos, también.

—No se preocupe, delegue en alguien que esté bien puesto en todos los temas y que pueda atendernos. Yo les enviaré al señor Karl Schulze, que goza de toda mi confianza y es un experto, acompañado de su secretaria, la señorita Isabella Clara Hamilton.

—Bueno, voy a ver qué puedo hacer, le llamo en unas horas. —"La verdad es que estos chicos de Tel Aviv me piden unas cosas que ¡ya!, ¡ya! —pensó el presidente de la TFE—, pero es por una buena causa. ¡Ojalá todo salga bien!".

A las dos de la tarde, la BPC, que no podía dejar escapar un bocado tan sabroso, comunicó que, excepcionalmente, era posible mantener una reunión al día siguiente, a las once de la mañana. El propio Andersen confirmó su asistencia, junto con Cecilia Olsen, la directora de marketing, y el jefe de área de cruceros. "Misión cumplida —se dijo Salomón, cuando le fue comunicada la buena nueva—, el pez ha mordido el anzuelo, ahora a prepararse para la *première*".

Pero a pesar de este éxito inicial, al coronel le atenazaba la angustia. Sabía que cada minuto de demora era una disminución en las expectativas de vida del secuestrado. ¿Estaba en el barco? Y, si estaba, ¿por cuánto tiempo?, ¿hacia dónde le llevaban?, ¿le trasladarían en medio de la travesía? Estas y otras preguntas torturaban su cerebro, haciéndole recurrir de nuevo a las pastillas de valeriana y a una socorrida aspirina, para poder conciliar el sueño y disminuir su migraña.

"Menos mal que mi esposa y mis dos hijas se han creído que he salido de viaje para visitar varias empresas de maquinaria agrícola en Francia, Alemania, y Holanda. Por ese lado, las aguas están tranquilas", pensó Salomón, antes de caer profundamente dormido.

Entretanto, el Aurora, que había permanecido en Rotterdam hasta las tres de la tarde, partía hacia Amsterdam donde estaba previsto que fondease por la noche, para finalizar, al día siguiente, su primer circuito sobre las costas holandesas. David y Adnán habían aprovechado todo el día para recorrer el barco de cabo a rabo, trasladando a un croquis a escala los distintos niveles e instalaciones del barco, enterándose de donde trabajaba el sobrecargo, y probando sus aparatos de escucha. Nada que ver con las actividades lúdicas del pasaje, que disfrutaba de un día de ensueño en las impresionantes y cómodas instalaciones del crucero.

**

Miércoles 24 de agosto: décimo día de secuestro

A las ocho y media de la mañana, como estaba previsto, Salomón y Eila se subieron a un helicóptero de una conocida empresa de transportes, que los servicios secretos habían puesto a su disposición. Dada la situación, no era conveniente perder tiempo en los traslados. En dos horas, recorrieron los 450 kilómetros que separaban a Hamburgo de Copenhague y durante el trayecto, los dos agentes aprovecharon para platicar en un ambiente de tranquilidad relativa.

—Eila, al final te has salido con la tuya. Quiero que comprendas que, en este caso, me encuentro entre dos fuegos. Tú no eres solamente un soldado a mis órdenes. Como sabes, me ligaba una fuerte amistad con tu padre y eso, a la hora de tomar decisiones, pesa mucho.

—Ya lo sé, Salomón, y te agradezco de veras que hayas hecho un esfuerzo en esta misión para que participe en primera línea. No te voy a defraudar.

—¿Cómo es Andrés?, tú y los otros apenas me habéis hablado de él. Lo poco que sé, procede de otras fuentes.

—Yo tampoco puedo decirte mucho. Le he visto sólo dos veces. La primera, cruzamos cuatro palabras; fue el día del atentado en Berlín. Luego, la segunda vez, mantuve una conversación con él en una cafetería. Ciertamente es un poco rebelde, pero a mí la verdad es que me cae bien. Lo que pasa es que se encuentra perdido... además está indignado. Por eso hice todo lo que pude para tranquilizarle. Le dije que tuviera confianza, que a su vuelta a Madrid se le iba informar de todo lo que sabíamos.

—¡Pobrecillo!, ¡la que se le viene encima!

—Ya, pero a menudo, en la vida, las cosas no son como queremos y no nos dejan apartarnos. Nos revolvemos una y otra vez contra nuestro destino, pero éste nos vuelve a poner en la senda trazada. Lo del libre albedrío es muy relativo, no hay mucho margen.

—¡Y que lo digas!, fíjate lo bien que estaba en el Néguev. Me dedicaba a mi granja, a mi agricultura, a mis negocios..., y encima me quedaba tiempo para jugar con mis dos hijas, disfrutar con Vered, mi esposa, y tumbarme a la bartola. Todo un lujo después de lo que he tenido que bregar en mi vida... llamémosla activa. Pero yo no echo la culpa a nadie, ni siquiera al destino. Yo me hago el único responsable, he venido a ayudaros libremente y asumo todas las consecuencias.

—Nunca te estaremos lo suficientemente agradecidos por tu decisión, pase lo que pase.

—Gracias, Eila. Tú también eres una valiente y no voy a dejar que te ocurra nada malo.

Cuando el helicóptero llegó a Copenhague, eran las diez y media de la mañana. Sin perder un minuto, el *flamante ejecutivo* de Tourist Flash y su *secretaria* tomaron un taxi que les llevó hasta las oficinas centrales de la compañía danesa.

Allí, conforme estaba previsto, el encuentro con el director y los ejecutivos iba a tener lugar: para que el coronel Liebermann pudiera entrar en acción metiéndose en la boca del lobo con su identidad falsa.

**

La capacidad de Salomón para adaptarse al terreno era proverbial. Esta cualidad le había salvado la vida en más de una ocasión. De la noche a la mañana, se había transformado en Karl Schulze, un brillante ejecutivo dominador del alemán y del francés, y dotado de gran experiencia en los procesos económicos y empresariales.

En realidad, con su nueva identidad, Salomón se encontraba como pez en el agua. En su juventud, había estudiado economía y trabajado como *bróker* en un banco. Además, su experiencia actual como empresario le venía al dedillo para desenvolverse en su nuevo papel. Pero, por encima de todo, lo que destacaba en él era su aplomo, su maestría en las situaciones más comprometidas. No en vano, se le consideraba como uno de los agentes más hábiles en el terreno psicológico; un hombre que sabía controlar sus emociones y, en particular, el miedo escénico. Minutos antes de entrar en acción, Salomón era capaz de zambullirse en su nueva personalidad y mimetizarse con el entorno, de tal manera que nadie que no le conociera pudiera sospechar que todo era una comedia.

—Señores —concluyó—, para nuestra empresa, la TFE, alcanzar un acuerdo, una *Joint venture* (proyecto compartido) con ustedes, es de la máxima importancia. La línea estratégica número 1 del plan para el próximo trienio 2012-2014, consiste en afianzar nuestra presencia en los países escandinavos. Dentro de ella, hemos diseñado varios planes parciales, como el de alcanzar acuerdos hoteleros para diversificar la actividad de la empresa orientándola hacia el sector turístico- marítimo. Ustedes tienen los medios físicos, los cruceros, nosotros tenemos la necesidad de utilizarlos. Ustedes son la oferta y nosotros la demanda. Creo que más claridad es imposible. El problema es que mi empresa no tiene ninguna experiencia en este sector y necesita, además de sus plazas hoteleras, su saber hacer, su propia valía, señor Andersen.

La alusión halagadora al director gerente de la BPC, sentó muy bien a éste y le predispuso a alcanzar un acuerdo, pues ya llevaban casi dos horas reunidos y todos empezaban a cansarse, o como se dice vulgarmente, a estar hasta las narices.

—Pues entonces, doctor Schulze... perdón, quiero decir, señor Schulze —rectificó toda azorada la deliciosa directora de marketing, Cecilia Olsen (que no sabemos en qué estaría pensando), lleguemos a un acuerdo en el precio y caso concluido.

Pero Salomón se encontraba muy a gusto en su papel. Quería jugar un poco más con los incautos representantes de la empresa danesa. Además, todavía no había planteado el tema clave, la visita al Aurora, así que decidió alargar el acto escénico. "Tengo que dejar madurar la fruta antes de hincarle el diente", se dijo.

—Señora Olsen... interpeló el coronel a la solícita directora de marketing.

—Llámeme Cecilia, por favor —le rectificó ésta, al tiempo que le sonreía sensualmente y entornaba sus bellos ojos gris azulados.

—Encantado... Cecil, perdón... quiero decir, Cecilia. No creo que haya problemas para alcanzar un acuerdo, pues todos somos aquí personas razonables, incluida mi secretaria, ¿No es así, Isabella? —le preguntó a ésta, con una sonrisa burlona reflejada en su rostro.

—En realidad... yo no quería intervenir —respondió Eila—, pero ya que se me brinda la ocasión, he de decirles que aunque llevo poco tiempo trabajando con el señor Schulze, les aseguro que cuando se compromete a algo, lo cumple, Es una persona muy competente y honesta. "Toma ya —pensó la agente—, te devuelvo la pelota".

—Esos halagos son inmerecidos, ¿Qué va a decir mi empleada? ¿Conocen ustedes el chiste del ejecutivo? Se trata de varios altos cargos de una empresa que están reunidos con el gran jefe. Éste, imbuido de la gran autoestima y vanidad que suele acompañar a estos puestos, cuenta un primer chiste y todos los que están alrededor se ríen a carcajadas y se deshacen en halagos... menos uno, en el que repara el jefe supremo. Al contar de nuevo un segundo chiste, ocurre lo mismo, las risas y el silencio del disidente. Al terminar de contar el tercer chiste, el empleado díscolo sigue sin reaccionar, y al gran jefe le cambia la cara. Herido en su sensibilidad y frustrado en su necesidad de halagos, se dirige al *raro* de la reunión preguntándole por qué no se ríe. Entonces éste, sin cortarse un pelo, le responde: "Es que yo, ya soy fijo..."

Eila, Cecilia Olsen, y el jefe del área de cruceros, se rieron a mandíbula batiente. El señor Andersen también... pero menos. Cuando cesaron las carcajadas, Salomón, pensando que quizás se había pasado un poco, retomó el contenido de la reunión:

—Continuando con nuestro tema, a mi empresa sólo le queda dilucidar una cuestión clave para asegurar su inversión. Se trata de conocer, *in situ*, las capacidades de sus cruceros. Ya sabemos que podemos acceder a la información virtual por Internet y los CDs que han tenido la gentileza de entregarnos, pero nosotros, y yo en particular, somos más clásicos. Queremos visitar e inspeccionar sus barcos, sin cortapisas, pudiendo acceder a todas las instalaciones. Sólo así estaremos en condiciones de lanzarnos a esta aventura y alcanzar un acuerdo en el precio que nos han ofertado.

—No hay problema —intervino esta vez el señor Andersen— ¿Quieren visitar los tres cruceros que tenemos navegando en estos momentos?

—Sería lo ideal —contestó Salomón—, pero yo sólo, con mi secretaria, no. Habrá que repartir el trabajo en la TFE.

Además, las visitas deben consistir en pequeñas estancias de 3 o 4 días en cada barco. Si no, ¿cómo vamos a valorar todos los servicios que prestan ustedes?, ¿cómo vamos a comprobar la seguridad y funcionamiento de sus equipos? Por otro lado, debe quedar claro que el coste de estos pasajes se considerará incluido en el precio. ¿No estás de acuerdo, Cecilia?

—Si vamos a trabajar juntos —declaró la directora de marketing, después de humedecer disimuladamente sus labios con la punta de la lengua mientras fijaba la vista en el coronel—, es mejor que encuentren todo en orden. Ahora bien, si finalmente la operación no se lleva a cabo, ustedes correrán a cargo de esas estancias que les serán convenientemente facturadas, pues no estamos hablando de meras visitas diurnas a las que estarían invitados sin coste alguno.

—Nos parece bien, es justo que sea así —remató salomón pensando: "Lo que me temía, Cecilia es bella, está muy buena, pero como suele ocurrir, es un poco hija de puta"—. Entonces, si estamos conformes, desearíamos iniciar las visitas cuanto antes. Sobre las tres de la tarde, les podemos enviar las credenciales de las personas designadas por TFE para visitar sus cruceros. En lo que a mí respecta, el Aurora podría ser un buen candidato. Tengo entendido que se encuentra ahora en Amsterdam, ¿no es así?

—¡Qué barbaridad, Salomón!, ¡qué eficacia! —exclamó la directora, cada vez más prendada del coronel, a quien su mirada felina e insinuante no dejaba de recorrer—. Mira, precisamente esta noche, el Aurora, que es nuestro buque insignia, zarpa de Amsterdam en dirección a Edimburgo. El crucero se llama CONTRASTES DEL NORTE. Es uno de nuestros mejores programas, pues recorre varios países y visita parajes muy bellos, llenos de contrastes, como su nombre indica. Creo que os va a gustar mucho. La ventaja es que dispone de un pequeño helipuerto, así que no habría ningún inconveniente en recibiros a bordo durante la travesía.

—Me parece excelente, Cecilia. Creo que nos vamos a

llevar muy bien, pero que muy bien. —"¡Joder, si mi esposa Vered me oyese...! —pensó Salomón— pero tengo que halagarla, no hay más remedio".

—Al Aurora le quedan 10 días de navegación, así que ustedes dirán cuando desean incorporarse.

—Por nuestra parte, mañana mismo. Cuanto antes valoremos sus productos, antes estaremos en condiciones de hacerles la oferta económica y cerrar el trato.

—Pues entonces, no se hable más —zanjó el señor Andersen—. Sólo tienen que confirmarnos su hora de llegada para que se la comunique al capitán del Aurora.

—Muchas gracias, señor presidente, mañana, sobre las once, nuestro helicóptero se posara en la cubierta del Aurora. De todos modos, nosotros también avisaremos al crucero antes de nuestra llegada.

Así concluyó la entrevista. Mientras se despedían de sus anfitriones de la BPC, Salomón miró al cielo y pensó, satisfecho, que Andrés es el que iba a hacer el mejor negocio... si todo salía bien. Luego, al abandonar la sala de reuniones y ceder el paso a la bella representante de la BPC, el demonio de la carne hizo de las suyas. El coronel Liebermann, tan dueño de sí mismo, no pudo evitar fijar sus expertos ojos en la directiva Cecilia Olsen... primero en sus pechos erguidos que no disimulaban sus redondeces dentro de un fino jersey ceñido de cuello largo y descendente en forma de V; luego en su sonrisa insinuante que le había cautivado...; finalmente en sus prometedoras nalgas respingonas, que se mecían rítmicamente dentro de unos pantalones muy ceñidos, sin atisbos de braga alguna. "Madre mía, cómo está el patio. Es como un retrato de Pedro Pablo Rubens", pensó en uno de esos instantes de debilidad erótica que hacen a los hombres tan vulnerables frente a los encantos de las mujeres.

—¿Le ocurre algo, Salomón? —preguntó Cecilia al coronel, al ver que éste se había quedado ensimismado detrás de ella, al salir de la sala de reuniones.

—No, debe de ser un bajón de azúcar. Es que ya, a partir de una cierta edad, hay cosas que... ¡Uf!

—Tómese un caramelo o un bombón. Le sentará muy bien.

—Sí, Cecilia, eso es lo que yo necesitaría ahora uno o mejor dos bombones, o quizás una ducha de agua fría... o mejor aún un yakusi acompañado...

—¡Qué cosas dices, picarón...!

**

Por la tarde, de vuelta en Hamburgo, después de la exitosa entrevista con la representación de la BPC, los dos agentes, que aprovecharon para comer y dormir algo en el helicóptero, se separaron. Eila se dirigió directamente a la base, es decir al hotel, para ser informada de las últimas noticias. Salomón, al que apetecía estar sólo, se fue a un *club de proscritos,* es decir de fumadores de puros, algo así como un santuario donde los transgresores no pudieran ser detenidos por la policía o vilipendiados por los no fumadores, a veces con razón. Allí quemó un *Cohiba,* su cigarro preferido, cuya boquilla había bañado previamente en licor de endrinas para darle más personalidad. Mientras observaba ascender las volutas de humo, solazándose con el sabor inconfundible del tabaco caribeño, y aspiraba el perfume embriagador de un café colombiano bien cargado, el coronel estuvo meditando un buen rato sobre la estrategia de la operación y las siguientes acciones.

En estos casos, el método utilizado consistía en visualizar mentalmente todas las posibles actuaciones del grupo, analizando tanto los puntos débiles de Alfa, como los del enemigo. El problema se complicaba por la celeridad con la que había que acometer los pasos siguientes, en una verdadera carrera contrarreloj donde los errores podían resultar fatales. Por ello, más que nunca, era necesario hacer una pausa en el camino y observar el paisaje desde lo alto de una atalaya tranquila, donde nadie pudiera interrumpir sus meditaciones.

Al volver a la base, avanzada la tarde, Eila le estaba esperando

—¡Qué pasada de entrevista! —exclamó Salomón exhalando un fuerte suspiro—. La verdad es que esto agota mucho, aunque no lo parezca. Menos mal que la naviera se ha mostrado receptiva. Hay que felicitar al grupo jurídico de Tel Aviv. ¡Recuérdamelo después, Eila!

—A ti, sí que hay que felicitarte, has estado fantástico —reconoció la agente—. ¡Cómo se notan las tablas! En este acto, yo he sido la cara dura y la convidada de piedra.

—De cara dura nada, monada —le matizó salomón—. Estamos hablando de que la TFE ofrece reservar viajes de una semana como mínimo, para más de 2000 turistas, o lo que es lo mismo, alrededor de 14000 estancias de una noche. Eso, multiplicado por un precio estándar, es mucho dinero. Lo que me extraña es que no nos hayan invitado a comer y hayamos tenido que engullir ese rancho infame del helicóptero. Son un poco rácanos, pero bueno, vamos a lo nuestro. ¿Has tenido noticias de David y Adnán?

—Sí, he hablado con ellos hará una hora. Adnán, que como sabes es un poco gruñón, ha discutido en su primer día de crucero con un mesero de uno de los restaurantes. Al parecer, el café que le sirvieron después de la comida, una especie de café americano, que más bien parecía agua de sabores, estaba frío y sabía horroroso. Él, que es un gourmet, se ha revuelto y la ha organizado. Incluso ha pedido el libro de reclamaciones, algo inusitado. El encargado de la cafetería se ha visto obligado a mediar, pues iban a llegar a las manos y David se veía impotente para apaciguar los ánimos.

—¡Genial, Eila! Han interpretado, o mejor dicho, han protagonizado una discusión de lo más normal en el mundo moderno. La mayoría de las personas están amargadas y tienen cara de amargadas. Llegan muy estresadas a los cruceros, no tienen paciencia, y muchas veces no son conscientes del estado en que se encuentran. ¿Y qué bueno se cuentan, más allá del altercado?

—Se han instalado en su camarote y ya han hecho uso de los dispositivos de escucha. Funcionan bien, no me han dicho nada más, simplemente esperan instrucciones.

—¿Y la central?, ¿hemos recibido alguna comunicación desde Berlín o Tel Aviv?

—Te vas a sorprender, los oficinistas de nuestra sección administrativa en Berlín, se han ofrecido para intervenir también en la operación. Se hacen cargo del riesgo que estamos corriendo y además están muy afectados por la muerte de Elías y de León. Ya sabes que les apreciaban mucho. Eran un ejemplo para nosotros y han dejado el listón muy alto.

—Puede que les necesitemos más adelante, pero no es bueno que se dejen llevar por sus impulsos y menos por un afán de venganza. Cuando haya que golpear, y sólo entonces, golpearemos. Dicho esto, Salomón quedó en silencio unos segundos y continuó —: ¿Por cierto, Eila, has leído a los clásicos de la edad Media?

—No mucho. Debo reconocer que tengo un cierto déficit de lectura. —respondió bajando un poco su tono de voz.

—Hay un libro español, de esa época, que me atrae mucho pues dice verdades como puños. Se llama El Conde Lucanor y fue escrito por un noble destacado, el Infante Don Juan Manuel. En una de sus historias, que siempre finalizan con un consejo, dice: "Que por miedo no os obliguen a atacar, siempre vence el que sabe esperar". Esto significa que tenemos que conservar la calma, ser prudentes y manejar los tiempos, sin ponernos nerviosos. De otro modo, cometeremos los mayores errores. Seamos impetuosos cuanto tengamos que serlo, pero nada más —concluyó el coronel pensando cuán difícil se hace gestionar las emociones, para evitar que se apoderen enteramente de nosotros.

***

En el Aurora

El plan diseñado por el grupo Alfa consistía esencialmente en vigilar al sobrecargo espiando sus conversaciones. Para ello, los técnicos del servicio secreto habían provisto a los agentes de nanomicrófonos, un tipo de emisores de dimensiones reducidísimas, como la cabeza de un alfiler, dotados de un potentísimo adhesivo. Una simple palmadita, sobre la chaqueta de uniforme del sobrecargo o de otro objetivo, bastaría para adherir el ingenio, casi invisible al ojo humano, y que éste empezase a transmitir. El único problema radicaba en su escasa potencia, pues a más de 30 metros la audición empeoraba y se hacía muy difícil aislar la voz de los sonidos circundantes.

Los agentes se habían provisto además de otros dispositivos de escucha fáciles de instalar en el interior de los camarotes, aunque con mayor probabilidad de ser detectados. El equipo se completaba con unas minicámaras de fotos, ocultas en los botones de las chaquetas, una ganzúa capaz de abrir la mayoría de las cerraduras y, con el mismo fin, un lector de bandas magnéticas que permitiría obtener copias de las tarjetas de apertura, ya que la mayoría de las puertas estaban dotadas de este tipo de sistemas, habiendo relegado el uso de las llaves metálicas al baúl de los recuerdos.

En cuanto al uso de las armas, salomón había sido muy claro, adoptando una actitud más restrictiva que la de sus superiores: "Las armas sólo vamos a utilizarlas en legítima defensa. Nada de andar pegando tiros a diestro y siniestro. Aquí lo que tenemos que hacer es un trabajo de orfebrería, una filigrana, un damasquinado de Toledo —añadió mirando a Adnán—, no un tallado tosco. Siempre que sea posible, evitaremos usarlas para anular a un enemigo que no nos ha atacado o que se ha rendido. No somos asesinos, eso debe de quedar muy claro. La consigna es obtener el máximo beneficio haciendo el menor daño posible, sólo el estrictamente necesario. Esto no significa que seamos gilipollas, ni unos meapilas —añadió vehementemente—. ¡No os equivoquéis! Espero que no ocurra, pero si nos viésemos en apuros, nos descubriesen o tratasen de eliminarnos, entonces liquidaríamos sin titubear a cualquier enemigo que pusiese en peligro nuestras vidas. ¿Queda claro? ¡Humanos, siempre, pero tontos, no!".

Utilizando el argot militar, en el plan que se había urdido, David y Adnán tenían la misión de proteger los flancos hasta que llegase el momento de liberar a Andrés. Se trataba de asegurar la operación de rescate, detectando la presencia de otros elementos hostiles, distintos del sobrecargo. Según la hipótesis del coronel, todos o casi todos los secuestradores debían de formar parte de la tripulación, no del pasaje. Con ese objetivo, los dos agentes, sin levantar sospechas, se fijarían en los signos externos, realizarían labores de escucha, y se dejarían guiar por su intuición para prevenir posibles amenazas. Al contar la tripulación con más de mil marineros, la tarea no iba ser nada fácil. Tendrían que esperar a que los sicarios del grupo terrorista hicieran algún movimiento en falso, o se comunicaran con el sobrecargo, aunque por la ubicación del camarote de éste, la labor correspondía más a Eila y al coronel. Por otro lado, las cámaras ocultas les permitirían hacer fotos que luego mandarían a la central por medio de sus celulares o de sus PCs portátiles. También espiarían las conversaciones acercándose a los sospechosos, endosándoles nanomicrófonos o, si no había más remedio, instalando emisores ocultos en sus camarotes.

**

Jueves 25 de agosto: undécimo día de secuestro

A las ocho de la mañana, un helicóptero, con Salomón y

Eila en su interior, despegaba de Hamburgo para posarse, cuatro horas y media después, sobre la cubierta del Aurora. Éste se hallaba fondeado en el puerto de Edimburgo, la capital de Escocia, iniciando la segunda etapa del crucero, la denominada "Costas de Escocia y los Highland". En dicha ciudad estaba prevista una visita a su centro histórico y luego la tarde libre, antes de partir de madrugada hacia Aberdeen.

Avisados de la llegada del señor Schulze y su secretaria, Isabella Hamilton, el capitán del barco, August van Bergen, los primeros oficiales, el contramaestre, el jefe de máquinas y el sobrecargo, Manfred Schmidt, les esperaban junto al helipuerto. La tripulación del crucero había recibido instrucciones de extremar la hospitalidad y facilitar la visita de los dos invitados a las dependencias e instalaciones de la nave, salvo que no fuese posible por motivos de seguridad.

Una vez en el puente de mando y tras los saludos de rigor, Salomón y Eila, concentrándose en su objetivo, entablaron conversación con Manfred Schmidt.

—Así que Tourist Flash, señor Schulze, nos va a llenar de pasajeros en la próxima temporada —comentó el sobrecargo con un deje de ironía.

—Desde luego —afirmó Salomón —, no le quepa la menor duda, siempre, eso sí, que consigan ustedes convencernos de la excelencia de sus servicios y de la seguridad de sus instalaciones.

—Dígame, señor Schulze...

—Por favor, señor Schmidt—le interrumpió el coronel— llámeme Karl, yo le llamaré a usted Manfred, si le parece.

—Sí, por qué no, Karl, ¿desde cuando trabajas para la TFE?

—En realidad no llevo mucho tiempo en la compañía, pero estos últimos meses han sido de gran intensidad, eso te lo puedo asegurar. Antes me dedicaba a otro tipo de actividades, nada relacionadas con el turismo. La vida da muchas vueltas y hay que hacer de todo, pero vosotros los sobrecargos también sois muy polifacéticos. En un barco sólo os falta ser policías.

—Sí, la verdad es que a veces nos toca hacer cosas que nos sorprenden. Y tú, concretamente, antes de encargarte de este negocio, ¿a qué te dedicabas en la compañía?

—Me imagino que TFE ya os habrá mandado mi hoja de vida. Mi responsabilidad era el control de calidad de nuestros productos. Ya sabes que La actividad fundamental de la empresa consiste en la fabricación de todo tipo de recuerdos para turistas, de esos que se venden en las tiendas y, por cierto, con mucho éxito.

—¿Qué vas a decir tú sobre la bondad de los productos de la TFE? —le preguntó Manfred despreciativamente.

—Lo mismo que tú del barco, Manfred —le contestó Salomón, al tiempo que sonreía y levantaba las cejas.

—Por cierto, cambiando de tema, ¿de dónde es tu secretaria?, no parece de esta parte de Europa, con ese pelo rizado y esos ojos. Más bien tiene pinta de árabe o algo así.

—Su bisabuelo era del sur de Italia.,

—¡Ah!, ¡qué interesante!, *allora può parlare italiano*.

—No, ella ya no habla casi ese bello idioma. Es una lástima, pero en los Estados Unidos suele ocurrir a partir de la tercera o cuarta generación. ¿Y a ti, dime, cómo se te ocurrió trabajar en un barco de una compañía danesa?

—Bueno, la verdad es que Alemania está a tiro de pájaro de Dinamarca, por eso no me pareció descabellado trasladarme a Copenhague. Por cierto, Karl, ¿te importa que me ponga en contacto con tu empresa?, es para mandar toda la información solicitada.

—Por supuesto, el capitán tiene todos los datos y para la TFE será un placer atenderte.

—Si lo prefieres puedo hablar con Amsterdam, con la sucursal que estáis montando.

"¿A qué sucursal se referirá? —se preguntó Salomón que se había quedado sin habla y con un sudor frío perlándole la

espalda—, si nadie me ha dicho nada de esta sucursal".
Entonces, decidió arriesgarse:

—Que yo sepa no se está montando ninguna delegación en Holanda, pero a lo mejor tienes más información que yo.

— ¡Ah no, es verdad!, me estaba confundiendo con otra compañía. "¿Será cabrón? —pensó el coronel—, me ha tendido una trampa".

Mientras la plática que mantenía Eila con el capitán del barco y los primeros oficiales discurría de forma agradable, a Salomón, la suya con el sobrecargo no le estaba gustando nada, aunque sí había un elemento positivo: las sospechas de que el tal Schmidt fuese uno de los secuestradores iban tomando cuerpo, pero necesitaba una prueba contundente. En cualquier caso, debía poner a Eila sobre aviso para que no metiese la pata sobre su remota ascendencia italiana y estuviese preparada por si el sobrecargo la sometía a un *severo interrogatorio*. "Sin duda alguna —discurrió—, se trata de un primera línea. Está analizando todo lo que digo, mis ademanes, mi lenguaje gestual. Si ve alguna contradicción, estamos perdidos. Por lo menos, todo lo que le he dicho está en el guion que me mandaron de Tel Aviv. Si quiere comprobar, que lo haga... aunque es mejor que no lo haga —concluyó sus pensamientos con cierta humildad y temor, aunque se sobrepuso al instante".

—Si me permiten ahora, caballeros —declaró Salomón en voz alta—, mi secretaria y yo vamos a disfrutar de nuestras habitaciones. Me imagino que los demás camarotes tienen igual calidad y las mismas comodidades.

—Por supuesto, señor Schulze —confirmó el capitán Van Bergen—. Obviamente, queremos impresionarles, pero no hasta el punto de engañarles. Tengan la plena seguridad de que los demás camarotes de la Clase 1ª, categoría A, poseen el mismo nivel de calidad que los suyos. Además, a ustedes les hemos puesto al lado de la oficialidad, de manera que si tienen alguna duda o necesitan algo, cualquiera de nosotros les atenderá gustosamente.

—Gracias, caballeros, y hasta la hora de la comida, ¿qué será a las...?

—A las dos les esperamos en el restaurante central, debajo de la cúpula. ¡Hasta entonces!

—Hasta entonces y gracias por todo.

Después de despedirse, Salomón y Eila, que con su atractivo y maneras coquetas había encandilado a todos, abandonaron el puente de mando. Un marinero les ayudó con los equipajes acompañándoles hasta sus respectivos camarotes. Una hora más tarde, los dos agentes se encontraron junto a la barandilla de proa, en una zona no concurrida y con fuerte viento de popa.

—Nuestra primera entrada en escena, nuestra *première* no ha estado mal, pero el tal Manfred es muy desconfiado —afirmó Salomón frunciendo el ceño—. ¡Ten mucho cuidado cuando hables con él! Recuerda que eres de origen italiano, Isabella Clara, ¿*Hai capito?* —has comprendido—.

—Pero si no tengo ni idea de italiano.

—No importa, si te pregunta le dices que formas parte de la cuarta generación de italianos y te quedas tan pancha. Este tío es un escorpión y da la impresión de sospechar de todo el mundo. No me extrañaría nada que, si es de la banda, hubiera introducido micrófonos y cámaras en nuestros camarotes. Por eso, dentro de ellos sólo hablaremos de cosas triviales o relacionadas con el negocio turístico y el crucero. ¡Nos va la vida en ello, Eila!, no podemos meter la pata. Lo mejor es que nos veamos en la cubierta, como ahora.

—No se preocupe, Coronel, llevo un par de años en el servicio y aunque soy todavía muy joven, sé lo que nos jugamos. La capsula de cianuro está donde tiene que estar y descuide, si llega el caso, no me cogerán viva.

—¿Pero qué estás diciendo?, ¿estás loca? Eso, ni lo menciones, nunca va a ocurrir. Natán no me lo permitiría y yo, en este sentido... hazte a la idea de que soy como él —finalizó

Salomón, a quien por momentos se le quebró la voz disimulando apenas la emoción.

Después de estos *comentarios iniciales*, los dos agentes se dieron una vuelta para conocer un poco el crucero y luego se encaminaron tranquilamente hacia la zona de restauración.

**

El comedor del crucero ocupaba la planta ático del buque y daba acceso a una gran terraza exterior situada justo encima. De forma rectangular, se dividía en dos espacios concéntricos según la clase contratada por los turistas. En la primera zona, la exterior, el bufé, que podía denominarse *popular* a pesar de su alto nivel, era el de mayor superficie y estaba a su vez dividido en 4 grandes salones. A la una de la tarde, los pasajeros, como termitas presurosas, se arremolinaban felices alrededor de los grandes expositores. Disfrutaban seleccionando las exquisitas viandas ofrecidas por las cocinas del barco, para luego devorarlas como si llevasen varios días de ayuno. La oferta culinaria se aderezaba con un fondo de música clásica, Mozart preferentemente, que contribuía a calmar los espíritus y abrir el apetito de todo el hormiguero.

La zona vips, de menor superficie, estaba situada en la parte interior del rectángulo. La componían un bufé de lujo y varios restaurantes temáticos, que ofrecían a los comensales desde la cocina más oriental, pasando por la mexicana, a la más europea. Bajo una gran cúpula de cristal policromado, de aproximadamente 15 metros de diámetro, se encontraba la zona *supervips*. Se trataba de un lujoso restaurante de alta cocina, donde no se permitían aglomeraciones, los pedidos eran a la carta y el servicio francés. Por su magnificencia, recordaba al salón central del Hotel Palace de Madrid, y estaba destinado a satisfacer las exigencias del público más selecto, entendiendo por tal al de mayor capacidad económica, no necesariamente al más elegante y con más gusto.

El capitán August Van Bergen, los primeros oficiales, y el sobrecargo Manfred Schmidt, junto con otros responsables de a bordo y una representación de la marinería, todos ellos debidamente uniformados, se encontraban charlando animadamente debajo de la gran cúpula, cuando Salomón y Eila entraron en escena. La dirección del barco no había escatimado en detalles. Una gran mesa redonda, ricamente aderezada con centros de flores naturales y bocales de cristal transparente, rebosantes de frutas tropicales y racimos de uvas blancas y rojas, esperaba a los invitados. Los cubiertos de plata, que llevaban grabado el escudo y el nombre del crucero, la vajilla de la más fina loza orlada de oro, los vasos y copas del mejor cristal veneciano, y una rica mantelería de hilo blanco bordada con la inicial del crucero, completaban la parafernalia de la recepción oficial, destinada a impresionar favorablemente a los invitados de la TFE.

Antes de sentarse a la mesa, Salomón y Eila, o mejor dicho, el señor Schulze y su secretaria, Isabella Hamilton, que estaba exultante de belleza, insistieron en que les enseñaran brevemente las instalaciones del restaurante, incluidas las que no se veían, es decir las inmensas cocinas y cámaras frigoríficas que daban servicio nada menos que a cuatro mil personas. Al entrar en una de estas, el coronel no pudo evitar un pensamiento siniestro pero profesional: "¡Joder, qué lugar más idóneo para conservar y esconder un cadáver!".

De vuelta a la zona noble, los anfitriones, que estaban muertos de hambre pues normalmente comían a la una, y sus dos invitados, dieron cuenta, uno tras otro, de los suculentos platos de degustación que les ofrecía la esmerada cocina del crucero. Unos meseros, vestidos de chaquetilla roja con charreteras doradas, camisa blanca de encajes y pantalón también de color rojo con fajín negro, que más que sirvientes de un crucero parecían salidos de una película mejicana del *Zorro*, les atendieron a la perfección. Poco a poco, los vapores del vino y de la cerveza, dulces néctares escanciados generosamente, fueron distendiendo el ambiente inicialmente frío. A los postres, con los licores y el café, Salomón y su *secretaria* aprovecharon para acercarse al sobrecargo y entablar conversación. Nada más natural al tratarse del empleado del crucero responsable de los servicios del barco y de la jefatura más directa del personal, algo así como un director de hotel en tierra, con el que los dos invitados deberían contar siempre para conocer el barco y sus instalaciones. Enseguida, los marinos, sobre todo los del género masculino, les hicieron sitio. Entonces, Eila, fingiéndose mareada, apoyó su mano en la solapa de la chaqueta del uniforme de Manfred. Pero no la retiró. Muy al contrario, la mantuvo unos segundos, iniciando algo parecido a una leve e insinuante caricia, que de inmediato suscitó el vivo interés del sobrecargo.

—¡Perdón! —exclamó ella—, es que me siento un poco indispuesta. Creo que he bebido demasiado. No le va a gustar nada a mi jefe.

—No se preocupe, señorita Hamilton —la solazó el sobrecargo, mientras pensaba: "¡Aventura sexual a la vista!"—. Suele ocurrir el primer día de crucero. Por cierto, ¿A qué se dedicaba usted antes de entrar en la Tourist Flash? —"¡Que tío —se dijo Eila—, no pierde ocasión de preguntar".

—Vivía en Estados Unidos, con mi familia. Acababa de finalizar mis estudios de ciencias empresariales y entonces vi un anuncio donde la TFE ofrecía un puesto de secretaria en Hamburgo. No me lo pensé dos veces y mandé mi currículum. Era mi oportunidad de viajar a Europa y tenía que aprovecharla.

—Sí, hay que ser rápido de reflejos, cuando las... ocasiones se presentan —declaró Manfred con una sonrisa lasciva en su cara y sin poder evitar fijarse en el generoso escote que lucía Eila, que no hizo nada para disimular la parte superior de sus dos maravillosos y erguidos encantos—. Por cierto, ¿en qué universidad de Estados Unidos estudió usted? Se lo pregunto porque tengo una sobrina que quiere hacer sus estudios allá, y la verdad es que yo no estoy muy puesto en este tema...

—Perdone Manfred —le interrumpió Eila—, pero me encuentro mal. Si quiere, luego continuamos con nuestra conversación. Me voy a mi camarote. ¡Qué calor hace aquí! —exclamó Eila al tiempo que se subía un poco la falda dejando ver los encajes y arabescos de la parte superior de sus medias... y el principio de algo más.

—¿Quiere que la acompañe? —se ofreció Manfred que, en esta ocasión, no dejaba de acariciar con la vista los bellos y estilizados muslos de la agente,

—No, gracias. En otra ocasión me encantará que hablemos a solas en mi camarote. Me gustaría que me enseñara muchas cosas del barco, muchas... Ustedes los marinos son gente ¡tan fascinante!

—Isabella, le enseñaré lo que quiera... Me tiene enteramente a su disposición —declaró, a su vez, el sobrecargo que, mentalmente, ya se estaba quitando la ropa, quedándose, como se dice vulgarmente, en pelota picada.

—Gracias Manfred, es usted tan gentil... Ahora, si me lo permite.

Inmediatamente, la agente se levantó y, fingiendo tambalearse un poco, sin volver a mirar a Salomón ni despedirse de los demás, abandonó el salón-restaurante, cimbreándose graciosamente ante la mirada del sobrecargo y de varios de los oficiales que, poniendo cara de cordero degollado, veían alejarse del lugar a quien acababa de convertirse en la princesa de sus sueños.

Eila no había tenido más remedio que forzar la situación para no responder al sobrecargo, que estaba haciendo demasiadas preguntas cuyas respuestas luego podría comprobar. Y lo cierto es que había tenido éxito, pues éste se había olvidado por completo de los temas universitarios. Sólo conservaba en su memoria el aroma del perfume de Isabella Clara, los contornos redondos de su cuerpo, y un deseo irresistible de poseerla salvajemente. Además, había conseguido centrar la atención de la oficialidad y colocar un nanomicrófono al incauto sospechoso. Pero de lo que más estaba orgullosa era de su huida en el momento oportuno, utilizando para ello un instrumento de distracción típicamente femenino, que no conoce de amigos ni enemigos y que, en ocasiones, es infalible: el sexo. Como diría Alfonso Reyes: "Venus arroja la manzana y huye, pero en la huida deja que la vean...".

Mientras esta escena llena de erotismo tenía lugar en la zona *popular* del bufé, David y Adnán observaban disimuladamente a los miembros de la tripulación, al tiempo que seleccionaban los alimentos primorosamente colocados en las bandejas de los mostradores. ¿O eran a estos a los que dedicaban su mayor atención? En realidad, su misión se centraba más en un golpe de suerte que en una actividad sistemática que pudiera conducirles al enemigo y, sobre todo, al lugar donde estuviese apresado Andrés Olmeda. Pero sin duda alguna, lo más importante en esta fase era espiar a Manfred Schmidt. ¿Era éste, en realidad, un mero profesional algo desconfiado? ¿O se trataba del malvado miembro de una organización terrorista?

Por su parte, en el bufé de lujo, Salomón estaba tan ansioso por probar el aparato de escucha, que decidió no prorrogar excesivamente la sobremesa. Después de agradecer la suntuosa invitación a Van Bergen, el coronel se retiró a su camarote no sin antes contravenir flagrantemente las prescripciones de su médico de cabecera tomándose unos cuantos *lingotazos* de Baileys, su licor preferido. Mas en los camarotes tampoco desaparecía la tensión. Para evitar que el enemigo pudiera espiarles y descubrirles, los agentes del grupo Alfa tenían prohibido desprenderse de sus armas o de los accesorios electrónicos, que tenían que llevar siempre consigo. Adicionalmente, y con el fin de detectar si alguien había estado en el camarote durante la comida, Salomón y Eila habían dejado encima de sendas mesillas de noche una minicámara, disimulada dentro de un bolígrafo, que enfocaba hacia la puerta y tenía dos horas de autonomía. Nada más entrar, el coronel visualizó la grabación conectando la cámara al ordenador portátil y reproduciendo las imágenes a gran velocidad. Tardó alrededor de diez minutos y comprobó que, aparentemente, nadie había entrado durante su ausencia. Entonces se fue al camarote de Eila, que había hecho lo propio, sin detectar tampoco ninguna presencia. Luego, sin cruzar palabra, salvo el saludo de rigor, ambos se pusieron los auriculares y, en medio de un silencio sepulcral, encendieron el dispositivo de escucha. El inconveniente de esta actividad era la gran cantidad de hojarasca, es decir de frases y sonidos inútiles que había que desechar y que dificultaban la audición. La operación se veía dificultada además por el escaso alcance del emisor, que no superaba los treinta metros. Pero a este respecto, habían tenido mucha suerte: la habitación del sobrecargo se encontraba en la misma planta, a unos veinte metros de ellos. Todo se grababa en un pequeño aparato con una capacidad de almacenaje de diez horas.

Con estas limitaciones, sabedores de la importancia de su misión pero conscientes, sobre todo, de que la vida de Andrés pendía de un hilo, cumplieron con su trabajo... pero nada de nada.

Después de la cena repitieron las escuchas y así estuvieron, por turnos, toda la noche. El resultado fue de nuevo desalentador, pues lo único que oyeron fueron los ronquidos del sobrecargo que dormía como un tronco. "Esto no es lógico —discurrió Salomón—. Si tienen a Andrés a bordo, el tal Manfred Schmidt tendría que hablar con alguien de sus secuaces para estar al tanto y dar órdenes, o con alguien que esté por encima de él. A lo mejor hay otro cerebro más importante en el barco", concluyó, a modo de consolación.

**

Viernes 26 de agosto: duodécimo día de secuestro

A las siete de la mañana, el Aurora hacía su entrada en el puerto de Aberdeen. En esta escala, el crucero, durante dos días enteros, proponía diversas actividades a sus pasajeros, como las excursiones a los Highlands —las tierras altas de Escocia—, que incluían visitas a las fábricas de lana, a las destiladoras del preciado whisky escocés, y al famoso lago Ness. Luego, la segunda etapa, *Las Costas de Escocia y los Highland*, finalizaría con la visita a las Islas Shetland, donde estaba previsto que el Aurora fondeara en Scalloway, la antigua capital del archipiélago, y en el puerto de Lerwick.

Antes de desayunar, Salomón y Eila, que no habían conciliado bien el sueño, salieron un momento a cubierta

—Tenemos que hacer algo. El tiempo se agota y hay que localizar a Andrés, antes de que sea demasiado tarde.

—Espero que David nos de alguna buena noticia —exclamó la agente con cara de tristeza y añadió—: Pobre Andrés, son ya doce días de secuestro. Tiene que estar desesperado pensando que todo el mundo le ha olvidado.

—A partir de ahora, vigilaremos al sobrecargo sin respiro. Para no levantar sospechas, bajarás conmigo al bufé y acabarás de desayunar antes que yo. Entonces te retiras a tu camarote y te pones a la escucha. Si nuestra hipótesis es correcta, Manfred, en algún momento, tendrá que bajar la guardia y delatarse. A eso de la una y media, te iré yo a relevar y tú te vas a comer y a dar una vuelta. A las seis de la tarde será de nuevo tu turno. Luego, a las nueve de la noche, saldremos los dos a cenar.

Eila desayunó y, siguiendo las instrucciones que acababa de recibir, se retiró antes que Salomón a su camarote. Su jefe, después de almorzar, se dio un largo paseo por cubierta para ponerse en contacto con sus otros dos agentes. La comunicación con David, dentro del crucero, había quedado restringida a dos momentos del día, las diez de la mañana y las diez de la noche. Se realizaba a través de un emisor que los dos llevaban camuflado en sendas pequeñas insignias que lucían en las solapas de sus chaquetas. El dispositivo se completaba con un minúsculo auricular-receptor, cubierto por una sustancia parecida externamente a un algodón encerado de color carne, que se adaptaba perfectamente a la forma del oído donde era introducido. Esta forma de comunicarse era más segura y menos llamativa que la que hubieran podido realizar con sus teléfonos móviles o desde los fijos disponibles en los camarotes, mucho más fáciles de interceptar e intervenir. A las diez en punto, se estableció el primer contacto.

—Buenos días, David. ¿Dónde te encuentras?

—Estoy en la toldilla de popa. No hay casi nadie a mi alrededor. Tengo un periódico que estoy aparentando leer.

—Muy buena idea. Yo me encuentro en la sobrecubierta. Voy a sacar bolígrafo y papel y ponerme a garabatear algo. La vigilancia del Aurora nos puede estar controlando desde sus cámaras. Mira a tu alrededor disimuladamente y si ves alguna, busca un ángulo muerto. Dentro de diez minutos, nos volvemos a comunicar. ¡Hasta ahora!

Para Salomón, toda seguridad era poca y no merecía la pena correr riesgos a causa de la desidia. A las diez y diez, se restableció el contacto, desde rincones seguros.

—¿Tienes algo, David?

—No. Hemos mandado veinte fotos en archivos jpg para su análisis en Tel Aviv y en Berlín, pero no han detectado nada sospechoso. Esto es como buscar una aguja en un pajar. Como no cante el pájaro, quiero decir el sobrecargo, no sé...

—Ya veo, pero no desesperemos. Esta noche contactamos de nuevo a las diez, corto y cierro.

Acto seguido, mientras Eila seguía enfrascada en las labores de escucha, Salomón aprovechó para inspeccionar las instalaciones del crucero acompañado por diferentes miembros de la tripulación. Entonces se le ocurrió un plan para detectar a los cómplices del sobrecargo. A mediodía, se dirigió a la oficina de éste, se presentó a su secretario, se identificó y pidió ser recibido. Manfred se encontraba muy atareado, haciendo cuentas y revisando las interminables carpetas de propuestas de gasto y facturas, que le habían pasado a firma.

—Buenos días —saludó Salomón—, no quiero molestarle, veo que tiene mucho trabajo.

—Más del que yo quisiera, pero con tanta gente en el crucero y con mil de tripulación, ¿qué quiere que le diga? , pero ¿cómo va lo suyo?, ¿está todo en orden?

—De momento, el Aurora me está impresionando favorablemente. Ya he visitado algunas instalaciones abiertas al público. Para terminar con mi cometido y tener una visión completa de la nave, quisiera acceder a los departamentos internos, los que no están a la vista del público.

—¿Qué sugiere concretamente que le enseñemos?

—En especial, quisiera inspeccionar el cuarto de máquinas, el de vigilancia y cámaras de seguridad, y los pañoles del barco o, como dicen ustedes, las bodegas.

—¿Las bodegas?, ¿para qué quiere ver las bodegas? — preguntó el sobrecargo mostrando extrañeza y cierta agresividad. —"Creo que he dado en el blanco", pensó salomón, alegrándose interiormente.

—Manfred, quizás sea una exageración, pero en las bodegas se apila mucho género, puede haber mucha suciedad. Hay que ver de qué equipos de desinsectación disponen ustedes, el tratamiento que dan a los roedores, etc. ¿Hay algún problema para acceder a las partes no visibles del barco?

—¡No, no! —respondió el sobrecargo disimulando a duras penas su estado de alteración—, la verdad es que ni al capitán Van Bergen ni a mí se nos había ocurrido que quisiera visitar esos lugares oscuros que no están a la vista del público. Hay muchos almacenes, por encima y por debajo del nivel del mar. Es como un laberinto y tendrá que acompañarle alguien de la tripulación que los conozca bien. Si quiere puedo organizarlo para esta tarde a las seis.

—Cuando usted diga. Pero... en realidad..., si vamos a causarle muchas molestias, la visita es prescindible —añadió Salomón con la boca pequeña, arriesgando y rezando al mismo tiempo para que Schmidt no diera marcha atrás, mientras se decía: "No puedo demostrar demasiado interés, si no va a sospechar y se acabó toda la historia".

—Por favor Karl, la naviera nos ha insistido mucho en que debemos brindarles todo tipo de facilidades. Así que no se hable más, a las seis de la tarde, aquí.

—Gracias, entonces, hasta luego. —"¡Perfecto!, menos mal que ha aceptado" —pensó Salomón al abandonar la oficina del sospechoso, mientras empezaba a sudar copiosamente—. "Si estamos en lo cierto, esta tarde, el sobrecargo hará que en la visita a los *bajos fondos del barco* me acompañe alguno de sus secuaces. Tratarán de evitar que nos acerquemos mucho al escondrijo donde tengan al pobre Andrés, si es que el español se encuentra en el barco y no estamos siguiendo una pista falsa, que todo puede ser. De todos modos, aprovecharé para sonsacarle un poco y endosarle un nanomicrófono", continuó cavilando, mientras en su cara se dibujaba una sonrisa de pícaro bribón, más propia de un personaje del Siglo de Oro español que de un espía del Mossad.

Al volver a su camarote, se reunió con Eila, y por si las moscas o mejor dicho en este caso, *por si las escuchas,* se pusieron a hablar de temas intrascendentes o relacionados con su visita de negocios al Aurora. Salomón afirmaba que la vida era bella, y que las instalaciones y los servicios del crucero le estaban gustando mucho. Luego le contó su entrevista con el sobrecargo y el proyecto de visita a las bodegas por la tarde. Después de la conversación, ella se fue y el coronel, en el silencio de su camarote, reanudó las labores de escucha.

**

Visita a las bodegas

A la hora acordada, tras ser relevado por la agente, Salomón abandonó su camarote y se presentó en la oficina del sobrecargo. Allí, un forzudo marinero de raza, de esos de tatuaje y pelo en pecho, gorra azul, pantalón de campana y cinta milagrera —que parecía salido del poemario de Marineros en Tierra, de Rafael Alberti—, le esperaba para servirle de lazarillo en su visita a los vericuetos más oscuros y ocultos del Aurora.

—Hola, me llamo Jan. El sobrecargo me ha dicho que usted quiere ver las bodegas y otras instalaciones. Me imagino que eso no incluirá la sentina. Ahí, yo me niego a bajar, es el reino de los gases nocivos, de las ratas y de la falta de aire. Hay marineros que se han desmayado y hemos tenido que ir a rescatarles con máscaras de oxígeno.

—No, desde luego que no, me conformo con visitar la sala de máquinas, los depósitos de agua potable, y algunos almacenes.

—Nosotros habíamos pensado, precisamente, en hacer la visita por ese orden.

—Muy bien, Jan, ¡vayamos pues! Por curiosidad, ¿cuánto tiempo lleva usted en el Aurora?

—Mañana hace seis meses que me incorporé. No es mucho tiempo, pero le puedo garantizar que ha sido un período de lo más intenso. Me conozco el crucero al dedillo, pues mi empleo consiste en el mantenimiento de las instalaciones.

—Entonces, será usted la mano derecha del sobrecargo.

—Sino la mano derecha, sí la izquierda. —"Vaya, se alegró Salomón, me parece que con Jan voy a tener que hacer buenas migas".

La visita se realizó por el orden previsto, pero al llegar el turno de las bodegas, se produjo una cierta restricción que entraba en los cálculos del coronel y continuaba confirmando sus sospechas.

—Hay 20 compartimentos de carga —expuso Jan—. No creo que sea necesario que vea todos, con tres o cuatro será suficiente. Son todos iguales.

—Me parece bien. ¿Puedo elegirlos? —El coronel creyó notar que su interlocutor se ponía ligeramente nervioso, al tiempo que hacía una mueca de contrariedad.

—Hay cuatro pisos de bodegas. Dos por encima de la línea de flotación y dos por debajo —cambió de tema el marinero sin contestar a la pregunta. —"Bravo —pensó Salomón—, no quieren correr riesgos, por eso se ha hecho el sueco sin responder a mi pregunta. Es mejor que no insista".

—¿Cómo se accede a ellos?

—A través de seis montacargas que comunican los sótanos con las plantas superiores, a las que llamamos turísticas y donde nuestro pasaje está cómodamente alojado, como usted habrá podido comprobar. Además, hay cuatro escaleras, por si se estropeasen los ascensores, dos en la amura de proa y otras dos en la popa. Si le parece podemos visitar un almacén por piso.

—Lo que usted diga, Jan, me pongo en sus manos —concluyó Salomón esbozando una sonrisa de satisfacción que pareció relajar un poco al marinero, hasta ese momento a la defensiva.

Durante la inspección, el coronel no notó nada raro. Todo estaba en orden y limpio. Al ver unas puertas cerradas en cada almacén, le preguntó al encargado de mantenimiento qué es lo que había dentro.

—Son pequeñas oficinas, dotadas de sistemas informáticos, que nos permiten trabajar en las bodegas. Algunas disponen de litera y un pequeño aseo. A veces el trabajo es tan intenso que nos quedamos a dormir.

—Pero, ¿están ventiladas?

—Sí, las que están encima de la línea de flotación tienen un doble sistema de ventilación con ojos de buey y aire acondicionado. Si no, no habría quien parase ahí dentro, sobre todo en verano, cuando la mezcla de calor y humedad se hace insoportable.

Al finalizar la visita, sudando los dos a borbotones, Salomón invitó al encargado de mantenimiento a tomarse un refrigerio en uno de los bares del crucero. Pero, como ocurre a veces con los lobos de mar, el refresco se convirtió en un whisky, luego en dos y en tres bien cargados. El coronel, que no era precisamente un abstemio, se controló todo lo que pudo para permanecer más sobrio que su anfitrión. Al cuarto whisky, la lengua de éste empezó a relajarse y entonces, cometió un error. Sucedió mientras se estaba emitiendo un programa de televisión sobre la situación en Oriente Medio.

—¡Qué asco!, a ver si acaban de una vez por todas con esos judíos. Son como ratas, ¡la peste del mundo!, ¡una raza maldita! —exclamó el marinero, sin reparar en las personas que estaban a su alrededor, algunos de los cuales sonrieron al tiempo que otros permanecían con la cara sin expresión.

—Pues la verdad es que está costando mucho —afirmó Salomón, haciendo un gran esfuerzo de contención, como si la cosa no fuese con él.

—Sí, señor Schulze, los nazis tenían que haber tenido más tiempo, la Segunda Guerra Mundial acabó demasiado pronto..

—Está muy bien, ¡que les jodan ya de una vez! —exclamó el coronel, reprimiendo las ganas que tenía de partir la cara a Jan, mientras las imágenes de la liberación del campo de exterminio de Auschwitz pasaban por su memoria.

Finalmente, a las ocho de la tarde, ambos abandonaron el bar. Jan apenas se tenía en pie, y el coronel se despidió dándole una palmadita en el peto de su uniforme. Le acababa de adosar un nanomicrófono, mientras sonreía y le decía:

—Ahora, Jan, lo que tienes que hacer es hablar alto y claro, pues no te entiendo nada y así no puede ser..."

—Sí, no me van a entender, pero con la que llevo encima... es mejor que me esconda.

—Sí, sobre todo del señor Schmidt.

—Sí, de ese bandolero mafioso... perdón, quiero decir, de mi jefe.

—No se preocupe amigo, no he oído nada. ¡Hasta la vista!, y ya sabe, ¡Hágame caso!, ¡articule, vocalice, ya verá como poco a poco se recupera!, ¡es un sistema que no falla! – exclamó Salomón mientras se echaba a reír en la cara del marinero, que también se reía, sin sospechar nada de la *bomba de relojería* que se llevaba puesta.

"Mis hipótesis se confirman casi al 100%", pensó el coronel, más alegre que ebrio, al alejarse del marinero y darse una vuelta por cubierta. Con el declinar del día, el suave y fresco viento de agosto del Mar del Norte despejó un poco su cabeza de los vapores alcohólicos, antes de poner rumbo al camarote de Eila. Había estado tan concentrado en su actuación con el jefe de mantenimiento, que prácticamente se había olvidado de ella. "Tengo que sustituirla en las labores de escucha –se exigió a sí mismo—, pues la pobre estará apolilla-da. Prácticamente no ha salido de su habitación en todo el día".

**

Mientras Salomón se aireaba, el crucero empezaba a animarse. Muchos turistas volvían ya de las excursiones programadas para ese día. Unos habían visitado las Grampian Highlands y sus destilerías de Whisky, en especial Glenfiddich, una de las más importantes y más conocidas de Escocia. Otros, el impresionante castillo de Balmoral, residencia privada de la Familia Real Británica. Los que prefirieron quedarse en el puerto de Aberdeen, no habían hecho una mala elección. La ciudad, una de las más antiguas del Reino Unido y tercera en importancia de Escocia, era conocida por su peculiar arquitectura de granito. Su catedral, la universidad, el Museo marítimo y la galería de arte, entre otros edificios singulares, o zonas comerciales, como Union Street, al lado del puerto, y Saint Nicholas Street, hicieron las delicias de muchos pasajeros que volvían cargados de paquetes. Este ambiente, de bulliciosa y alegre despreocupación, contrastaba con la angustia que atenazaba a Andrés. Ya habían transcurrido doce días desde aquel fatídico lunes quince de agosto cuando, despreocupado, hacía footing en Ludwigschloss y se consumaba el secuestro.

Es terrible verse privado de libertad sin ninguna explicación y sin saber que nos depara el futuro. La condición del secuestrado es mucho peor que la de un reo condenado. Éste, al menos, conoce las causas y las consecuencias de su acción y disfruta de algunos derechos.

Desde su última *conversación* con los secuestradores, con motivo de su traslado al camarote que ahora ocupaba, habían transcurrido ya cinco días. Ese mutismo, unido a la incertidumbre sobre su futuro, hacía que los pensamientos más angustiosos y nostálgicos se apoderaran de él y le consumieran lentamente. "Qué pena no haber podido fundar una familia... los hijos... el calor del hogar. Aunque quizás sea mejor así, pues si me pasa algo, habrá menos personas que sufran tanto echando en falta a un ser querido..."

Luego pensaba en los millones de judíos, que junto a gitanos, homosexuales, testigos de Jehová, opositores políticos, etc. fueron arrancados sin misericordia de sus hogares por los nazis, durante la Segunda Guerra Mundial, para ser despojados de sus bienes y luego secuestrados, torturados y finalmente asesinados, por su condición racial o personal. "¡Qué asco!, ¡qué poco ha progresado la humanidad!, ¡qué salvajes somos los humanos!... ¡Qué próximo me siento de las víctimas!". Pero a continuación se rehacía, pues la historia también recogía el ejemplo de almas buenas que habían hecho todo lo humanamente posible por mitigar el mal, al no poder eliminarlo.

Era el caso de Sanz Briz, embajador español que se jugó la vida y su futuro profesional salvando de la muerte a más de cinco mil judíos húngaros en Budapest; o el del italiano Jorge Perlasca, otro justo entre los justos que, sin ser diplomático, se quedó al frente de la embajada española en Hungría, engañando a los escuadrones negros. También recordó a Gilberto Bosques Saldívar, cónsul general de México en Francia, cuya labor humanitaria consiguió salvar de una muerte segura a miles de hebreos perseguidos por la Gestapo —la policía secreta nazi —, a quienes acogió, aun a riesgo de su vida, los ocultó, les proporcionó documentación falsa y, finalmente, los sacó del país. Estos y otros más, incluso entre las propias filas nazis, como fue el caso de Oskar Schindler, eran los héroes conocidos, aunque también hubo personas anónimas que se pusieron en grave peligro para paliar la gran tragedia de la persecución y asesinato de los judíos.

Sin embargo, al mismo tiempo, no pudo evitar pensar en otros muchos funcionarios y altos cargos políticos que, a pesar de tener conocimiento de causa y competencias, por indiferencia, cobardía, insensibilidad, fanatismo, o egoísmo profesional, se cruzaron de brazos y no hicieron nada para reducir el desastre.

Finalmente, se puso a rezar, pensando que mientras hubiese vida habría esperanza, evitando así que su mente fuese presa de los más siniestros pensamientos.

***

Decisión improvisada

Noche del viernes 26 de agosto

A las nueve y media de la noche, después de airearse y reponerse de la visita a las bodegas del barco y la conversación etílica con Jan, Salomón llamó al camarote de Eila. Ésta le abrió en un santiamén, como si hubiera estado esperando su llegada detrás de la puerta. El coronel se sorprendió, aunque de inmediato recuperó su papel de directivo de la TFE, pues temía las posibles escuchas.

—¡Qué barbaridad, señorita Hamilton!, parece que me ha leído el pensamiento —exclamó mientras notaba un brillo especial en sus ojos.

—Buenas noches, jefe, tenía muchas ganas de hablar con usted. La central me ha felicitado por nuestro trabajo. Dicen que los informes son muy completos, que sigamos así.

—¡Cuánto me alegro!, nos quedan tres días de crucero, uno más en Aberdeen y dos en las Islas Shetland. Acabo de visitar los depósitos de agua, la sala de máquinas, y los almacenes, y la verdad es que no puedo poner ninguna pega; todo está limpio y en orden.

—Entonces, según nuestro programa, mañana por la noche habremos finalizado las inspecciones.

—Sí, y entonces nos centraremos en las atracciones del crucero. También son importantes, ¿o no?

—¡Muy importantes! —respondió Eila, mientras hacía un gesto casi imperceptible de victoria con el dedo pulgar de su mano derecha.

Unos segundos después, los dos salían a dar una vuelta por cubierta. Salomón que había captado el mensaje, estaba impaciente. Tras recorrer unos metros hacia un lugar alejado del público, no pudo ya reprimirse.

—¡Suéltalo ya!, ¡me tienes en ascuas!

—¡Por fin, Salomón, por fin! Gracias a Dios, estabas en lo cierto. Tienen a Andrés Olmeda secuestrado en el Aurora. Además —dijo simulando una voz hombruna—, sé en qué piso del barco se encuentra.

—¡Joder, qué alegría, ¡Cuéntame más!, ¡cuéntamelo todo!, ¡¡¡dispara ya!!!

—Para que no se nos escape ningún detalle, he transcrito la conversación en un folio. Lo he camuflado en este dossier de la TFE. —En ese momento, Eila le entregó a Andrés la carpeta de la que tomó un gráfico de columnas, simulando que se lo estaba explicando a Salomón, quien asentía con la cabeza.

Como sabían los dos agentes, las cámaras de seguridad poseen un zum muy potente y pueden acercarse a unos pocos centímetros de cualquier objeto. Por eso no había que descuidarse ni un segundo. Buscaron un ángulo muerto a salvo de la vigilancia, e inmediatamente los ojos del coronel devoraron la transcripción de la conversación entre Manfred Schmidt y Jan, que decía así:

"—¿Cómo andas, Jan?

—Bien jefe, todo en orden, pero, ¡cómo pimpla el cabrón de Schulze!, un poco más y me tumba.

—¿Qué tal ha ido la visita?, ¿has notado algo extraño?

—No, cuando le dije que en la sentina el aire estaba enrarecido, se me acojonó y descartó inspeccionarla. Finalmente hemos recorrido dos almacenes por planta y no he notado nada raro. No podía omitir la visita al piso 1, pero le he llevado justo al extremo opuesto de donde se encuentra nuestro invitado.

—Perfecto, entonces, tema solucionado. Creo que ya pronto nos van a abandonar. ¡Vaya coñazo de visita, en medio de la que tenemos montada! Lo siento por su secretaria, ¡qué buena está, me pone a cien! Lo peor del caso es que no me da tiempo a tirármela, pero ¡qué le vamos a hacer!

—No se preocupe jefe, este trabajo nos va a traer pingües beneficios, y encima vamos a dar un paso de gigantes para acabar con los judíos.

—¡Y qué lo digas, Jan, todo sea por la causa! Ahora tenemos que terminar con esto. Me han llamado de Oslo con nuevas instrucciones. El domingo por la noche, en las Shetland, el Aurora no va a fondear en ningún puerto, sino en altamar. Esa noche hay luna nueva y además está prevista una fiesta que se prolongará hasta la madrugada del lunes, para conmemorar la marcha sobre Washington en pro de los derechos civiles.

" Ya conoces al gilipollas de Van Bergen, con sus discursos a favor de los derechos humanos. Ahora, desde que se ha casado con la negra, ¡joder!, el tío no para de tocarnos los huevos con sus fiestecitas en pro de la igualdad de derechos con las razas inferiores, con esos monos, con esos Untermenschen —subhumanos—. El hecho es que la fiesta durará oficialmente hasta las dos de la madrugada. El alcohol, que ese día es gratis, va a correr a raudales. Eso significa que los turistas y la mayor parte de la tripulación estarán fuera de juego a partir de las tres o tres y media. Yo, en lo que a mí respecta, voy a *licenciar* esa noche a los vigilantes. Les diré que se trata de una conmemoración muy importante y que deben de participar y relajarse. Además, les regalaré vales de barra libre, para que se pongan hasta arriba de alcohol. Así no habrá moros en la costa cuando llegue el momento.

"Ahora escucha bien, Jan —continuó el sobrecargo. Hay que organizar el traslado de la *carga* para las cuatro y media de la madrugada. A esa hora, el helicóptero del Aurora ha sido autorizado para volar a Lerwick y recoger, se supone, a una persona muy adinerada, muy *vip*, que quiere incorporarse al crucero. Ya he hablado del tema con el capitán y está conforme: se ha tragado el anzuelo. Luego le diré que a última hora el famoso pasajero, que había confirmado embarcar en el Aurora, no se ha presentado en el puerto a la hora indicada;

que ¡qué barbaridad y bla, bla, bla! Nosotros subiremos *la carga* al helicóptero, para que se entregue a nuestros cámaradas en un punto del mar; luego nos olvidaremos de todo el tema, y a disfrutar. ¿Qué te parece, Jan?

—¡Excelente, jefe! Ahora mismo me pongo en contacto con los demás para prepararlo todo.

—Muy bien, pues manos a la obra."

Tras leer la transcripción varias veces, Salomón tiró la hoja de papel al mar y se quedó largo rato suspirando, mientras sonreía y hacía un poco de respiración abdominal. En esos gloriosos momentos, la emoción le embargaba y no quería perder el control. Eila, extasiada, se le quedó mirando. Parecía como si el coronel estuviese degustando con fruición algún suculento y exótico manjar. En realidad, confirmar su hipótesis era el mejor regalo que podían hacerle. Al final estaba en lo cierto y no había vanidad en sus pensamientos, sino satisfacción por que, gracias al descubrimiento del grupo Alfa, tenían la posibilidad de salvar una vida, una vida muy importante según lo que ellos sabían y Andrés ignoraba. Por fin, salió de su trance con una mirada de paz que impresionaba..., que lo decía todo. Parecía que todas las luces de Janucá (la fiesta judía que conmemora la victoria de los macabeos sobre los griegos) le estaban iluminando.

—Eila... mi querida Eila, vamos a preparar el mejor operativo para rescatar a Andrés Olmeda. —Luego, mirando su reloj, añadió—: Son más de las diez, David estará nervioso al ver que no me comunico con él a la hora acostumbrada. Voy a informarle de la buena nueva y luego me quedaré un rato en cubierta, antes de cenar. De todos modos, conviene que a ti y a mi no nos vean siempre juntos. Así que si alguno de la tripulación se sienta a cenar contigo, mejor. Debemos aparentar la máxima normalidad. ¡Pero nada de ligar, eh! Y menos con el sobrecargo, ¡ya sabes lo que te quería hacer, el muy cabrón!

—No tiene ninguna gracia lo que dices, Salomón. Ese es

un hijo de puta, un enemigo de Israel, y sobre todo, un criminal.

—Ya lo sé, Eila, sólo estaba bromeando y me he pasado de la raya.

—Hoy te puedes pasar, coronel. Tu olfato de sabueso no ha fallado. ¡Dios quiera que todo salga bien!

—Baja la voz, Eila.

—Perdón, coronel. Es que me ha salido del alma —susurró ella mientras hacía un gesto de despedida y miraba a su alrededor para cerciorarse de que nadie les podía oír.

Acto seguido, Salomón se puso en contacto con David y Adnán, les informó de la buena nueva, y quedó de nuevo en llamarles pasada la medianoche. Luego se fue a cenar muy satisfecho, porque su intuición se había revelado cierta, porque tenía la seguridad de que Andrés se hallaba secuestrado en una de las bodegas del barco.

**

Después de la cena, a pesar de ser diabético de tipo 2, de aquellos que no tienen que pincharse, pero que deben cuidar su índice de glucosa en sangre, Salomón pidió una copita de Baileys en el bar Vips del crucero, donde le esperaba Eila que le recriminó de inmediato.

—No debería, jefe. ¿Ha tomado sus pastillas?

—¡Joder!, ya estás como mi mujer, Vered, y mis hijas. ¡Sí!, me las he tomado, me las tomo todos los días, ¡tres veces!, pero hoy es un día especial, me voy a dar un homenaje y voy a transgredir la dieta.

—Pero si la ha transgredido ya con Jan, su guía de bodegas.

—Bueno, eso era por razones del servicio, para soltarle la lengua. Además me he controlado bastante.

—Corramos un tupido velo, coronel, pero no quiero que vuelva a dañar su salud delante de mí,

—Sólo un poquito hoy, Eila.

—¿Me imagino que también se fumará un habano?

—Tienes el don de la clarividencia.

Dicho y hecho, se gratificó durante una hora, con copa y puro. Luego, poco a poco, la calma y la frialdad se fueron apoderando de nuevo del coronel y, pasada la medianoche, salió a cubierta para ponerse de nuevo en contacto con David, quien esperaba impaciente las órdenes necesarias para continuar con la operación.

—¿David, estás ahí? —le preguntó a través del nanomicrófono que portaba en la insignia de su corbata.

—Sí, coronel, todavía no he digerido la noticia. Permítame felicitarle de nuevo, su olfato no ha fallado. Ahora es nuestro turno para entrar en acción y acabar con esto.

—Sí, muchachos, tenéis que dar el do de pecho. Ahora, oíd atentamente: por la conversación que hemos escuchado, entre el jefe de mantenimiento y el sobrecargo, sabemos que Andrés está confinado en la bodega de proa de la primera planta sobre el nivel del mar. Hay tres montacargas en esa zona, y también dos escaleras que comunican los almacenes de la bodega con los alojamientos turísticos. Cada almacén, según he podido comprobar personalmente, dispone de varios camarotes-oficina. En uno de ellos, en el primer piso, debe de encontrarse nuestro camarada. La madrugada del próximo lunes, a las cuatro y media de la mañana, mientras el crucero esté fondeado en alta mar, cerca de Lerwick, Andrés será trasladado desde su prisión al helicóptero del Aurora y luego transportado a no se sabe dónde. Ésa es nuestra oportu-nidad de oro para liberarlo, y en ese momento, vosotros entraréis en escena.

—¿Cómo vamos a rescatarle?, ¿qué plan tenemos?

—No corras tanto. Tenemos que dar un paso previo que considero muy necesario. Hay que evitar que Andrés se ponga nervioso y reaccione inadecuadamente en la refriega. Cuando entréis en acción, no debe huir ni oponer ninguna resistencia; tiene que saber, antes de la operación, que se trata de nosotros. Tenemos que localizarle y hacerle llegar que estamos aquí y que vamos a rescatarle durante su traslado al helicóptero.

—Pero, coronel, ¿y si hay alguien vigilando y los localizados somos nosotros?

—Buena pregunta, muchacho. Entonces aplicaríamos el plan B y no tendríamos más remedio que adelantar su liberación.

—Eso significa que tendríamos que medirnos con el enemigo.

—Sí, y no me gusta nada esa hipótesis. Es la más peligrosa pues no sabemos cuántos son, ni de cuántas armas disponen. Ya no jugaríamos con el factor sorpresa. Se organizaría una pequeña guerra en el barco, rodeados de personas inocentes, y Eila y yo tendríamos que salir a la luz y entrar en acción. Además, habría que esconder a Andrés, y ellos están en su territorio, con la ley de la ventaja a su favor. Debéis tratar por todos los medios de que no os detecten. Si notáis algo raro, o hay vigilancia, os retiráis. De todos modos, aunque no logréis poner a Andrés sobre aviso, la operación de rescate se realizará.

—Entonces, coronel, necesitamos las instrucciones de ataque.

—Sí, David, *wir müssen angreifen*, —tenemos que atacar, dijo en Alemán, idioma que le gustaba utilizar de vez en cuando—. Ya he pensado en ello. Mañana sábado, a las doce del mediodía, los dos iremos al pub inglés que está justo al lado del bufé central. Yo entraré primero en los lavabos. Tú esperarás tres minutos exactos de reloj y entraras a su vez. Antes, por el dispositivo de comunicación, te habré dicho en qué cabina estoy. Entonces, yo salgo y tú te metes en ella. Encima de la cisterna habré dejado un sobre con instrucciones detalladas que estudiarás, te aprenderás de memoria y luego destruirás sin dejar ni rastro.

—Muy bien, coronel.

—A partir de ahora, salvo que ocurra algo anómalo, ya no vamos a hablarnos más. Ten en cuenta que los secuestradores van a extremar la vigilancia y cualquier detalle sospechoso les llevará a abortar la operación.

—¿Cómo nos confirmará que todo está OK, que podemos pasar a la acción?

—El domingo a medianoche, cuatro horas y media antes de iniciarse la operación, bajaré al pub donde tú y Adnán esperaréis sentados. La señal de acción será un clavel rojo que luciré en la solapa izquierda de mi chaqueta, a la altura del pecho. Si no me lo he puesto es que la operación no se realiza. ¿Queda claro?

—Sí, coronel.

—Pues entonces muchachos, espero lo máximo de vosotros. Ya sabéis que nosotros tenemos que permanecer en el barco hasta el martes. Cuando el Aurora fondee en Bergen, en Noruega, Eila y yo, si Dios quiere, abandonaremos el crucero y volaremos a Hamburgo. Hasta entonces, ¡suerte y al toro! — concluyó Salomón utilizando un símil taurino, pues era muy aficionado a los festejos taurinos, jactándose a menudo entre sus amigos de que había corrido los San Fermines, la fiesta concurridísima que se celebra el siete de Julio en España, en la ciudad de Pamplona, con las famosas sueltas de toros en los *encierros*.

**

Con la satisfacción del deber cumplido, pero también con la congoja de la ya próxima entrada en combate del equipo Alfa, Salomón abandonó la cubierta en dirección al casino del crucero, un lugar muy concurrido que le permitía distraerse o, mejor dicho, abstraerse un poco de la realidad. Cuando se encontraba jugando... y perdiendo, con una máquina tragaperras, notó que alguien se le acercaba.

—¡Pero, hombre!, si está aquí el capitán Van Bergen — exclamó al ver que se trataba de la máxima autoridad del crucero.

—Buenas noches, señor Schulze. ¿Cómo van sus pesquisas? ¿Ha encontrado algo anómalo en nuestras instalaciones?, ¿tiene alguna queja de nuestros servicios?

—Todo va viento en popa, a sotavento, como dicen ustedes, los lobos de mar. Creo que mañana mi secretaria y yo acabaremos de visitar todo lo visitable. Luego nos quedan dos días, ya sabe que el próximo martes finaliza nuestra estancia en el Aurora. En consecuencia, el domingo y el lunes, se lo digo con la boca pequeña para que nadie se entere, vamos a relajarnos y a disfrutar al máximo del crucero.

—Pues han elegido su parte más bonita. Mañana por la noche salimos para las Shetland. El domingo, tendrán la oportunidad de conocer Scalloway, la antigua capital de las islas. Les recomiendo que visiten su castillo y los astilleros de Whest Shore, pero sobre todo que hagan senderismo, las vistas son extraordinarias. Luego, la madrugada del lunes, fondearemos en Lerwick. Allí estarán ustedes invitados a comer arenques en vinagre, salmón ahumado, ostras y mejillones. Para hacer la digestión, siempre recomiendo una vueltecita por Commercial Street (la calle del comercio) y el puerto pesquero.

—Si todo sale bien, le aseguro que nos lo pasaremos de lo lindo.

—¿Cómo que si todo sale bien?, ¡seguro que va a salir bien!, ¿o es que tiene alguna duda, señor Schulze? El año que viene nos llenarán ustedes de turistas.

—Señor Van Bergen... si todo fuese tan fácil. —matizó Salomón que estaba divirtiéndose con la conversación—. Pero usted ya sabe, estas operaciones tan difíciles, tienen... su éste, su ése, y su aquél. Si yo le contara...

—Sí, y más en tiempos de crisis cuando los bolsillos están llenos de telas de araña y los bancos, esos *queridísimos amigos*, después de habernos prometido el paraíso, nos echan una mano al cuello, perdón quiero decir que nos *llaman amablemente* a todas horas para acosarnos, perdón, quiero decir para recordarnos cariñosamente que tenemos una posición en rojo y que debemos liquidarla so pena de ponernos en uno de esos maravillosos registros de morosos, aunque lo que debas sea sólo un euro y hayas sido un cliente buenísimo durante años.

—¡Caramba, Van Bergen!, ¡Qué razón tiene usted! Lo suscribo todo, y luego además está hacienda, esa *hermana de la caridad* que tenemos con nosotros a todas horas y que no nos permite ni un desliz, con sus bellas, ¡qué digo bellas!, artísticas publicaciones de apremios y requerimientos en los boletines oficiales.

—¡Joder, Herr Schulze!, parece usted leerme el pensamiento.

—Por cierto, le felicito por la fiesta que organiza mañana. No es usual que en un crucero se conmemore una fecha tan significativa para la defensa de los derechos humanos y la no discriminación por razones de raza.

—En realidad, la intención es llamar la atención para la defensa de los derechos humanos en general. Siempre están amenazados. Parece que forma parte de la naturaleza humana. Es triste decirlo, pero en este tema no levantamos cabeza, pues cuando creemos que vamos mejor, se declara una guerra, hay una masacre, o un atentado terrorista...

—Es que los humanos estamos todavía poco evolucionados. Piense que nuestros antepasados, los homínidos que emigraron de África, no llevan más de 50000 años en Europa, y sólo hace unos doce mil años que se les ocurrió dejar de ser cazadores-recolectores. Eso, en términos evolutivos, no es mucho. Estamos demasiado anclados en la supervivencia y muy poco en el disfrute de la vida. ¿Sabía que compartimos el 99% de nuestro ADN con los chimpancés?

—Sí, ya me doy cuenta. No sabe usted la cantidad de seres extraños que pasan por el buque.

—Eso explica que tengamos reacciones muy extrañas— continuó Salomón—, muchos nervios, muchas angustias. En fin, todo es muy difícil y hay que estar siempre alerta. Lo fundamental es no tolerar, ni mucho menos respetar al que abusa. A ese hay que darle duro. El problema es cuando el que abusa es un gobierno, un Estado. Entonces, reaccionar se hace más difícil, y a menudo nos vemos inermes o nos cansamos de pegarnos con la cabeza contra un muro que no puede ceder. La canción *The Wall* de Pink Floyd lo escenifica magistralmente.

—Señor Schulze, parece que me ha leído el pensamiento. No le conozco mucho, pero sería para mí un honor recibirle a bordo el año que viene. Y ahora, si me permite —concluyó el elegante August van Bergen—, me están esperando en el puente de mando, buenas noches.

—Buenas noches, capitán.

Después de esta charla inesperada y espontánea, entre dos viejos búfalos que se tenían mutua simpatía y coincidían en lo fundamental, Salomón se fue a dormir. El coronel tenía que madrugar para diseñar el operativo de rescate; mandarlo por correo electrónico encriptado a Tel Aviv; y esperar el plácet de sus superiores, que debía de producirse antes de las doce de la mañana con el fin de entregar el plan a David. A duras penas, consiguió descansar unas horas, pues era fundamental que al levantarse estuviera despejado y con las ideas muy claras. Pero antes de acostarse, para no levantar ninguna sospecha, le encomendó a Eila que al día siguiente continuara ella sola con las visitas y los informes, y que si preguntaban por él, dijera que se encontraba algo indispuesto.

**

Sábado 27 de agosto por la mañana, decimotercer día de secuestro

Eran las doce del mediodía y Salomón se revolvía impaciente en su camarote. "¡No hay respuesta de Tel Aviv! ¡Pero qué cojones están haciendo esos tíos, si ya les he enviado todo el plan de rescate a las diez de la mañana!, ¡qué más quieren!". El tiempo apremiaba, pero nada de nada. Finalmente, recuperando la calma y después de apagar su ordenador portátil, salió del camarote y se dirigió al pub inglés del Aurora. Allí se encontraba David, que llevaba más de una hora esperando y estaba que se subía por las paredes. Salomón entró en los lavabos y le dejó una nota donde sólo le comunicaba que, a las seis de la tarde, se volverían a poner en contacto de la misma forma. Luego se dio un garbeo por la zona comercial del buque, y volvió a su camarote. Pero las horas pasaban... y seguía sin haber respuesta. Salomón, indignado, se desesperaba: "¿Qué habrá pasado? —se preguntaba obsesivamente, sin saber a qué atenerse—". Finalmente, a las tres de la tarde, después de haber reenviado el correo varias veces más con constancia de recepción y lectura, y seguir sin obtener contestación de la central, el coronel tomó la decisión crucial de seguir adelante con la operación de rescate. Dicho y hecho, se puso manos a la obra y rediseñó la operación que ahora realizaría sólo el grupo Alfa con sus propios medios, al no dar Tel Aviv señales de vida y no poder retrasarse la acción so pena de perder a Andrés para siempre.

Acto seguido, pidió y obtuvo permiso para visitar el puente de mando del Aurora, donde con disimulo, para no levantar sospechas por si alguno de los oficiales y marinos pertenecía a la banda de Manfred Schmidt, se interesó por los sistemas de mando del Aurora haciendo múltiples preguntas de tipo administrativo pero fijándose de reojo en los mapas digitales de navegación donde con toda nitidez aparecía la derrota del buque. De esta manera obtuvo las coordenadas exactas del lugar donde el Aurora iba a situarse la madrugada del lunes, cerca del puerto de Lerwick. Después de conversar animadamente con el primer oficial abandonó la sala de mando.

Con la valiosa información, el plan diseñado y la decisión tomada, volvió al camarote y se puso en contacto con la base de Hamburgo donde, ajeno al mundanal ruido, Simón Blum se distraía con un libro de pasatiempos. A las cuatro de la tarde le mandó a éste un mensaje encriptado por correo electrónico, donde le explicaba los pormenores de la operación de rescate, le ordenaba que tomase un avión para Aberdeen, y le transmitía los datos de posición del Aurora en el momento de la acción. "Una vez en Escocia —le ordenó—, tu cometido consistirá en fletar un barco de pequeño o mediano calado; zarpar lo antes posible; poner rumbo de inmediato hacia el punto de rescate; y esperar a unos quinientos metros del Aurora, media hora antes de la hora fijada por los secuestradores para el traslado de Andrés, es decir a las cuatro de la mañana del lunes próximo". Por último le aconsejó que acudiera armado, por si acaso, y le deseó suerte.

Simón estaba anonadado. Pensaba que sólo iba a desempeñar un papel secundario en la operación, y que podría dedicarse a sus actividades preferidas: los sudokus, los crucigramas y ver películas, aprovechando que no estaba el jefe. Cuando recibió el correo en clave, se llevó una sorpresa de tres pares de demonios y no se lo podía creer. ¿Qué habría pasado?, ¿cómo le pedían a él que interviniese? A pesar de su enfado y de que la responsabilidad era enorme, no tuvo más remedio que asumirla. "Así son las cosas. Hay que estar preparado para todo. Bien nos dijo Salomón que casi siempre el mapa no es el territorio", pensó resignado. Inmediatamente, se sacudió el polvo y se puso manos a la obra.

A las siete menos cuarto de la misma tarde del sábado, hora alemana, un vuelo de la Lufthansa —la principal compañía aérea de tipo comercial en Alemania— salía desde Hamburgo a Aberdeen, llegando al puerto escocés a las 22h 25m, hora local. Desde allí debía contratar un barco que al día siguiente le llevase al punto de reunión, situado a 240 millas náuticas de Aberdeen y 18 millas de Lerwick. Ello suponía no menos de 12 horas de navegación a buena velocidad. Si todo salía bien, tendría tiempo suficiente para llegar al punto de encuentro, el lunes, en el momento del rescate. Lo que quedaba fuera de lugar era llevar artillería. Con las reglamentaciones de seguridad de los aeropuertos, se detectaría fácilmente, y toda la operación se iría al garete.

Gracias a sus contactos, Simón consiguió el preciado billete de avión, hizo su maleta en un santiamén, y se fue volando al aeropuerto. Con la lengua fuera, pasó todos los controles y subió al avión in extremis, cuando ya se había dado el último aviso para el embarque. Una vez dentro de la aeronave, trató de dormir algo, pero el peso de la responsabilidad, tan abrumadora, se lo impedía. "Si papá y mamá supieran lo que voy a hacer, no se lo creerían", pensó unos segundos sonriéndose, aunque luego sintió un escalofrío que le recorrió toda la espalda y le dejó helado.

—¡Qué pálido está usted! —exclamó la azafata de vuelo, una bella *walkiria* teutona que, después de repartir unos refrigerios antes de la cena, se encontraba parada a escasos metros del asiento que ocupaba Simón, a quien se acercó mientras le dedicaba una sonrisa espontánea.

—No es nada, es que a mí estas cosas me divierten mucho.

—¿Cómo?, no le entiendo. No sé qué hay de divertido.

—Debe de ser el mal de altura. Siempre que subo a un avión me pasa lo mismo. Luego, con tanto secuestrador y terrorista, uno se preocupa.

—¡Ah! ¿Es eso? No tiene nada de qué preocuparse —le tranquilizó la azafata—, todo está bajo control. Los protocolos de seguridad son muy exigentes y desde hace muchos años no ha pasado nada. Relájese y disfrute del viaje.

—¡Gracias! ¿Cómo se llama usted?

—Helga. ¿Y usted?

—Simón.

—Bienvenido a bordo, Simón. Espero verle otra vez con nosotros.

—Sí, pero en otras circunstancias.

—¡Qué barbaridad!, ¡ni que fuese usted a la guerra!

—Algo parecido, Helga... algo parecido. —Y Simón no pudo evitar echarse a reír, derramando el té que había pedido sobre su compañero de al lado.

—¡Perdón!,¡perdón!, ¡de verdad!, ¡es que no sé lo que me pasa!

—¡No se preocupe, hombre! Si quiere, le dejo una Biblia —reaccionó *el mojado,* mientras se limpiaba con un pañuelo—. Por mi profesión, pues soy pastor protestante, intuyo que usted tiene algún problema grave. ¡Tómela!, ¡haga el favor! No quema y le tranquilizará.

—Bueno... es que yo..., pero gracias, sí, por favor, démela, sobre todo el antiguo testamento...

**

La misma tarde del sábado, pasadas las seis, Salomón se dirigió al pub inglés del Aurora. David ya se encontraba allí. Conforme a lo convenido, entró en una de las cabinas del servicio, depositó encima de la cisterna del váter el sobre que contenía la copia escrita del plan de rescate, explicando también la decisión que había tomado unilateralmente, y abandonó los lavabos con toda naturalidad. David entró de inmediato en los lavabos y lo recogió. Ahora, el siguiente paso era localizar a Andrés para ponerle al corriente del plan y que no se sorprendiera en el momento de la liberación. Informados los agentes, el coronel fue a buscar a Eila y le comunicó su decisión fuera del camarote, en una de las ruidosas discotecas del buque:

—No he conseguido ponerme en contacto con Tel Aviv. No me responden. Les he mandado el detalle de toda la operación hace ya más de ocho horas. En vista de las circunstancias he tomado la decisión de poner el operativo en marcha, bajo mi entera responsabilidad.

—¡Bravo, Salomón! Yo habría hecho lo mismo. Estamos en una situación límite. Hemos localizado al secuestrado, conocemos el plan de traslado de los secuestradores, y sobre todo, estamos decididos a hacer lo que haya que hacer.

—Te agradezco que me apoyes, Eila. No es la primera vez que esto ocurre, aunque siempre sorprende. Ahora, a ti y a mí, sólo nos queda desear suerte a David Kurnilov y Adnán

Álvares, rezar, y cruzar los dedos esperando que todo salga bien. De todos modos, le he dicho a David que me confirme mañana domingo, a las diez de la noche, que han localizado a *Jasón* y que le han puesto al tanto de todo. A partir de ahí, silencio total.

—¿Coronel, me puede explicar cómo se va a desarrollar el operativo?

—Eso prefiero hacerlo después de la cena, mientras paseamos por la cubierta. Nosotros, prácticamente, ya hemos cumplido; ahora les toca el turno a David, a Adnán y a Simón.

—¿A nuestro Simón Blum? —preguntó la agente sorprendida.

—Sí, Eila, a Simón Blum. Sin el apoyo operativo de Tel Aviv, nuestro *bebé* se acaba de convertir en una de las llaves maestras de la operación. Él va a ser el encargado de recoger a nuestros dos agentes y a Andrés, después de su liberación. Si fracasa en su misión, fracasamos todos. ¡Así de claro!

**

Domingo 28 de agosto, décimo cuarto día del secuestro

A las tres de la mañana David y Adnán salieron de sus camarotes en búsqueda del prisionero. Sigilosamente, se dirigieron hacia una de las escaleras que conducía a los almacenes de la primera planta sobre la línea de flotación. Al llegar a la bodega, la suerte estaba de su parte. Los secuestradores estaban tan seguros del lugar donde tenían encerrado a Andrés, que no habían dispuesto ninguna vigilancia. En el caso de toparse con el enemigo, los agentes tenían orden de eliminarlo, liberar a Andrés, y esconderlo en alguno de los cuatro camarotes ocupados por los miembros de Alfa hasta que pudieran desembarcarlo o, en el mejor de los casos, trasladarlo al barco en el que debía venir Simón. Pero este plan B, como ya les había trasladado Salomón, era el peor de los escenarios posibles y no querían ni imaginárselo.

La bodega de la primera planta sobre el nivel del mar era un lugar húmedo y caluroso, con una iluminación muy escasa debido a las restricciones derivadas de la crisis económica y a la ausencia de actividad nocturna en esa parte de la nave. En la zona de almacenes sólo permanecían encendidas, a intervalos regulares, las pequeñas luces amarillas que indicaban el itinerario a seguir hacia las salidas de emergencia. Siguiendo el protocolo de intervención, David y Adnán se pusieron sendas gafas de cristales infrarrojos que les permitían moverse con soltura en la oscuridad. Mientras éste permanecía vigilando, David empezó a caminar muy despacio, entre los enormes contenedores que abarrotaban la estancia a uno y otro lado, separados entre sí por un angosto pasillo que, con más de doscientos metros de largo, cruzaba toda la planta en sentido longitudinal. Cuando ya había recorrido un buen trecho, el agente notó que algo se movía frente a él. Rápidamente, extrajo del cinto su pistola Jericó con silenciador y se aprestó a lo peor. Con su linterna de bolsillo, enfocó en dirección al ruido pensando que, si había alguien, le cegaría. Entonces se llevó una sorpresa hasta cierto punto agradable, y se sonrió. Por el suelo corrían varias ratas gordas, asustadas por la luz. "¡Qué asco!", se dijo suspirando, "pero ¡qué maravilla! Prefiero esta compañía a la de los secuestradores. ¡Cómo os quiero, ratitas! No me extraña que por la noche no manden a nadie aquí abajo". —Y siguió avanzando con la linterna apagada.

Tras varios minutos, que se le hicieron eternos, llegó a la zona de los camarotes, tal y como le había indicado Salomón en las instrucciones. Entonces, el detector de calor, que llevaba abotonado a su cazadora, empezó a parpadear hasta que la luz quedó fija. "Si esto funciona —pensó sin poder evitar ponerse nervioso—, el objetivo debe de encontrarse a unos metros."

Palpando todo lo que había a su alrededor, se topó con algo parecido a una puerta metálica. Recorrió su superficie y dio con una manilla. Trató de abrir pero, como era de esperar, la puerta estaba herméticamente cerrada y asegurada con tres cerraduras. "Va a ser difícil que me escuche Andrés, la hoja debe de ser muy gruesa y no puedo estar toda la noche desmontando cerraduras".

Pero entonces, al agacharse para inspeccionar la parte inferior, se sonrió. Casi a ras del suelo y disimulada detrás de un embellecedor, que rápidamente removió, había una especie de trampilla, accionable desde el exterior mediante un pasador. A través de la abertura se podía introducir apenas un plato de comida, pero eso era suficiente para ser oído desde dentro. Eufórico, se tiró al suelo.

—¿Hay alguien ahí? —preguntó en voz baja pero audible, al tiempo que corría el pestillo que mantenía el hueco cerrado.

—¿Quién es usted? —le contestó una voz sobresaltada desde el interior del camarote.

En ese momento, David recordó que la forma pactada con Andrés para comunicarse era el uso de una contraseña. Utilizándola, los dos se sentirían seguros.

—¡La contraseña!, ¡dame la contraseña!, Perseo, digo Andrómeda, digo... Jasón. —exclamó el agente por fin, con la voz apagada.

—Pero, ¡qué Perseo!, ¡ni qué Jasón!, ¡ni qué contraseña!, ¿de qué está usted hablando? —Tras unos segundos de silencio, Andrés reaccionó—: ¡Ah!, sí... es verdad, soy Jasón, ¡manda cojones!, espere un poco, vamos a ver... el rey soy yo... o Yolco es el rey... el rey Pelías que estaba en Yolco... en la Cólquida, ¡en su puta madre!, ¡váyase a la mierda!".

—¡No sigas, Andrés!, me has convencido.

—¡Tú a mí, no!, ¡no me fío! Ahora tienes que decir tu parte de la contraseña. —Entonces, también se le olvidó a David.

—¡Joder, Andrés, no seas pendejo, no la recuerdo, soy David! ¿No te acuerdas de mí, en Estrasburgo, al lado de la iglesia y luego en el hotel de la Petite France?

—¡Ni David, ni leches!

"Seguramente estará muy afectado y hecho polvo por el secuestro", pensó el agente que no daba crédito a lo cómico y al mismo tiempo trágico de la situación, pues, en cualquier momento, podía venir *alguien* y dar al traste con toda la operación.

—¡Tranquilízate, Andrés!, ¡espera un momento!

Haciendo de tripas corazón, el agente se incorporó y tomó la cartera que llevaba en el bolsillo interior de la cazadora. Extrajo un papel donde, contraviniendo las órdenes estrictas de Salomón, llevaba escrita la contraseña por si se le olvidaba. Entonces, con la ayuda de su linterna, la leyó emocionado: Jasón y los argonautas fueron a la Cólquida a por el vellocino de oro.

—¡Hurra!, ¡bien!, ¡sácame de aquí, David! —exclamó Andrés, añadiendo un: ¡Estoy hasta los huevos!—que le salió del alma.

—¡Tranquilo!, no he venido a rescatarte ahora.

—¡Joder, no seas cabrón!, ¡ya no aguanto más! ¿A qué narices has venido entonces?

—¡Escúchame ahora! y ¡cállate, coño! —Las palabras conminatorias de David hicieron su efecto y el secuestrado, inteligentemente, enmudeció y escuchó...

**

En Aberdeen

Después del viaje frenético de la víspera, volando desde Alemania hasta Escocia, Simón consiguió alojarse en un hotel cercano al puerto de Aberdeen. Ahora debía cumplir sin pestañear con las órdenes recibidas desde el Aurora. A las diez de la mañana del domingo 28 de agosto, el agente se puso manos a la obra. Durante más de una hora, estuvo llamando sin parar a distintas agencias de fletes que había buscado previamente por Internet. Sin embargo, parecía como si el ejército inglés estuviese rodeado en el puerto de Dunkerque y todas las embarcaciones del Reino Unido hubiesen salido hacia allí para evacuarles. Los teléfonos no contestaban y entonces cayó en la cuenta: "Pero si es domingo, imbécil, ¿qué pretendes, que estén ahí, esperando tu llamada?".

Muy nervioso, pues el tiempo inexorable corría en su contra, abandonó el hotel y se fue directamente al puerto para actuar sobre el terreno. "No tengo más remedio que encontrar a un lobo de mar, aunque las circunstancias no jueguen a mi favor", se dijo, mientras se acordaba de la ley de Murphy, por la que toda situación es susceptible de empeorarse.

Nada más llegar a los diques y armado de determinación, empezó a preguntar a todo bicho viviente si conocía a alguien que tuviera un yate o algún pequeño barco de pesca, capaz de navegar en altamar, y quisiera arrendárselo. Pero los minutos pasaban y nada de nada. Los interpelados le respondían con evasivas y parecía que la gente estaba amuermada o presa de la desconfianza. Finalmente, ya al borde del colapso nervioso, entró en un típico pub del puerto, donde la cerveza, el whisky, y los marineros, alternaban en amigable componenda. Se fue directamente a la barra y platicó con el que parecía ser el dueño de la taberna. Luego, totalmente desinhibido, se dirigió en voz alta a las personas que, sentadas o de pie, disfrutaban plácidamente de sus pláticas y de sus refrigerios dominicales.

—¡Por favor, Señores, disculpen que les moleste! –exclamó en su mejor inglés—. ¿Me pueden prestar atención? ¡Se trata de una emergencia! Necesito un barco para alcanzar el puerto de Lerwick, en las Shetland, mañana, antes de las cuatro de la madrugada. Es fundamental que me reúna con un grupo de amigos holandeses. Si no lo hago, perderé una apuesta muy importante. Si están interesados, les puedo dar más detalles. Estoy dispuesto a pagar muy bien el viaje, pero tengo que salir de aquí en unas horas, si no, no llegaré a tiempo. ¿Qué me dicen?...

Después de un leve murmullo y de miradas sorprendidas, molestas, o sencillamente indiferentes, nadie se brindó a prestarle ayuda. Como un profeta predicando en el desierto, su ofrecimiento cayó en saco roto. "Hay que echarle narices –reflexionó–, cuando no necesitamos a nadie todo el mundo se ofrece, pero si necesitamos a alguien, entonces no hay nadie". Agotado por los esfuerzos y tensiones de las últimas horas, empapado de sudor, y con los cristales de sus gafas empañados; Simón se sentó, o más bien se derrumbó sobre una de las pocas sillas que quedaban vacías; pidió a quien le había atendido antes en la barra que le sirviera algo de comer; y, cosa inusitada en él, un whisky bien cargado. Luego se quedó absorto, como en trance, mirando hacia el techo del pub.

El futuro se tornaba muy sombrío para la operación de rescate y el joven agente representaba la viva imagen del reo que iban a ejecutar y que, después de recibir la visita del cura o del rabino, sólo esperaba ya el milagro del indulto.

***

Simón Blum

Simón Blum pertenecía a una familia judía de origen alemán. Antes de la Segunda Guerra Mundial, los Blum vivían en Alemania, en la ciudad de Hannover, la capital de la Baja Sajonia. Cuando los nazis llegaron al poder, el 30 de enero de 1933, Karl Blum, su abuelo, no había hecho planes para abandonar el país con su esposa y sus hijos. A diferencia de otros de sus correligionarios, no pensaba que la inquina antisemita iba a llegar tan lejos en el país germano, con una población de más de 500.000 alemanes hebreos. No tenía muy claro que la mejor decisión fuese huir del peligro, hacia algún lugar donde los judíos no fueren perseguidos y les dejasen vivir en paz. Karl se consideraba además un buen patriota. Había luchado en la Gran Guerra, al servicio del Káiser Guillermo Segundo, y había prosperado en su trabajo de periodista, pero las circunstancias habían cambiado mucho desde el final del conflicto bélico.

La situación de los judíos alemanes empeoró sensiblemente a partir de la promulgación de las Leyes Racistas de Núremberg, de 15 de septiembre de 1935. Su objetivo, como se establecía en el título grandilocuente de la disposición, *Gesetz zum Schutz des deutschen Blutes und der deutschen Ehre*, era la protección de la sangre y del honor alemanes, desde la perspectiva sectaria, excluyente y racista del nacionalsocialismo.

La *Arisierung* o proceso de arianización por el que los bienes y negocios de los judíos debían pasar a los alemanes de origen ario, un expolio legalizado por el Estado nacionalsocialista, se puso en marcha con decisión, acompañada de una cuidadosa puesta en escena de la persecución antisemita, que tanto gustaba a los jerarcas nazis. La película de propaganda anti hebrea de 1937, titulada Der Ewige Jude, el Judío Eterno, y la Kristal Nacht o Noche de los Cristales rotos, del 9 al 10 de noviembre de 1938, son dos buenos ejemplos de ello, dejando, bien a las claras, lo que le esperaba al pueblo judío en Alemania. Hermann Goering —alto jerarca nazi muy próximo a Hitler, que le consideraba su mejor amigo—, después de imponer una multa de mil millones de marcos a la comunidad judía *por sus crímenes abominables en la Kristall Nacht*, llegaría a decir en el colmo del mayor cinismo que: "...debo reconocer que no me gustaría ser judío en Alemania." Lo cierto es que el adoctrinamiento de las masas y sobre todo de los jóvenes en el antisemitismo había sido todo un éxito, y la envidia, el odio, o la indiferencia hacia los hebreos se había adueñado de una parte importante de la población alemana.

La prensa, que Hitler consideraba estar en su mayoría en manos de los judíos, sufrió los embates del nacional-socialismo. En consecuencia, Karl se quedó sin trabajo y prácticamente sin bienes ni ingresos. Sólo la ayuda de algunos amigos de verdad conseguía mantener a duras penas a la familia.

Pero luego empezó lo peor, las deportaciones en masa a los campos de trabajo y de exterminio... y el Holocausto. El primer campo de la muerte que se puso en funcionamiento fue el de Chelmno, meses antes de la Conferencia de Wannsee de 20 de enero de 1942. En esta reunión, titulada eufemísticamente *Die Endlösung der Judenfrage* —La Solución Final para la Cuestión Judía—, las autoridades participantes, bajo el mando de Reinhardt Heidrich, el todopoderoso jefe de la Gestapo —Policía Secreta del Estado— y del SD, el *Sichercheit Dienst* —Servicio Secreto—, sentaron las bases de un exterminio sistemático, que ya había empezado más de dos años antes con la invasión de Polonia el 1 de septiembre de 1939 y continuado en la Unión Soviética al ser invadida el 22 de junio de 1941, día del inicio de la Operación Barbarroja.

Con fundamento en dicha conferencia, la acción brutal y sistemática de los *Einsatzgruppen*, los grupos de intervención de las SS, que campaban a sus anchas en el Frente del Este cometiendo todo tipo de crímenes en masa

216

contra la población judía, se quería acelerar e intensificar más si cabe y a escala industrial, con la decidida puesta en marcha de más campos de la muerte. Estos eran verdaderas factorías diabólicas en las que la materia prima, los insumos, eran personas de carne y hueso; el proceso industrial, la exterminación masiva con diversas técnicas muy crueles; y el producto físico: el jabón, la grasa, el pelo, el oro, la plata, el dinero, y otros objetos personales de las víctimas que se transportaban a Alemania para ser utilizados, reciclados, y vendidos. Esas víctimas no sólo eran judíos sino también otras personas asesinadas por su raza, sus creencias, sus inclinaciones sexuales o sus condiciones físicas, como gitanos, católicos, testigos de Jehová, homosexuales, prisioneros eslavos, oponentes políticos, ancianos, enfermos, etc.

En esta orgía de muerte y de desprecio criminal al ser humano, Karl, sus hermanos, su mujer y sus dos hijos, fueron *conducidos* en 1943 al campo de trabajo, exterminio y experimentación médica de Auschwitz-Birkenau, donde todos, menos el propio Karl, fueron asesinados por gas, murieron de hambre, o a causa de las enfermedades. Después de la guerra, el superviviente emigró a Israel donde se casó y formó una nueva familia con dos hijos que nacieron en ese país, entre ellos el futuro padre del agente del grupo Alfa.

Simón Blum pertenecía a una nueva generación de ciudadanos de Israel, libres e iguales ante la ley, que habían crecido en un Estado liberal y democrático. Físicamente, era más bien bajo de estatura y de contextura fuerte. A pesar de su juventud, pues sólo tenía 21 años, unas orejas de soplillo y unos cristales graduados, que encerraban unos ojos claros, habían contribuido a crear un cierto aislamiento frente al resto del mundo. Pero como no hay mal que por bien no venga, estas circunstancias le habían sido propicias para desarrollar otras facultades. Simón tenía una portentosa resistencia a las marchas, como había demostrado en los *Boy scouts*, y era un adversario temible en la lucha cuerpo a cuerpo, habiendo practicado asiduamente las artes marciales. Por lo demás, este agente era un gran lector y un excelente informático, capaz de pasarse horas delante del ordenador diseñando programas, páginas web, o simplemente navegando para saciar su inagotable curiosidad.

En el plano psicológico, su espíritu contemplativo le inducía a preferir que otros asumieran la responsabilidad de tomar iniciativas y meterse en follones. Él era partidario de esperar y ver, antes de involucrarse, y una de sus frases preferidas era: "Huir del peligro es mayor seguridad que la que ningún amigo te pueda dar".

Su entrada en el servicio secreto había sido fulgurante, pues nada más finalizar su servicio militar obligatorio, se ofreció voluntario y fue reclutado por el Mossad, que valoró su excelente expediente académico y su destreza informática. Simón vio en ello una gran oportunidad. Pensaba que en su nueva colocación estaría tranquilo, pues su entrenamiento para las labores burocráticas: para *cuidar la casa, el jardín, y las plantas,* como a él le gustaba decir, no le habilitaba a entrar en acción sobre el terreno, como se le exigía ahora en la operación de rescate de Andrés Olmeda.

En este sentido, la llegada de Salomón Liebermann, el nuevo jefe del grupo Alfa, no le hizo ninguna gracia. Ahora, su compromiso con la patria le estaba llevando demasiado lejos. Sin embargo, haciendo de tripas corazón, el agente, que se encontraba tan ricamente en su hotel de Hamburgo mientras se desarrollaba la operación de rescate, tuvo que ponerse *el mono* —como se dice vulgarmente— y hacer todo lo posible por cumplir con la misión que le había encargado el coronel, cuando le despertó con un correo electrónico de su placentero letargo estival.

**

En Aberdeen, el domingo 28 de agosto

Después de su discurso fallido en el pub de Las Cuatro Anclas, a Simón ya no le quedaban ganas de hacer nada. ¿Qué le diría al laureado coronel Salomón Lieberman si no conseguía cumplir con la misión?, ¿cuál sería su destino, después de hacer fracasar la operación de rescate? "Aunque todavía no he quemado todos mis cartuchos —pensaba nervioso—. Puedo tratar de fletar una avioneta y, una vez en las Shetland, buscar un barco que me lleve al punto de reunión". Pero la idea no le seducía mucho. Además, no podía tomar la decisión él sólo, sin consultar al coronel. "¡Vaya mierda!", continuó pensando mientras deambulaba por los alrededores del pub y, rabioso, pegaba una patada a una lata de cerveza que no tenía culpa de nada.—Los humanos somos a veces así de irracionales y para aliviarnos descargamos sobre algún objeto, o sobre otras personas, todas nuestras frustraciones—.

Llevaba unos minutos caminando como alma en pena, cuando un hombre joven de unos 30 años, pelirrojo, lleno de pecas, y con una cara agradable y regordeta, se le acercó poniéndose a su altura.

—Debe de estar usted muy desesperado para hacer lo que ha hecho —le abordó sin ser invitado a hablar—. He escuchado su discurso en Las Cuatro Anclas.

—¿Con quién tengo el gusto?

—James, James Mac Calloway, y usted, ¿cómo se llama?

—Simón Blum.

—¿Señor Blum, sigue queriendo ir en barco a las Shetland?

—Es lo que más deseo en este momento.

—No le prometo nada, pero si quiere podemos ir a ver a mi tío.

—¿Su tío?

—Sí, mi tío, es un Mac Calloway, y aquí en Escocia los de los Highlands (las tierras altas) todavía damos mucha importancia a los vínculos de sangre. En eso, y en muchas otras cosas —añadió sonriendo—, nos diferenciamos de los ingleses, esos bárbaros del sur que nos han colonizado.

—¡Joder!, ¿ustedes también están con los nacionalismos?

—¿De dónde es usted?

—De Israel, aunque llevo bastante tiempo viviendo en Holanda y en Alemania.

—¡Ya!, por eso habla un inglés tan raro.

—Bueno, ¿qué le pasa a su tío?

—Es un viejo lobo de mar. Antes navegaba mucho. Ahora, los años le pesan, pero es un aventurero, así que si le convence...

—El dinero convence siempre.

—No siempre con mi tío. Duncan Mac Calloway tiene mucho carácter y usted ha de caerle bien. Le aconsejo que, cuando lleguemos, no le plantee la cuestión directamente. Eso significa un fracaso casi seguro.

—¿Qué me sugiere?

—Cuéntele una historia que le seduzca. Entonces, ya veremos... no le prometo nada, pero...

—No perdemos nada por intentarlo —le cortó Simón bruscamente..

Veinte minutos más tarde, llegaron a una de las típicas *semidetached houses* —casas pareadas o adosadas— de la clase media de Aberdeen, que denotaban un cierto nivel, aunque más propio del *quiero y no puedo* que de una posición económica desahogada. El señor Mac Calloway se encontraba trabajando en el jardín de su patio trasero, cuando su sobrino James irrumpió en la casa con su llave, pues su tío, viudo y sin descendencia, le consideraba casi como un hijo y le tenía gran confianza.

—Hola, tío, te traigo una visita.

—¿A estas horas?, si todavía no he preparado el whisky.

—No te preocupes, es una visita de negocios, desde Alemania.

220

—¿De negocios, a estas alturas de agosto? —preguntó mientras permanecía de espaldas, sin volverse siquiera para saludar al recién llegado—. ¿Y qué podemos ofrecerle? —"No le diga nada todavía del viaje a Lerwick —susurró James al oído de Simón—, pero háblele ya de cualquier cosa, tiene que conseguir que se interese".

Pero el joven agente no se sentía nada cómodo. "Qué tío más maleducado", pensó, aunque haciendo de tripas corazón, siguió el consejo de James:

—Señor Mac Calloway, ¿navega usted?

—¿Que si navego?, ¡vaya que si navego!, ha sido mi vida... hasta hace poco. Me han jubilado..., yo no quería, pero es así.

—Pues usted tiene pinta de ser patrón de barco, con esa barba y esa pipa en la boca. Sólo le falta ponerse el *Kilt* (la falda tradicional escocesa que visten los hombres), y entonces ya podré decir que he conocido a un lobo de mar escocés.

—Sí, y luego preguntarme, como hacen los turistas, si llevo algo debajo. ¡Vaya con tu visita, James!, no sé si este mozalbete me está tomando el pelo o si dice realmente lo que siente. Pero, ¡pasemos dentro!, unos whiskys no nos vendrán nada mal. ¿A usted le gusta el whisky, no? —le preguntó a Simón poniendo una cara tan seria que no admitía contradicciones.

—Sí, por supuesto. Yo vivo en Alemania y a veces también en Holanda. Allí tomamos el *Schnapps*, un agua de vida parecida al Vodka.

Una vez dentro, la conversación entre los dos se reavivó y Andrés le contó el ofrecimiento que acababa de hacer en el pub de las Cuatro Anclas

—Y usted dice que está tratando de ganar una apuesta.

—En realidad, no se trata de una apuesta... Es algo mucho más serio. Se trata de mi amigo Andrés.

—¿Su amigo Andrés?

—Sí, su vida está en juego y no es broma.

—Cuénteme, cuénteme, ¡qué interesante! ¿Has oído James?, ¡pero si ni siquiera sé su nombre!

—Me llamó, Simón, Simón Blum, para servirle. —Entonces se dieron un fuerte apretón de manos. —"¡Vaya!, pensó Simón, parece que las expectativas no son tan sombrías".

—Pero continúe, continúe usted contándome —insistió Duncan mientras sacaba tres hermosos vasos de Whisky de una alacena del salón.

—Le decía que mi amigo se encuentra en serias dificultades, a bordo del crucero Aurora que mañana, de madrugada, fondeará a 14 millas del puerto de Lerwick, en alta mar.

—¿A qué dificultades se refiere?, ¿es que lo tienen secuestrado?

—¡Qué barbaridad, señor Duncan!, parece que me lee usted el pensamiento. Se trata de algo parecido. El hecho es que tengo que rescatarle y que mañana, a las cuatro de la madrugada, debo alcanzar el punto de encuentro.

—La verdad, Simón, es que usted me sorprende. No sé si creerle o tomarle por un loco. Ahora, beba, beba este whisky que voy a ofrecerle. Es un elixir maravilloso que aclara las ideas.

—¿Usted cree? —preguntó Simón que por un momento pensó estar haciendo el imbécil y perdiendo el tiempo.

—Con toda seguridad —afirmó mientras se deleitaba observando su vaso lleno al trasluz—. Lo que no sabía Duncan es que el pobre Simón no era ni un bebedor asiduo, ni un experto en bebidas alcohólicas, y que los efectos de los vapores etílicos pronto se manifestarían en él.

Durante dos horas, la plática se alejó del objetivo fundamental, el rescate de Andrés, y derivó hacia la historia de las destilerías de Whisky en Escocia. En este tema, Duncan Mac Calloway, todo un personaje en el barrio, no sólo estaba muy versado sino que, además, había escrito y publicado un libro valorado y reconocido en Aberdeen por las autoridades locales, que siempre contaban con su participación en las celebraciones más típicamente escocesas. Al tercer whisky, los Mac

Calloway estaban nuevos, pero Simón empezaba a sentirse mareado.

—Ahora —continuó el tío de James—, hablemos de negocios. Usted quiere que yo le lleve en mi barco a las Shetland, ¿no es así?

—Sí, por favor, lo deseo con todo mi corazón. —Aunque, en realidad, lo que más deseaba Simón en esos momentos era una cama, pues el cuarto le empezaba a dar vueltas, pero continuaba sacrificándose por el servicio.

—¿Y sabe cuánto le puede costar?

—La verdad es que no.

—Pues no menos de 5000 euros. Son muchas horas de navegación, como mínimo, 26 entre la ida y la vuelta. Mi cascarón es veloz y fiable. Pero, ¿va a haber acción?

—¿A qué se refiere?

—Si nos van a perseguir o algo parecido, cuando recojamos a su Andrés.

—¿Tiene miedo, Duncan?

—¡Yo miedo!, ¿cómo se atreve?, ¡haga el favor de salir de aquí inmediatamente!, ¿sabe dónde serví en el ejército?, ¡en los Black Watch! —exclamó casi gritando, mientras se incorporaba y volvía la cabeza levantando su vaso hacia una bandera raída que estaba colgada en la pared.

En ese momento, James le dio una patada a Simón por debajo de la mesa, al tiempo que le decía en voz baja, sin que su tío se enterase:"Has metido la pata, háblale de las Malvinas, ¡rápido!".

—¿Estuvo usted en la guerra de las Malvinas? —la pregunta resultó todo un bálsamo para el atribulado Duncan, cuyas emociones cambiaron radicalmente, bajando la cabeza y poniendo un semblante muy triste.

—Sí, allí murió uno de mis mejores amigos, también del tercer batallón del Regimiento Real de Escocia. Los argentinos lucharon duro y valiente, a pesar de algunos de sus mandos.

—Seguro que a usted le condecoraron.

—Sí, me impusieron la Military Cross —la cruz militar— y tuve el honor de servir a las órdenes del teniente Coronel H. Jones.

Cuando por fin Duncan recuperó la calma, después de servirse otro vaso de la malta milagrosa, Simón volvió a la carga.

—¡Entre usted en acción conmigo! Esto será como en las Malvinas, pero mucho más fácil. Se trata sólo de un rescate en el mar, de una labor humanitaria, nada más.

—Tómese otro whisky y déjeme reflexionar —respondió el highlander (habitante de las tierras altas de Escocia) a quien también empezaba a trabársele la lengua. —Mientras tomaba en su mano el vaso de Simón, aprestándose a llenarlo de nuevo, éste pensó—: "Cómo Duncan siga bebiendo así, me va a llevar al archipiélago de las Azores en vez de a las Shetland, aunque lo más probable es que antes me dé un coma etílico".

Por su parte, el pelirrojo, pecoso y regordete, James Mac Calloway, asistía divertido a toda la escena, sin saber realmente lo que pasaría aunque, en el fondo, él esperaba que cayese en su poder un buen puñado de euros. Finalmente, viendo que el negocio se le podía escapar ahogado en alcohol, y conmiserado por el estado somnoliento de Simón, que ya casi no podía levantar la cabeza, consideró que la cuestión estaba lo suficientemente madura para tomar cartas en el asunto.

—Tío, tenemos que ayudar a Simón, ¿no te parece?, ¿habéis fijado ya un precio? Creo que...

—¡Yo, hasta 6000 euros puedo pagar! —le interrumpió Simón, haciendo un esfuerzo supremo ante la mirada airada de James.

—¡¡¡No!!! —gritó Duncan poniéndose muy serio—, ¡bajo ningún concepto! —James y el agente quedaron mirándose con cara de sorpresa, sin saber cómo reaccionar.

—¡Pero, tío!...

—¡Ni pero, ni peras... no!

Un silencio mortal se hizo en el comedor de la casa. Simón, que se había negado a ingerir el último vaso de

Whisky, porque no podía más, miró al techo abriendo mucho los ojos, meneando la cabeza, y resoplando con un aliento que una cerilla hubiera convertido en un peligroso lanzallamas.

—¡No!, ¡¡¡Jamás!!! —repitió el ex sargento mayor Duncan Mac Galloway, poniéndose de pie y señalando con el dedo índice de su mano derecha hacia la bandera de su regimiento—. Un Mac Calloway sólo tiene una palabra. ¡Le dije 5.000 euros y serán 5.000 euros! —exclamó al tiempo que descargaba un puñetazo sobre la mesa y su sobrino James tenía que sujetarle por la espalda, para que no perdiese el equilibrio a resultas del golpe y del efecto de la bebida espiritosa.

—¡Joder! —exclamó Simón, con un taco que le salió del alma.

—¡Dios mío!, ¡por fin! —suspiró por su parte el sobrino y añadió—: Pues entonces, pongámonos manos a la obra.

—Sí, tenemos que llegar a tiempo —asintió Duncan que parecía haber recuperado la cordura—. El barco está fondeado en el puerto deportivo. Tiene 20 metros de eslora y puede alcanzar una media de 16 nudos. ¿A dónde tenemos que dirigirnos exactamente?

—El punto de encuentro está a unas 240 millas náuticas y éstas son las coordenadas —le respondió Simón, enseñándole el trozo de papel donde las había apuntado y que guardaba como oro en paño en uno de sus bolsillos.

—Va a ser difícil, pero podemos conseguirlo. De todos modos, tiene usted suerte, pues la semana pasada llené el depósito de combustible. No le garantizo que lleguemos justo a las cuatro de la madrugada, pero vamos a intentarlo.

Entonces, como una exhalación, los dos escoceses tomaron unas prendas de abrigo, unos impermeables marineros, algo de tabaco y... unas cuantas botellas de whisky.

—Esto será para el frío —afirmó Duncan muy convencido, encogiéndose de hombros y poniendo cara de niño inocente, mientras se cubría la cabeza con una balmoral la típica boina escocesa con borla roja.

Rápidamente, los tres abandonaron la casa, y subiéndose a una especie de viejo *jeep,* que el escocés conservaba en su garaje como una reliquia, salieron en dirección al puerto deportivo.

El Intrepid, mitad yate, mitad pesquero, parecía un cascarón sólido y bien cuidado. "Por fin la suerte me sonríe —pensó Simón—. Tengo la impresión de que mis dos nuevos compañeros no van a dejarme en la estacada, siempre que el whisky lo permita, claro..."

Antes de salir del puerto, hacia las dos de la tarde, el agotado pero satisfecho agente tuvo aún fuerzas para mandar a Salomón un mensaje en clave a través de su celular. Le avisó de la partida hacia las islas Shetland y de que trataría por todos los medios de alcanzar el punto de encuentro a la hora convenida. Luego, se derrumbó sobre la litera de uno de los camarotes, y todo empezó a darle vueltas mientras se quedaba dormido, arrullado por el run run del motor del Intrepid, que en esos momentos le sonaba a música celestial.

**

En el Aurora, el domingo 28 de agosto

En tanto que Simón Blum lo pasaba francamente mal en Aberdeen, con sus frustrantes gestiones mañaneras para fletar un barco, Salomón y Eila, a bordo del Aurora, se aprestaban a visitar Scalloway, la antigua capital de las Islas Shetland, donde el crucero estaba anclado en su primer día de escala en las islas. A pesar de la tensión inevitable, los dos agentes trataban de no preocuparse demasiado. El antídoto iba a consistir en recorrer el bello y tranquilísimo pueblo, visitar su castillo, admirar sus bellas moradas de diversos colores, y practicar senderismo, como les había sugerido el capitán Van Bergen.

Después de la excursión, siendo la una y media de la tarde, entraron en el restaurante del hotel Scalloway, recomendado por su excelente cocina. A los postres, no pudieron evitar tocar el *tema del rescate*, a pesar de que habían prometido no hacerlo.

—Siento como si se hubiesen olvidado de nosotros, Eila. ¿Te puedes creer que todavía siguen sin responderme desde Tel Aviv?, no sé a qué juegan.

En ese mismo momento, su celular se puso a pitar avisándole de un mensaje.

-¿Qué ocurre coronel?

—No levantes la voz ni digas nada. ¡¡¡Ah!!!, ¡¡¡Eh!!!, ¡qué bien!, ¿adivina quién es?

—Simón Blum, supongo.

—Supones bien, ¡uf!, gracias a Dios, el *niño* acaba de fletar un barco en Aberdeen, sale para Lerwick en unos minutos, y mañana tratará de estar en el punto de encuentro, a la hora fijada —anunció Salomón, conteniendo su euforia para no llamar la atención, pues lo que le apetecía era brincar, abrazar a Eila y gritar hurra, con toda su alma.¡Qué maravilla! Menos mal que lo ha conseguido.

—¡Vaya embolado que le has metido! —exclamó la agente, que tan pronto tuteaba como trataba al coronel de usted—. Debemos sentirnos muy orgullosos de él, pues con sólo 21 años, el niño va a tener que afrontar una operación muy complicada. Pero tengo la intuición de que va a estar a la altura de los acontecimientos.

—Lo que sí te aseguro es que va a madurar mucho. Como te irás dando cuenta, Eila, el servicio es muy ingrato. No esperes reconocimiento, no esperes nada. Si llega, bienvenido sea. A veces incluso, te dejan en la estacada o en el más miserable de los olvidos. Así de ingrato es este mundo aciago. Por eso hace falta una gran fortaleza emocional y mucha religión; sin fe y un autocontrol fuera de lo común, no se vale para esto.

—¿Por qué te metiste en el Mossad, Salomón? Tú estabas en la milicia y tenías una prometedora carrera militar.

—No me resignaba a estar en los cuarteles y tener de vez en cuando unas maniobras. No era lo mío. Soy un hombre de acción. Por eso me ofrecí voluntario, y no me arrepiento, pero últimamente ya estaba harto y medio retirado. Entonces, aparecisteis vosotros... apareciste tú.

—¿Sientes que has hecho lo correcto?

—Aunque creo poco en la historia que me has contado, en los... digamos... antecedentes del secuestro, no puedo permanecer impasible cuando se me ofrece la oportunidad de ayudar a un inocente que está secuestrado por una gentuza de asesinos extremistas, que además quieren eliminarnos de la faz de la tierra. Eso ya lo intentó Hitler, con mucho más poder, y no lo consiguió. No vamos a dejar que ahora estos se salgan con la suya. ¡Jamás!

—Tenías que haberte dedicado a la política, Salomón. Es más llevadero, tiene menos riesgo, y encima se gana más dinero.

—Nunca se sabe... A lo mejor sigo tu consejo. Ya conoces la famosa frase de George Elliot: "Nunca es demasiado tarde para ser quienes hubierais querido ser".

**

Al anochecer, después de asistir a varias atracciones preparadas por los animadores del crucero, los dos agentes volvieron al Aurora a bordo de una de las motoras que recogía en tierra a los turistas. Durante el trayecto, Salomón y Eila no cruzaron palabra. Tras el mensaje esperanzador de Simón, el deseo de que todo acabase cuanto antes y de la mejor manera, absorbía sus mentes por completo. Al llegar al camarote, el coronel encendió su portátil y ¡oh sorpresa!, tenía un mensaje en clave de Tel Aviv. La operación había sido aprobada, se le felicitaba por el diseño, y se le deseaba suerte. Eso era todo. "¡Inaudito! –pensó el jefe de Alfa–. Parece que vamos asistir a un desfile de modelos y que estos cabrones me felicitan por el diseño. Seguramente el modelito les habrá gustado. Obviamente los servicios secretos no están atravesando por su mejor momento. Estamos a punto de enfrentarnos a un grupo terrorista y en esto consiste toda la ayuda que recibimos... ¡ningún apoyo logístico!".

Ahora, se confirmaba irrevocablemente que la operación dependía únicamente de la sección operativa de Alfa. Pero en el fondo, a Salomón la situación no le pillaba de sorpresa. Le recordaba las operaciones de las SAS durante la segunda Guerra Mundial, cuando pequeños grupos de soldados eran enviados en misiones casi suicidas detrás de las líneas enemigas, y con pocas esperanzas de volver; o las llevadas a cabo en la misma guerra por la Sección F de Vera Atkins, originariamente Vera May Rosenberg. Esta famosa espía británica seleccionaba a voluntarias que, después de sufrir un adiestramiento muy exigente, eran enviadas a las misiones más arriesgadas tras las líneas enemigas y con una alta mortandad.

"Por lo menos —concluyó recuperando su espíritu positivo—, no han puesto ninguna traba burocrática".

Entretanto, David y Adnán se preparaban concienzudamente en sus compartimientos. Tras revisar las armas, los chalecos salvavidas y la baliza de localización, bajaron al pub inglés del crucero. Allí, siendo medianoche, Salomón les esperaba, embutido en un mullido diván y disfrutando de una cerveza negra Guinness. La solapa izquierda de su chaqueta lucía un vistoso clavel rojo, la señal convenida. Con el visto bueno para entrar en acción, los dos agentes volvieron a sus respectivos camarotes para ocuparse de los últimos detalles.

Después de comprobar que no dejaban nada que pudiera relacionarles con el grupo Alfa y los servicios secretos de Israel; borraron sus huellas dactilares de los objetos que habían tocado; y salieron un momento a cubierta para aventar disimuladamente por la borda sus ordenadores portátiles, su ropa y todo lo demás que no iban a llevar consigo. De esta manera, cuando todo hubiera concluido... para bien o para mal, no quedaría ningún rastro de ellos en el barco. Su documentación, unos pocos objetos personales, el celular y sus armas, unas pistolas Jericó con cargador de 16 balas, los guardaban en una bolsa hermética e impermeable, que cada uno llevaba adosada al traje aislante de neopreno que les cubría todo el cuerpo dejando únicamente una abertura para parte de la cara. Su equipo se completaba con un chaleco salvavidas inflable, que se activaba tirando de una anilla; una brújula estanca, una pequeña bolsa presurizada con una ración de comida deshidratada de emergencia; una cantimplora; un puñal inoxidable de combate; un estuche-botiquín y, lo más importante para la supervivencia, una bombona de oxígeno dotada de válvula y tubo respirador.

Cuando todo estuvo preparado y faltaba menos de una hora para el rescate de Andrés, se pusieron a rezar en silencio: primero Shemá Israel, cubriéndose los ojos, y luego otras oraciones, encomendándose a Dios, pensando en su familia y en sus amigos, y pidiendo perdón por el mal que hubieran podido causar. Pero sobre todo, rogaban por el éxito de la operación, profundamente convencidos de que estaban haciendo lo correcto, pues el objetivo era salvar una vida inocente, ayudar a la patria, y luchar contra los extremismos haciendo un bien a la humanidad.

**

Mar del Norte

Lunes 29 de agosto, decimoquinto día de secuestro

Treinta minutos después de la hora prevista, a las cinco de la mañana, Jan y otro de los secuestradores se dirigieron al camarote del secuestrado que, estando sobre aviso, se hacía el dormido. El hecho de saber lo que iba a pasar o, mejor dicho, lo que estaba previsto según las indicaciones que el agente David Kurnilov había dado a Andrés cuando descubrió donde estaba encerrado en el barco, no le tranquilizaba nada. Por muchos planes que se trazasen, la incertidumbre sobre el resultado del rescate le corroía las entrañas y le producía un sudor frío... Como se dice vulgarmente (y no tan vulgarmente) estaba *cagado de miedo,* pero tenía que aparentar tranquilidad, convencerse plenamente de que estaba tranquilo para no levantar ninguna sospecha de los secuestradores, para que estos no percibiesen el olor característico del miedo, so pena de frustrar toda la operación de rescate. Si detectaban algo extraño en el comportamiento de Andrés, tomarían medidas o, pura y simplemente, darían marcha atrás con lo que ello podría significar en la vida... y para la vida de la víctima.

—Vamos a transferirle a un helicóptero —le espetó Jan—. Si no hace ruido y se comporta, no le pasará nada. En caso contrario, le anestesiamos y le jodemos. ¡Usted verá!, es inútil que espere ayuda de nadie.

Después de estas amenazas y de sujetarle con violencia, le esposaron sus manos por detrás de la espalda, le vendaron los ojos, y le sellaron la boca con un grueso esparadrapo que volvía ininteligibles las palabras que pronunciaba Andrés, quejándose del trato recibido. Luego lo condujeron a uno de los elevadores. Al alcanzar la cubierta, el grupo transitó con rapidez por la amura de estribor dirigiéndose hacia la plataforma circular de la proa del buque, donde un helicóptero se aprestaba ya a despegar con los motores encendidos y las aspas girando, dispuesto a transportar su preciosa carga hacia un destino desconocido.

Mientras tanto, David y Adnán, con sus armas cortas amartilladas, permanecían al acecho, escondidos debajo de unas cuerdas gruesas y cubiertos por sucia y vieja lona agujereada. El aparejo estaba tirado sobre la cubierta del buque, a un lado del angosto corredor que, jalonado por la barandilla exterior del barco, era paso obligado para alcanzar el helipuerto. Cuando la *comitiva* se encontró a unos metros del escondite, los dos agentes se incorporaron como un rayo y encañonaron a los terroristas con sus armas.

—¡Suelten inmediatamente a Andrés y no les pasará nada! —les conminó David.

Pero su orden no fue secundada. En décimas de segundo, Jan sacó un 38 que llevaba al cinto, pero no le dio tiempo a utilizarlo. David, con feroz determinación y la ley de la ventaja a su favor, hizo fuego con su pistola acertándole en la cabeza por lo que el forajido cayó fulminado. Entretanto, el otro, que iba ligeramente rezagado, escapó como una exhalación hacia el helicóptero a pesar de los tiros de Adnán que no dieron en el blanco.

—¡No perdamos tiempo, ayúdame con Andrés, rápido! —le ordenó David.

Aunque no podían quitarle las esposas que aprisionaban sus manos; en escasos segundos le arrancaron el esparadrapo que cubría su boca, le quitaron la venda de los ojos, y le anudaron un chaleco salvavidas. Luego, cogiendo impulso, los tres saltaron a las frías aguas del Atlántico. El impacto fue brutal y el español, que casi no había tenido tiempo de decir *shalom* (el saludo tradicional judío) a sus libertadores, estuvo a punto de perder el sentido.

—¡Alejémonos del barco! —gritó David al emerger—. Entonces, los dos agentes empezaron a nadar con brío, remolcando al liberado que flotaba aturdido y no sabía si se encontraba en este mundo o ya en los brazos de Caronte, rumbo hacia el otro barrio.

En el Aurora, el ruido del helicóptero y los silenciadores de las pistolas utilizadas por los agentes del Mossad hicieron que Manfred y Helmut, el marinero de los poderosos brazos tatuados, no se hubieran percatado de nada de lo que estaba ocurriendo a sólo 60 metros de ellos. Cuando el que secundaba a Jan apareció muy nervioso y jadeando, se quedaron de piedra.

—¡¡¡Jefe, jefe!!! —gritaba aquél fuera de sí, a escasos metros del sobrecargo, ¡se han apoderado de ese perro!, ¡han matado a Jan!, ¡esos hijos de puta son dos hombres rana!

—Pero, ¿qué dices?, ¿estás loco?

Tras pertrecharse a velocidad de vértigo con las armas que guardaban en la aeronave, corrieron hacía el lugar donde yacía su compañero, en medio de un gran charco de sangre.

—¡Helmut!, ¡dispara y mata a esos cerdos!, ¡no dejes que escapen! —clamó Manfred, lleno de rabia, al tiempo que blandía su revólver.

Helmut, que disponía de una pistola ametralladora PM-12 Beretta con silenciador, comenzó a disparar hacia donde le señalaba el otro marinero. Estaba amaneciendo y las figuras de los fugados, debatiéndose en el mar, empezaban a hacerse visibles. A pesar de la energía que desplegaban los dos agentes de Alfa, nadando desesperadamente con sus aletas, las balas empezaron a caer muy cerca, levantando géiseres de espuma a su alrededor. Viendo que sus vidas peligraban por momentos, David le quitó a Andrés su chaleco salvavidas.

—¡Sumergíos!, ¡Alejaos buceando!, voy a entretenerles —exclamó con fuerza, mordiendo un segundo después la boca de su respirador. Inmediatamente, extrajo la pistola que llevaba en su bolsa estanca y abrió fuego a discreción sobre el enemigo.

David era un tirador de primera y había practicado mucho el uso de armas cortas desde vehículos en movimiento.

La reacción, en un primer momento, desconcertó a los secuestradores que, a pesar de su cólera, tuvieron que cubrirse; pero el agente agotó rápidamente las 16 balas que le quedaban en el cargador de su pistola semiautomática Jericó. Entonces, apenas se sumergía, Manfred y Helmut descargaron toda su artillería sobre él. Una de las balas impactó en la válvula de salida de la bombona de oxígeno que el agente portaba consigo, inutilizándola

—¡Ya es nuestro!, ¡alza un poco el tiro, apunta bien y no dispares con ráfagas! —conminó el sobrecargo a Helmut, con sus ojos inyectados en sangre.

Y la orden dio resultado, pues cuando David no tuvo más remedio que salir a la superficie para respirar, dos certeras balas le acertaron de lleno. Pero la maniobra de distracción había cumplido con su objetivo. Adnán y Andrés, sumergiéndose a ratos, y compartiendo el respirador, habían conseguido alejarse del Aurora y ponerse a salvo del fuego enemigo. Pasado el peligro, los dos emergieron y el agente conectó su localizador automático.

—Ahora sólo nos queda esperar. No creo que intenten nada, llamarían demasiado la atención dentro del barco —dijo Adnán con la voz entrecortada y sin dejar de nadar, mientras activaba su chaleco salvavidas y se lo pasaba a Andrés para que éste descansara un poco.

—¿Qué le ha pasado a David? —acertó a preguntar minutos más tarde el recién liberado, cuando ya se había recuperado un poco.

—Él tiene también un chaleco salvavidas, una linterna estanca y otro localizador. Espero que esté sano y salvo, pero ahora tenemos que concentrarnos en ahorrar fuerzas y llamar la atención lo menos posible. Simón ya debería de estar aquí.

**

Durante el cuarto de hora siguiente, que se convirtió en una eternidad, no pararon de moverse, sobre todo Andrés para evitar la hipotermia, en medio de una mar fría que además empezaba a picarse. Cuando las bajas temperaturas comenzaron a entumecer sus miembros, pues continuaba con las manos esposadas, y el esfuerzo que hacía con sus pies, que no paraba de mover le estaba llevando al borde del agotamiento, los dos supervivientes oyeron el ruido lejano de un motor y, a lo lejos, columbraron unas luces.

Se trataba de Simón y sus escoceses que, a duras penas, habían conseguido llegar al punto de encuentro... aunque casi una hora después de lo previsto, pues una avería les había mantenido al pairo durante un buen rato.

—¡Estamos salvados, sólo puede ser Simón!

—¡Gracias a Dios! —consiguió articular Andrés de forma ininteligible, pues, medio congelado, se hallaba casi más en el otro mundo que en éste, como si estuviese percibiendo ya en su mente los ladridos de Cerbero, el fiel perro de Hades, Dios del inframundo.

El localizador de Adnán y sobre todo su linterna estanca, activada de modo intermitente, indicaron a sus salvadores el lugar donde se encontraban. Finalmente, siendo las cinco y media de la madrugada, el yate acostaba a los *náufragos*. Pero sus penurias no habían acabado. La mar gruesa que se había desatado y su cansancio les impedían subir a bordo por la escalerilla móvil del barco. En un postrero esfuerzo, Adnán se agarró como lapa a una red de pesca lanzada desde la nave, mientras sujetaba a Andrés con las pocas fuerzas que le quedaban. Inmediatamente, desde el Intrepid pusieron en marcha la grúa recoge redes, y los supervivientes fueron izados a bordo, como si se tratase de dos voluminosos atunes todavía vivos, aunque extenuados.

Sobre el barco, emocionados y sonriendo de oreja a oreja, Simón y los Mac Calloway les aguardaban con impaciencia. Nomás se desplomaron sobre cubierta, les quitaron la ropa mojada, secaron con toallas y cubrieron con cobijas, ofreciéndoles unas tazas de café caliente con whisky, mucho whisky, que les hizo reaccionar en pocos minutos. A Andrés, que estaba blanco como la cera pareciendo más muerto que vivo, consiguieron cortarle la cadena que unía las 2 esposas que atenazaban sus brazos por detrás de la espalda, y tras un largo masaje con alcohol, desentumecer sus manos heladas, pues él ya no las sentía.

Pero después de felicitar a ambos, la cara de Simón se tornó sombría:

—¿Y David?, ¿dónde está David?, ¿le ha ocurrido algo?

—Se quedó... atrás... disparando contra el enemigo, luego... no le he vuelto a ver —respondió Adnán con la voz entrecortada por la emoción.

Sorprendido, Duncan Mac Calloway, que escuchaba la conversación, tomó conciencia de la verdadera naturaleza de la operación, y sobre todo del peligro que entrañaba.

—¡Cómo me ha engañado usted, bribón! —se quejó a Simón, asiéndole con fuerza por los hombros.

—Si no lo hubiera hecho, usted no me habría ayudado, y muy probablemente mis compañeros habrían desaparecido para siempre —le respondió Simón completamente desinhibido, como un actor que, de vuelta al camerino, se quita la máscara del maquillaje, los abalorios y el traje de la actuación, y ya no oculta su verdadera imagen y personalidad.

—¡Ahí te equivocas! —exclamó Duncan—, yo sé reconocer una buena causa. Mi intuición rara vez me ha fallado, y de todas formas os habría ayudado. Creo que lo que defendéis merece la pena, aunque sólo sea por vuestra determinación para rescatar a un compañero, aun a riesgo de vuestras vidas.

En ese momento, Adnán, que era consciente del arrojo del escocés y de su valiosa ayuda, intervino:

—¡Gracias!, muchas gracias, señor...

—Duncan, Duncan Mac Calloway —se identificó al tiempo que se quitaba su Balmoral de la cabeza y se cuadraba militarmente en señal de respeto—. Éste es mi sobrino James —añadió señalando orgulloso a quien realmente consideraba y trataba como un hijo.

—Señores Mac Calloway, nos han salvado la vida —reconoció Adnán.

—¡Bienvenidos los dos a bordo! —exclamó James y añadió—: Ahora ya estáis sanos y salvos.

—¡Falta David! —recordó Simón, frunciendo el ceño—. ¿Pueden ayudarnos a encontrarlo? —preguntó en un tono que no admitía una respuesta negativa.

Con el motor al ralentí, James, siguiendo las instrucciones de su tío, se acercó al lugar donde según las indicaciones de Adnán, éste, David y Andrés, se habían precipitado al mar desde la borda del crucero. Por precaución, el agente empuñó su arma y se mantuvo vigilando en todo momento la cubierta del Aurora. Pero los secuestradores, después de la escaramuza y habiendo amanecido por completo, se habían esfumado. Lo mismo había ocurrido con el helicóptero, al despegar de la nave minutos antes. Cuando llevaban ya un buen rato rastreando la zona sin resultados, y se levantaba un oleaje cada vez más encrespado, Duncan Mac Calloway arrojó la toalla:

—¡Señores, es inútil que prosigamos!, sólo conseguiremos ponernos todos en peligro. Si el yate zozobra, lo vamos a pasar muy mal. Lo más prudente es que vayamos al puerto de Lerwick y avisemos a la policía marítima. Ellos disponen de más medios. Además, siéndoles sincero... no creo que con este temporal...

Andrés y Simón se quedaron mudos, sin saber qué decir. La angustia les había paralizado y no estaban dispuestos a admitir de palabra lo que sabían inevitable. Entonces, Adnán no tuvo más remedio que hacerse cargo de la situación y, con todo el dolor de su corazón, asintió con un gesto de la cabeza. Acto seguido, en medio de un silencio sobrecogedor, se encaminó sólo hacia la proa del barco, cuando éste empezaba a maniobrar de vuelta, arrumbando hacia Aberdeen. "¡Qué asco!, hemos logrado el objetivo gracias a David y le hemos perdido...

no es justo, no es justo...", se repetía una y otra vez, hundido e impotente, mientras con una mezcla de tristeza y rabia miraba o más bien desafiaba y despreciaba a la mar oscura, ahora para él, un monstruo despiadado que había devorado a uno de sus mejores amigos; una siniestra ballena asesina que acababa de tragarse al camarada más valiente del grupo Alfa, el que había decidido en un segundo arriesgar su vida por ellos para afianzar el éxito de la operación y, sobre todo, la salvación de Andrés.

De pronto, cuando no habrían pasado más de tres o cuatro minutos, el pequeño radar del Intrepid empezó a lanzar destellos y emitir un sonido intermitente, como ocurría cada vez que aparecía algún objeto en pantalla.

—¡Señores! —exclamó Duncan Mac Calloway, que en ese momento pilotaba la nave—. ¡Vengan a ver esto!..., no estoy muy seguro, quizás se trate de... —Pero le fue imposible acabar la frase, pues Adnán empezó a gritar y a saltar de alegría

—¡Es David!, ¡está vivo!, ¡está vivo!, ha conseguido activar su baliza de socorro. ¡Capitán!, ¡James!, digo ¡Duncan!, ¡cambie de rumbo! —voceó el agente fuera de sí, al tiempo que subía frenético a cubierta mostrando a los demás su propia baliza, como si se tratase de un diamante en bruto que acabara de descubrir, y haciendo al mismo tiempo con su mano derecha la señal de la victoria. Inmediatamente, sin cruzar palabra, los dos agentes se pusieron a otear la zona con los prismáticos de a bordo.

Al poco rato, divisaron un cuerpo que flotaba en el mar boca arriba y el yate enfiló en su dirección a toda velocidad. Al verles acercarse, y ya a escasos metros, David hizo un gesto de saludo alzando débilmente su mano izquierda, mientras esbozaba algo parecido a una sonrisa que, casi de inmediato, se transformó en una mueca de extremo abatimiento. La hemorragia, provocada por las heridas de bala, se había reducido por el efecto constrictor del agua fría del Atlántico, pero el agente debía de haber perdido ya mucha sangre y las fuerzas empezaban a fallarle.

—¡Aguanta!, ¡no te rindas! —exclamó Adnán, zambulléndose en el agua para ayudar a subir a bordo a su compañero. En el último momento, cuando por fin conseguía agarrarle, David ya no pudo más y quedó sin sentido.

Una vez sobre cubierta y ante la magnitud de las heridas, Duncan Mac Calloway, que no en vano había vivido una guerra experimentando situaciones análogas, decidió que lo más urgente era transportar al herido a tierra firme, al puerto de Lerwick, para que le hiciesen las primeras curas antes de evacuarle a un hospital.

—¡Entonces, se enterarán de todo!, ¡se abrirá una investigación y seremos pasto de los medios! —exclamó Adnán, a quien correspondía ahora el mando sobre el grupo.

—¡O eso, o vuestro compañero no sale de ésta! Tiene dos heridas muy feas y no creo que aguante vivo más de dos o tres horas. He visto morir a soldados en las mismas circunstancias, en la guerra de las Malvinas, porque no pudieron ser atendidos a tiempo...

—¿Vosotros, qué pensáis...? —preguntó Adnán a Simón y a Andrés.

—Yo sólo quiero salir de aquí cuanto antes, pero David tiene que ser atendido y salvado —respondió Andrés.

—A mí me da igual que se sepa todo, la vida de David está por encima del secreto de la operación —sentenció Simón.

—¡Bien!, pues entonces, vayamos a Lerwick. De todos modos, voy a comunicarme con Salomón, a ver qué se puede hacer para silenciar el tema. Me arriesgaré y utilizaré el celular. Nuestro objetivo lo merece. —concluyó Adnán, que en el fondo estaba de acuerdo con las opiniones de Simón Blum y Andrés Olmeda.

**

En el Aurora y en Lerwick

Mientras la acción de rescate tenía lugar, Salomón y Eila, en el camarote de esta, se mantenían en tensa espera. El coronel, visiblemente nervioso, daba vueltas y vueltas como gato, o más bien, como fiera enjaulada, a pesar de haberse tomado tres pastillas de valeriana de 400 miligramos que parecían no hacerle ningún efecto. Eila, por su parte, mostraba una palidez cadavérica y no se sentía bien, por lo que se metió en su cama empezando a tiritar de frío, a pesar de la temperatura agradable del camarote.

—Salomón, ahora sé por qué no querías que estuviera en primera línea. ¡Perdóname!, he sido injusta contigo.

—Deja eso ahora, como no tengamos pronto noticias, me va a dar algo. Fíjate los años que llevo en esto y cómo me pongo todavía.

—¡Pobrecitos!, mis tres queridos compañeros, mis *javerim* (amigos). – exclamó la dura y decidida agente del Mossad, la mujer valiente que había afrontado todos los retos con entereza y determinación, y que ahora mostraba su lado más tierno y emotivo, rompiendo a llorar de nervios y desesperación. –Pues, a pesar de todo el entrenamiento recibido, se trataba de personas que habían hecho un esfuerzo tenaz para controlar sus emociones. Ahora, al llegar casi al final de la misión, les era imposible sujetar, en la intimidad, los sentimientos de angustia que les atenazaban y se apoderaban de ellos.

—Hemos hecho todo, Eila. ¡Lo hemos dado todo! Tu padre puede estar tranquilo, allá donde esté, y puede estar orgulloso de su hija. –Entonces, Salomón se acercó a Eila, la tomó en sus brazos y la abrazó tiernamente, mientras las lágrimas se deslizaban también por su curtido rostro.

Transcurridos unos minutos, que contribuyeron a calmar un poco los ánimos, los dos agentes permanecieron mudos, observando el mar a través del ojo de buey del camarote, mientras continuaban con sus manos entrelazadas. De pronto, a eso de las seis de la mañana, el celular de Salomón empezó a timbrar insistentemente. Inmediatamente, el coronel puso en marcha su inhibidor de frecuencias, evitando que alguien, no deseado, pudiera espiar la conversación.

—¿Quién es? —le preguntó Eila, con los nervios a flor de piel.

—Es Adnán —respondió Salomón con una cara que no podía disimular su alegría después de escuchar al agente durante unos segundos.

Informado del éxito de la operación y del *percance* de David, el coronel contuvo su euforia y, tomando las riendas de la situación, contestó:

—No creo que el enemigo intente espiar las conversaciones, pero seamos breves. Manfred Schmidt y sus secuaces tienen que estar hechos polvo. Se han ido con el rabo entre las patas y su flamante helicóptero ha despegado hace media hora. ¡Llevad a David a tierra, al primer puesto sanitario que encontréis! Voy a comunicarme ahora mismo con Tel Aviv para informar de nuestro éxito y tratar de que nada se haga público. ¡Felicidades y hasta pronto muchachos! ¡Estoy muy orgulloso de vosotros!

—¡*Shalom*, Salomón!

—¡*Shalom, Adnán!*, ¡*Shalom, javerim!* (Adiós, amigos), que Dios os bendiga a todos, lo habéis hecho muy bien. — Finalizada la conversación, volvió su rostro hacia Eila—: ¡Dios mío!, ¡lo hemos logrado!, ¡lo hemos logrado! Todos están a salvo y han localizado también a David que está herido.

De nuevo se desbordaron las emociones y los dos agentes se abrazaron muy fuerte.

—Eila, ahora tenemos que hacer como si nada. Vamos al bufé a desayunar. Tenemos que aparentar la máxima normalidad. Ten en cuenta que los esbirros de Manfred... y Manfred mismo, pueden estar ahí o en cubierta y seguramente van a vernos. Así que no ha pasado nada, recuérdalo bien. Al salir del camarote, seremos el doctor, quiero decir el señor Karl

Schulze y su secretaria, Isabella Clara Hamilton, de la Tourist Flash Entertainment, ¿de acuerdo, agente?

—¡Siempre a sus órdenes, coronel! —respondió Ella, sonriendo también y añadiendo con sorna—: Parece que se le ha pegado a usted la forma de hablar de la directora de marketing, Cecilia Olsen. No sé porque le llamó a usted doctor, el otro día, ¿qué cosa más rara, verdad?

—Sí, la verdad es que no sé en qué estaría pensando —respondió Salomón, mientras pensaba: "Joder con las mujeres, es que no se les escapa una. ¡Hay que tener un cuidado!".

**

En el caso de los secuestradores, las sensaciones distaban mucho de ser placenteras. Después del enfrentamiento, Manfred, Helmut y el otro secuaz abandonaron rápidamente la cubierta para no levantar sospechas. El cuerpo de Jan fue introducido en el helicóptero; las manchas de sangre eliminadas; y los casquillos de bala recogidos para no dejar rastro del combate. Los silenciadores de las armas y el ruido del helicóptero evitaron que en el Aurora, el pasaje y la tripulación, que salvo contadas excepciones se hallaba durmiendo, se enterasen de lo ocurrido. Por su parte los vigilantes del Aurora, a quienes el sobrecargo había liberado de su turno de noche y que luego habían tomado parte en la fiesta, disfrutando de barra libre, tampoco se habían enterado de nada. Todo estaba en calma y nada hacía sospechar que una escaramuza sangrienta, con resultado de un muerto y un herido, hubiera tenido lugar en el crucero de placer.

Siendo las ocho de la mañana, el sobrecargo Manfred Schmidt, con unas ojeras de caballo ocultas tras sus gafas de sol, apuraba en uno de los restaurantes del buque un café bien cargado, un croasán y dos aspirinas, intentando pasar desapercibido. El helicóptero continuaba sin retornar a la nave, pero al capitán Van Bergen, que ese día no madrugó, las explicaciones del señor Schmidt le convencieron y no dio mayor importancia al asunto.

En Lerwick, David fue atendido de urgencia y se le realizó una primera cura, taponando la hemorragia que al subir la temperatura del cuerpo se le había reavivado. Luego, para estabilizar sus constantes vitales, recibió suero fisiológico, oxígeno, y una transfusión de sangre. El médico de la clínica consideró entonces que no había que perder ni un minuto, pues el herido debía ser trasladado, de inmediato, al hospital más próximo para ser intervenido quirúrgicamente.

La policía británica, avisada por el personal médico del pequeño hospital de Lerwick, que estaba obligado a dar parte en los casos de ingresos con signos de violencia, inició los interrogatorios y cumplió con las formalidades de costumbre. Sin embargo, sorpresivamente, a las pocas horas los detectives de Scotland Yard dieron carpetazo al asunto. El incidente acababa de convertirse en uno de tantos de esos expedientes, sin resolver, que atestan kilómetros de estanterías oficiales. Las interferencias políticas y la tan socorrida, manida y oscura *Razón de Estado,* habían prevalecido sobre cualquier otra consideración.

Siguiendo las instrucciones médicas y custodiado por funcionarios del Secret Intelligence Service —los servicios secretos británicos— ... y por Adnán, David fue trasladado a un Hospital de Escocia, donde se le intervino de urgencia y permaneció varios días convaleciendo de la operación. Afortunadamente, los impactos de bala no habían afectado a ningún órgano vital, aunque las heridas habían sido muy graves. Con un hombro fracturado y el estómago perforado, David era consciente de que había vuelto a nacer.

En el Intrepid, Andrés, atendiendo los consejos de Salomón, permaneció todo el tiempo escondido en un camarote. Mientras, sobre cubierta, Simón vigilaba con un arma corta a mano por si las moscas. Al día siguiente del rescate, tras llenar los depósitos de fuel y cuando ya anochecía, Duncan Mac Calloway, su sobrino James, y sus dos pasajeros *de fortuna*, abandonaron las islas Shetland poniendo rumbo de regreso a Aberdeen.

**

"Ayer, nuestros invitados, el señor Karl Schulze y su secretaria, Isabella Clara Hamilton, de la empresa Tourist Flash Entertainments, han sido agasajados con un banquete de despedida. A los postres, el señor Schulze ha dirigido unas palabras de agradecimiento a nuestro capitán, August Van Bergen, y a toda la tripulación. En su intervención, el directivo de la TFE ha destacado el trato exquisito recibido durante su estancia en el Aurora, especialmente por parte del sobrecargo Manfred Schmidt, ausente por hallarse indispuesto, y por los oficiales del puente de mando. Finalizado el discurso, el capitán ha hecho entrega de unos regalos a los insignes visitantes.

Todos esperamos que la breve estancia de nuestros prestigiosos huéspedes haya sido un éxito y que, el año que viene, podamos volver a verles a bordo acompañados de cientos de turistas, para disfrutar de las instalaciones, las comodidades, y los esmerados servicios de nuestro crucero".

Tal fue el sucinto texto que apareció el viernes 2 septiembre en el *Boletín Semanal de Abordo,* una mezcla de periódico, revista rosa y crónica de sucesos, que mantenía informada a la tripulación y a los pasajeros de los hechos más relevantes acaecidos a bordo y que se publicaba también en la página web del crucero.

Esa misma tarde, Salomón y Eila abandonaron el barco en el puerto de Hamburgo. A petición del capitán van Bergen, habían prolongado su estancia en el Aurora con gran regocijo de sus oficiales que, sobre todo, habían sido conquistados por los encantos de la bella agente.

Manfred Schmidt, aquejado tras la liberación de Andrés de fuertes mareos y pérdidas de equilibrio, no estuvo en condiciones de asistir a la despedida de los representantes de la TFE. Recluido voluntariamente en su camarote, lo que ahora daba vueltas y más vueltas en su cabeza era el informe que debía presentar a los *capos* de su organización. ¿Cómo justificar su estrepitoso fracaso?, ¿cómo explicar que, teniendo los 4 ases en la mano, el pez se le había escapado?, ¿cuáles serían las consecuencias...? Estos pensamientos empeoraron su estado psíquico y físico, provocándole una fuerte colitis que requirió un intenso suministro de antibióticos, una abundante ingesta de líquidos, y lo que es peor, la absoluta prohibición de probar el alcohol, sustancia a la que el galeno del Aurora atribuía inocentemente todos los males.

**

Aberdeen

De vuelta en Aberdeen, el último día del mes de agosto, Duncan Mac Calloway, que conforme a lo pactado había recibido sus 5000 euros, invitó a Andrés y a Simón a quedarse en su casa durante unos días.

—Me habéis ayudado a despertar del letargo en el que me hallaba sumido. ¡Muchachos!, ¡he revivido! No sé exactamente que os traéis entre manos..., ni quiero saberlo, pero aun así, todo ha resultado emocionante.

A Andrés no fue necesario insistirle, pues estaba destrozado y necesitaba reponerse antes de volver a la lucha. Simón, que tampoco estaba para muchos trotes, no hizo ascos a la propuesta. "Un poco de tranquilidad después de la tormenta —pensó—, nos vendrá de perlas".

Por otra parte, en el grupo Alfa y en Tel Aviv, el éxito de la acción justificó sobradamente la pequeña recompensa. Sólo había que ultimar algunos detalles para no dejar ningún cabo suelto que pudiera ser aprovechado por el enemigo y poner en peligro el secreto de la operación. En este sentido, siguiendo el guion concienzudamente pactado con los servicios secretos británicos y alemanes, el jueves 1 de septiembre por la mañana, Andrés, acompañado por sus tres salvadores, se personó en una comisaría de Aberdeen. Después de identificarse, sólo de palabra y con una copia escaneada de su pasaporte ya que el original lo tenía en Ludwigschloss, el español hizo el siguiente relato ante los ojos sorprendidos del inspector de turno, que tecleaba su computadora sin dar crédito a lo que estaba escuchando:

"Ayer por la mañana, a eso del mediodía, me he despertado en una playa cercana a esta ciudad. Por mucho que lo intento, no consigo recordar nada concreto desde que, el 15 de agosto, hace ahora 18 días, salí a hacer footing y perdí el conocimiento. Ello me ocurrió en Ludwigsschloss, un pueblo próximo a la ciudad de Hamburgo, en el norte de Alemania. Allí se encuentra la delegación de Protraesa, la empresa española para la que trabajo.

Recuerdo que me seguían, mientras corría por el bosque cercano a las oficinas. Luego sentí un pinchazo en la espalda, a la altura de los omóplatos. A partir de ahí, sólo me vienen a la memoria sensaciones de voces, de olores,... de estar en un puerto y luego en el mar... pero nada más. No me explico cómo he llegado hasta aquí... Mi mente se ha quedado prácticamente en blanco.

Estos dos compatriotas de usted, Duncan y James Mac Calloway, y un amigo de ellos, Simón Blum, que les visita estos días, me socorrieron en la playa y me llevaron a su casa. Allí, han tenido la inmensa amabilidad de acogerme hasta que me repusiera un poco. Me encuentro muy debilitado, pero les he rogado que me trajeran hoy a la comisaría. Ellos corroborarán lo último que acabo de relatarle, señor inspector. Ahora, si me lo permite, sólo quiero descansar y volver a ver a mi familia y a mi novia".

La historia pareció un cuento chino al pulcro y uniformado policía que les atendió, quien no se creyó nada de lo que le contaba Andrés. Sobre todo, para el funcionario, lo más estrambótico era el súbito impulso altruista de sus dos compatriotas que, sin comerlo ni beberlo, habían acogido en su casa a

246

un desconocido, Dios sabe en qué estado, que se habían encontrado por casualidad en la playa. Pero de nuevo, la intervención superior bloqueó la investigación que, de otra manera y a buen seguro, se hubiese iniciado frente a tan extrañas circunstancias.

Después de cumplir con los trámites burocráticos, Andrés y Simón disfrutaron de un merecido descanso bajo la discreta vigilancia de los Servicios Secretos británicos, que estaban al tanto de sus movimientos.

El día anterior, el español se había puesto en contacto con Madrid y con Hamburgo por teléfono y videoconferencia, tranquilizando a su familia, a Elena y Heinrich, y poniéndose de nuevo a disposición de Protraesa que se hizo cargo de la situación y abonó todos los gastos.

David, convaleciente en un hospital de Edimburgo, fue visitado por sus dos compañeros, a quienes se unieron Duncan y James Mac Calloway. Las noticias que recibieron sobre su pronta recuperación, potenciaron su alegría y sus ganas de jarana después de tanta tensión. Pero transcurrida una semana de estancia en Escocia, donde la casa de los Mac Calloway se convertía a menudo en una destilería clandestina del más genuino Whisky, Andrés y Adnán empezaron a ponerse nerviosos. Por otra parte, el comandante Yadid consideró también, por razones de seguridad, que el premio había sido suficiente. En consecuencia ordenó la vuelta a Berlín de los dos agentes *rezagados* y de David, que se había restablecido en parte de sus heridas y podía ya caminar... si el whisky se lo permitía.

**

Berlín

Al aterrizar en la capital alemana, el miércoles 7 de septiembre, David, Adnán y Andrés se dirigieron inmediatamente a la sede de la Alianza Boreal Internacional, donde éste quedó alojado. Eila no se encontraba en las oficinas, pues había acompañado a Salomón Liebermann a Israel. Los Servicios Secretos alemanes estaban ya al tanto del rescate, pero al igual que en el Reino Unido, en Alemania era ineludible cumplir con el trámite burocrático de archivar el expediente abierto por la policía criminal, evitando dar publicidad al suceso. Desde Israel, el grupo Alfa había recibido órdenes de dejar las menos pistas posibles sobre lo sucedido. Si los medios de comunicación investigaban sobre el tema y lo convertían en un expediente X, la vida y la seguridad del recién liberado podían ponerse de nuevo en riesgo. Por ello, el jueves por mañana, aceptando las recomendaciones de Tel Aviv, el español se presentó en una comisaría de Berlín y repitió la misma declaración que había realizado días antes en Escocia. Acto seguido, respondió a las escuetas preguntas de la *Bundeskriminalpolizei* que, sin mucho interés en la cuestión y transcurridos unos días, declaró el cierre provisional del caso por *falta de pruebas*.

**

En el cuartel general

En Israel, el coronel y Eila informaron de todo lo acontecido al departamento de operaciones especiales del Mossad. El ya ex jefe de Alfa aprovechó la ocasión para dejar bien sentado que el silencio de los servicios secretos, durante la última fase de la operación, no le había gustado nada.

—Uriel, no ha sido muy elegante la que nos has jugado a última hora —recriminó Salomón al comandante Yadid, a quien deliberadamente estaba tuteando y llamando por su nombre propio.

—Coronel, ya sabe usted que yo sólo cumplo órdenes.

—Ya, y el jefe siempre tiene razón, ¿no es así?

—Te aseguro que hice todo lo que pude.

—¡Bah!, eso se dice siempre en estos casos, pero por lo menos podrías haber dado alguna señal de vida y no dejarnos más tirados que una colilla, en el momento cumbre de toda la operación. Había vidas en juego, ¿sabes?

—¡A mí no tienes que decirme eso! —exclamó el comandante visiblemente nervioso, al tiempo que se encaraba con el viejo soldado.

— ¿A quién quieres que se lo diga, entonces?, ¡venga, dímelo!

—Dejemos ya esta conversación, agua pasada no mueve molinos —Contestó Uriel Yadid evitando la confrontación.

—Ya... Sólo esperaba un poco más de sensibilidad, nada más... pero veo que una cosa es predicar y otra muy distinta es dar trigo.

De esta manera brusca y políticamente incorrecta, Salomón, con el estoicismo aureliano que le caracterizaba y le había evitado muchos problemas en otras ocasiones, puso término a la conversación y, en realidad, a un capítulo de su vida. En el fondo, al coronel, lo de los grados y la jerarquía le daba un poco igual cuando se trataba de salvar vidas humanas y asegurar el éxito de una misión que, en este caso, habría podido fracasar por la actitud pasiva de sus superiores... cuando más les necesitaba.

**

En el desierto del Néguev

Al regresar a su granja del Néguev, junto a su esposa y sus dos hijas, Salomón hizo como si nada hubiera pasado, disculpándose por que los últimos días no les hubiera llamado por teléfono. Unos regalos generosos y un viaje con todos los gastos pagados al enclave turístico de Sharm el Sheik, cortesía de una empresa de maquinaria agrícola, suavizaron bastante la relativa fría acogida de sus seres queridos, que ni por asomo podían imaginar los turbios *negocios* en los que había estado metido su querido padre y esposo, las últimas tres semanas. Pero, días después, a pesar de todas las precauciones que tomó (o quizás a causa de ellas) para no desvelar nada de la operación, su subconsciente le jugó una mala pasada. Fue a finales de septiembre, cuando se encontraba durmiendo plácidamente junto a su esposa Vered.

De pronto, en lo más profundo del sueño, se le apareció Andrés. Estaba envuelto en una densa niebla, y con ojos de espanto el español le pedía ayuda mientras unas extrañas figuras de demonios alados lo agarraban por los brazos y se lo llevaban, insensibles a sus gritos de socorro. Entonces, desesperado, Salomón corrió y corrió para liberarle, pero el suelo se hundió bajo sus pies y se vio a sí mismo cayendo en un inmenso y oscuro vacío que parecía no tener fin.

Luego tuvo la sensación de estar planeando, convertido en un ser alado, y en el fondo del abismo por el que descendía se materializó una ciudad. Era grande y hermosa, pues estaba surcada por lagos y ríos, salpicada de jardines exuberantes, pirámides de piedra, y otras construcciones que semejaban templos griegos o mexicas. Una muchedumbre se hallaba reunida en su ágora principal, algo así como un foro romano rodeado de columnas dóricas de gran altura. En el medio, sobre un espacio despejado y elevado al que se accedía por una escalinata de mármol, se encontraba Andrés. Portaba una bella toga nívea, orlada de encajes de oro, que le cubría casi completamente. En su mano derecha, sostenía un cetro cuya pedrería refulgía proyectando rayos de luz multicolores sobre las gentes que asistían, en silencio respetuoso, a lo que debía de ser una ceremonia trascendente. Unos hombres con máscaras de águilas y tigres y unas mujeres, parecidas a las sacerdotisas aztecas del Cihuacalmecac o a las vestales romanas, escoltaban a Andrés. Éstas, con los rostros ocultos por velos semitransparentes de color negro, y vestidas con coloridos huipiles recamados con extraños dibujos de símbolos geométricos que Salomón no acertaba a comprender, contribuían a envolver toda la visión en un halo de misterio, creando al mismo tiempo una sensación de angustia. Cuando el coronel en su sueño descendió y se posó en la plataforma sobre la que se encontraba la comitiva, Andrés se dirigió a él:

—Hola, Salomón, te esperábamos.

—Te llevaban los demonios, Andrés.

—No... Era una proyección de tu mente atribulada. Ahora estoy a salvo, gracias a ti.

—¿Qué quieres de mí?

—Sólo darte las gracias, te las damos todos los que estamos aquí reunidos.

—¿Y quién es toda esa gente que está en silencio?

—Los que vas a salvar por lo que has hecho, y los que no pudimos salvar.

—Pero el tiempo existe, ¿en qué época nos encontramos? —preguntó Salomón atribulado.

—Da igual, aquí el pasado y el futuro no existen; es una ilusión de nuestra mente que podemos superar en el mundo de los sueños. En el universo intemporal, somos capaces de doblar el espacio y, como las Sibilas, podemos ver el futuro. Todo lo que hemos hecho, o lo que vamos a hacer, se mezcla, pero ahora tengo que irme, ya es hora...

— ¿A dónde vas?

—A encontrarme con mi destino.

—¿Lo quieres?

—Sí, es la única forma que tengo de ser libre y sufrir menos.

—¿Te volveré a ver?

—¿Quién sabe?, ahora tú también debes partir, ya no nos queda más tiempo... Reza por mí.

—¿Quién eres en realidad, Andrés?, ¿por qué me has traído aquí?

Pero no hubo respuesta. La visión fue oscureciéndose, mientras, ante los ojos atónitos de Salomón, todo desaparecía absorbido por un tornado gigantesco surgido de la nada. Entonces, empapado en sudor frío, se despertó gritando: "¡Espera, Andrés, espera!, ¡ten cuidado!... y luego, sin saber por qué, continuó bramando—:"¡¡¡No corras!!!, ¡¡¡no corras!!!"

—¿Pero, qué te pasa?, ¿estás loco?, ¿qué dices...? —se despertó Vered, asustada ante los alaridos que daba su marido.

—Nada, no es nada...

—¿Qué te pasa, cariño?, ¿me estás ocultando algo? Te noto muy raro desde hace días. ¡Pero si parece que has estado nadando!, ¡qué barbaridad!, ¡anda!, ¡sécate!

Tambaleándose, aunque recuperando paulatinamente su dominio de la situación, Salomón se levantó de la cama y se dirigió al cuarto de baño, donde, después de rociar su cabeza con el agua fría de la ducha, se quedó mirando fijamente al espejo. "No puede ser —pensó—, pero todo era tan nítido y parecía tan real". Poco a poco se serenó y volvió al lecho conyugal, donde su esposa le estaba esperando, desvelada e inquieta.

—Esto tiene que ver con el viaje que has hecho. ¡A mí no me vas a engañar!

—Sí, no te lo he contado todo para no preocuparte, cariño —le confesó Salomón fingiendo mucho aplomo—. En París, tuve un desmayo y me llevaron al hospital. El médico me dijo que no era nada grave. Se trata de una especie de alucinaciones provocadas por el exceso de trabajo. Esa fue una de las razones para descansar unos días contigo y las niñas en Sharm el Sheik, pero veo que mis pesadillas siguen atormentándome. Habrá que repetir el viaje, a ver si por fin desaparecen.

—Deberías ir al médico o al psicólogo. ¡Qué susto me has dado!

—Yo creo que me vendría, quiero decir "nos vendría" mejor un viaje relajante, a un balneario o algo así.

—Podríamos ir a España —se apuntó Vered enseguida, tomándole la medida—. Hace tiempo que deseo visitar ese país. A mis antepasados sefarditas les gustaría. Según se ha transmitido de generación en generación, vivían en la Judería de Segovia, cerca del Alcázar.

—Sí, cariño, sería un viaje muy atractivo. Lo haremos, y de paso aprovecharé para visitar una empresa de productos agrícolas especializada en el vino y el aceite de oliva..., será muy interesante, hay que aprovechar para hacer negocios. Tenemos que hacerlo —insistió Salomón, mientras se sonreía y le daba un beso a su mujer, que se quedaba sólo parcialmente satisfecha ante las explicaciones de su marido y su oferta de vacaciones. Luego, éste se quedó profundamente dormido, y ya no tuvo más alucinaciones.

**

Hamburgo

Después de su odisea en el mar y de su breve estancia en la sede de la Alianza Boreal de Negocios en Berlín, Andrés por fin retornaba a Ludwigschloss. Así, el viernes nueve de septiembre, a las ocho de la noche, el español descendía de un taxi frente al edificio de la nueva y flamante sucursal de Protraesa en Alemania. Sus compañeros le habían preparado una fiesta sorpresa, invitando a las personas que, antes de su desaparición, habían mantenido más contacto con los integrantes de la delegación.

Cuando el "reaparecido" hizo irrupción en el jardín de la casa, engalanado para la ocasión con las banderas de Alemania y España, se encontró de frente con Elena. Sin poder reprimir su emoción, el recién llegado se abrazó a ella durante unos segundos interminables. Heinrich, que hasta ese momento no sabía nada de la relación que ambos mantenían, se quedó sorprendido por la intensidad de la *acogida*. Después de abrazar a Eila, también le prodigó a éste un abrazo caluroso.

—No sé qué me ha pasado, ni dónde he estado —afirmó Andrés aparentando perplejidad—. Mi último recuerdo es que me seguían en el bosque que está frente a nuestra oficina. Luego noté un picor en la espalda y ya nada más. Es increíble

—añadió con fingida cara de inocencia—, es como si un OVNI me hubiera abducido y luego unos extraños seres hubiesen borrado todo de mi memoria. Sólo me vienen a la mente, voces, un cuarto oscuro, un barco y el mar.

—Yo he pensado mucho en ti y he temido perderte —le dijo Elena con lágrimas en los ojos—. Ahora sé que me importas mucho, de verdad...

—Nos has tenido muy preocupados todo este tiempo, sin tener ninguna noticia tuya hasta que nos llamaste desde Escocia —declaró a su vez Heinrich.

—Parece que tienes muchos enemigos y no conocemos la causa. ¡Es todo tan extraño! Menos mal que la Operación Nórdica toca a su fin, al menos para nosotros, y que pronto volveremos a Madrid —agregó Elena, suspirando aliviada.

—Por cierto —continuó Heinrich—, la semana pasada estuvieron aquí dos detectives del Ministerio del Interior. Nos estuvieron interrogando, largo y tendido, pues ya sabes que en el tema de las desapariciones, los más allegados solemos ser también los más sospechosos.

—Siento mucho las molestias que os he causado y no me consuela nada lo que me contáis. La policía criminal también ha estado interrogándome en Berlín, aunque por fin me los he quitado de encima.

—Pero lo más importante es que estás vivo y con salud, Andrés. Y ahora –concluyó el austriaco—, vayamos a celebrarlo por todo lo alto.

Y vaya que si lo celebraron. La fiesta se prolongó hasta altas horas de la madrugada. En realidad se trataba también de una despedida, pues estaba previsto que, en breve, los tres artífices del éxito de la Operación Nórdica retornaran a Madrid. Con la sucursal establecida y a pleno rendimiento, los primeros contratos de exportación firmados, y las campañas publicitarias en Noruega y Dinamarca dando óptimos resultados, la misión, que con tanta ilusión iniciaran meses antes, había llegado a término. Por otra parte, el equipo de relevo de Protraesa ya se encontraba en Ludwigschloss, participando también en la fiesta de Andrés. El reto consistía ahora en consolidar lo ya realizado y, sobre esa base, abordar los mercados de Suecia, Finlandia y los Países Bálticos. Pero eso ya correspondía al nuevo equipo de Protraesa.

Como patricios que hubieran culminado su *cursus honorum* —la carrera política en el Imperio Romano—, Andrés, Elena y Heinrich, el equipo de la Operación Nórdica, debía retornar a Madrid y presentarse ante su emperador, el todopoderoso presidente de la compañía, Raimundo Ovejero, e informarle de viva voz sobre los resultados exitosos de la aventura alemana. El acto solemne tendría lugar en un consejo de administración extraordinario, al que también habían sido convocados los dos detractores principales de Andrés Olmeda: Gustave Crochet, alias Garfio, el petulante director de exportaciones, y Pedro Herrera, alias Balones Fuera, el director de marketing.

Así lo había decidido el *prínceps maximus*, Raimundo Ovejero, pensando que una sobredosis de humildad no vendría nada mal a esos directivos, *tan destacados,* haciéndoles pasar bajo las horcas caudinas.

**

Berlín

El mismo día que Andrés era recibido triunfalmente en Ludwigschloss, en Berlín, en la sede de la Alianza Boreal, Eila, que había vuelto de Israel, se reunía con los miembros del grupo operativo Alfa a los que dirigía la palabra:

—Bueno, muchachos, todo ha salido a pedir de boca, salvo el percance de David. Son gajes de estas operaciones. Gracias a Dios hemos salido bien librados y podemos estar aquí, platicando tranquilos.

—Eila, ¿qué tal llegó Salomón a Tel Aviv? —preguntó Simón.

—Estaba un poco triste, sobre todo porque no tuvo ocasión de ver a David y Andrés. Se ha quedado con ganas de conocer al español, pero como sabéis, el comandante Yadid no quería exponerle más en esta operación. Por ello decidió que nada más desembarcar en Hamburgo, el coronel partiese inmediatamente hacia Israel. Hay gente, en el otro lado, a quien le gustaría verle muerto o algo peor, y no convenía correr el riesgo de que le localizasen.

—¡Qué pena que haya que estar siempre ocultándose!

—De nuevo son gajes del oficio, y estamos hablando de una persona retirada, pero ya habéis visto lo que le pasó a Elías y a León... —recordó Eila, provocando que los cuatro reunidos permanecieran en silencio durante varios segundos.

—Les vamos a echar de menos —intervino Adnán.

—Pero a Salomón le podremos volver a ver —matizó Simón a modo de consolación.

—De hecho —anunció Eila—, he hablado con él esta mañana y me ha pedido que os felicite de corazón. Os ha llamado *meine Kinder* –mis niños–, y nos ha invitado a todos a su granja del Néguev, con la condición de no comentar allí nada de lo que ha pasado, ¡ni una palabra!

—Pues yo me apunto —se ofreció David, cuyo restablecimiento, después de las heridas sufridas, iba por muy buen camino.

—Pues yo también —asintió Adnán—. Nadie me ha mandado mejor..., mejorando lo presente.

—¡Contad conmigo! —exclamó Simón—. El muy cabrón me las ha hecho pasar canutas, pero le estoy muy agradecido. Ha confiado en mí y me ha dado la oportunidad de superarme. Ahora me siento capaz de enfrentarme a situaciones muy difíciles.

—¡Vaya, muchachos!, ¡qué unanimidad! Se lo voy a transmitir. Me dirá que no le gustan los elogios, pero eso es falsa modestia, ¡le encantará! Y será su mejor premio.

—Bueno, Eila, ¿qué propones para los próximos días? —preguntó David que tenía parte de su cuerpo escayolado y el brazo derecho inmovilizado, aunque sus bellos rizos rubios empezaban a crecerle otra vez

—¿Pero tú quieres meterte en follones?, ¿te has mirado al espejo? —Le reconvino Eila provocando las carcajadas de Adnán y Simón—. ¿Es que no has tenido suficiente?

—No sé... —replicó David, que también se partía de risa por momentos—, pero presiento que nuestra relación con Andrés va a durar mucho.

—Sí —terció Adnán—, de eso no te quepa la menor duda. Nuestros enemigos no se van a quedar de brazos cruzados.

—Yo lo que quiero es hacer sudokus, crucigramas y sopas de letras. Es mi especialidad —dijo Simón, que con sus orejas de soplillo y exhalando un sonoro suspiro, se parecía a un ratón volador que fuese a iniciar el vuelo—. Como me hagáis otra faena de éstas, pido el traslado. Yo pensaba que iba a vivir más tranquilo. Además, creo recordar que mi destino en Alfa no era la sección operativa, sino la administrativa. Realmente, no sé lo que hago aquí.

—Pues, querido, en la relación de puestos de trabajo figuras asignado a la sección operativa —le matizó Eila—. ¿Pero qué quieres que te diga? La Administración es así de irracional. Pides una cosa, y te dan otra que no tiene nada que ver con la anterior; te asignan una función, y luego lo que haces, en muchas ocasiones, es diferente. Yo sólo llevo unos años de servicio y ya me voy dando cuenta. También te pasará a ti; de hecho ya lo has experimentado en carne propia.

—No hace falta que lo jures, ahora ya lo sé. Cuando Salomón me llamó a Ludwigsschloss, me quedé de piedra. Precisamente, en esos momentos estaba culminando uno de los sudokus más difíciles. ¿Te quieres creer que me puse tan nervioso que no pude acabarlo?

—Te creo —respondió Eila—. A mí, cuando el coronel me dijo que no había forma de obtener respuesta de la central de Tel Aviv, también me pareció increíble.

—Pues yo no os he contado lo más gracioso del caso—

intervino a su vez Adnán—. Resulta que al salir de mi camarote, la noche del rescate, el traje negro de neopreno, que llevaba muy ceñido al cuerpo pues en Berlín se habían equivocado al dármelo de una talla inferior, se enganchó en un tornillo de la puerta que sobresalía algo y se rajó todo por detrás, en salvas sean las partes. Así que, como no llevaba nada debajo, hice toda la operación de rescate con el culo al aire. ¿Qué os parece? —En ese momento, todos se echaron a reír a carcajada limpia, y no había quien les parase.

—Es verdad, yo fui testigo de ello, pero así irías más ventilado —le espetó Simón, que de la risa no podía casi ni hablar—. No hay mal que por bien no venga —sentenció solemnemente.

—¡Joder, menos mal que era de noche! Si no, salgo en las revistas rosas.

—Yo diría más bien, pornos —apostilló David.

—Por cierto, Adnán, tienes un culo respingón muy bonito —afirmó Simón que, de nuevo, prorrumpió en sonoras carcajadas.

—¡Oye!, ¿no serás tú...? Lo que me faltaba por oír —se sorprendió Adnán—. Bueno, dentro de lo que cabe, hemos salido bien librados y no hemos sufrido bajas... en nuestras filas. ¡Ojalá siempre sea así!

—Me parece fantástico, quiero decir, nos parece fantástico. ¿Verdad Eila?—preguntó David, pletórico de satisfacción.

—Fantástico es poco —respondió aquélla—. Increíble es la palabra adecuada. Hemos jugado muy fuerte en este envite y, al final, salvo detalles, todo ha salido a pedir de boca. Además, tenemos un nuevo compañero en la célula Alfa.

—Que sabe aún muy poco —subrayó David.

—Pero que pronto, va a tomar conciencia de su situación —concluyó Eila.

FIN

ÍNDICE

Nota autobiográfica y otras publicaciones del autor

Jaime de Casas Puig (Madrid-1956) cursó estudios de bachillerato en el Liceo Francés de Madrid. Estudió Derecho por la Universidad de Valencia y posteriormente opositó a Secretario de Ayuntamiento y funcionario del Estado, perteneciendo al Cuerpo Superior de Administradores Civiles del estado. Entre otras Instituciones, ha prestado servicios en la Consejería de Educación de la Embajada de España en México (2012-2015), el Museo Nacional y Centro de Arte Reina Sofía y la Biblioteca Nacional de España. Con anterioridad estuvo destinado como secretario de Ayuntamiento en los municipios de Alcubillas (Ciudad Real), Las Pedroñeras (Cuenca), Fuente el Fresno, y Herencia (Ciudad Real), dedicándose también al ejercicio libre de la abogacía y a la empresa privada. Actualmente se encuentra destinado en el Ministerio de Educación, Cultura y Deporte, en Madrid.

Por tradición familiar e interés personal, el autor es cuatrilingüe al haber obtenido diversos grados en Inglés, francés y alemán. Esta afición por los idiomas y por otras culturas se ha conjugado con estancias más o menos largas en el extranjero, siendo sus residencias en México y en Alemania, las más prolongadas. Entre sus aficiones destaca la dedicación a la música, habiendo compuesto diversas obras de piano como *Añoranzas de México* o *Recuerdos de Xipilo*, y otras piezas musicales.

**

Otros libros del autor

Origen, ritmos y controversias de la música criolla del Perú y poemas modernos (en coautoría con Alfredo Leturia Almenara), disponible en editorial Cultivalibros.

También disponibles en Amazon:

La guerra del Capitán Meinhof, tomo 1 de la trilogía Némesis.
La conjura de los vencidos, tomo 2 de la Trilogía Némesis.
El peso de la conciencia, tomo 3 de la Trilogía Némesis.
Identidad Oculta, tomo 2 de la trilogía, "La Odisea de Andrés Olmeda.

La Peña Amarilla y otros relatos.

**

www.ingramcontent.com/pod-product-compliance
Lightning Source LLC
Chambersburg PA
CBHW030106260626
47156CB00008B/2543